Joanne – 1995

Joanne lag in ihrem Bett unter der Bettdecke und lauschte auf die Geräusche des nächtlichen Hauses. Sie trug einen schwarzen Lycra-Body und Leggings. Auf dem Boden gegenüber der Tür lagen ihr schwarzer Parka und ein schwarzer Wollhut, den sie gekauft hatte, um ihre hellbraunen Haare darunter zu verstecken. Auch eine Reisetasche stand da, vollbepackt mit Sandwiches und Obst, Kleidung zum Wechseln, einer Packung extra sicherer Kondome, dem Geld von ihrem Postsparbuch, ihrer Geburtsurkunde, der Krankenversicherungskarte und ihrem Paß. Sie wollte nicht zurückkommen müssen, weil sie etwas vergessen hatte.

Lange starrte sie an die dunkle Decke und zählte die Stunden. Sie wollte ganz sichergehen, daß alle fest schliefen. Ein Uhr … zwei Uhr … Nebenan fuhr Doreen Brightmans VW in die Einfahrt. Ihre Nachtschicht im Krankenhaus war vorüber. Sie wartete noch eine Stunde, damit auch Doreen ganz bestimmt zu Bett gegangen war. Sie konnte es nicht riskieren, daß jemand sie sah.

Um drei Uhr stand Joanne auf. Sie war ganz steif vom langen Liegen und Warten. Sich streckend blickte sie sich im Zimmer um. Komisch, daß sie es nie wieder sehen würde. Aber dann zuckte sie mit den Schultern. Ja und? Es war schließlich nur ein Ort, ein klein wenig Wohnraum. Kein Zuhause mehr, eher ein Gefängnis.

Sie ergriff ihren Rucksack und die Stiefel und ging auf Zehenspitzen in Socken zur Tür. Sie blickte sich nicht mehr um, als sie die Tür hinter sich zuzog und die Treppe hinunterschlich.

Die dritte Stufe knarrte, deshalb trat sie nur ganz vorsichtig auf. Das Herz schlug ihr bis zum Hals. Was würde wohl passieren, wenn sie mitten auf der Treppe entdeckt würde, dachte sie, und ein Schauer lief ihr über den Rücken. Sie sollte gar nicht darüber nachdenken – es durfte eben nicht passieren.

Im Haus war es unnatürlich warm und still. Die Hitze des Tages hielt sich noch immer. Joanne ging wie im Traum weiter. Sie erfaßte kaum die Konsequenzen dessen, was sie vorhatte, sie wußte nur, daß ihr keine Wahl blieb – sie mußte gehen, und zwar jetzt, solange sie es noch konnte.

Leise schloß sie die Haustür hinter sich und überquerte den Rasen, um auf dem Kiesweg keine Geräusche zu verursachen. Sie hielt sich im Schatten und lief rasch die Straße entlang, bis sie die Hauptstraße erreichte. Sie wußte genau, wohin sie wollte und wie sie dorthin gelangen würde.

Als sie an der Schnellstraße ankam, zeigten sich am Himmel die ersten Vorboten der Dämmerung. Sie nahm ihren Hut ab, stopfte ihn in den Rucksack und schüttelte ihre Haare. Dann schlüpfte sie zögernd aus dem Parka, faltete ihn unter dem Arm und trotzte der Kühle des frühen Morgens.

Den Zeitplan ihrer Flucht hatte sie perfekt geplant. Auf den Straßen fuhren bereits die ersten Trucks, die den morgendlichen Stau vermeiden wollten, der jeden Morgen durch die Pendler, die zur Arbeit fuhren, entstand. Joanne stellte sich an den Rand der Schnellstraße, hob den Daumen und wartete.

2

Rick – 1997

Am Ende eines weiteren ergebnislosen Tages saß Rick Daly in seinem winzigen Büro und dachte gerade darüber nach, ob er das Geschäft wieder aufgeben sollte, als er Schritte den Korridor entlangkommen hörte. Sie hielten an, und durch das Rauchglas seiner Tür sah er die Umrisse einer Frau. Er setzte sich aufrecht hin.

Die Tür ging auf, und einen Moment lang wurde die Frau von dem harten, gelben Licht im Korridor angestrahlt. Dann schloß sie die Tür hinter sich und trat in das Dämmerlicht seines Büros. Er hatte nur eine einzige Lampe eingeschaltet, deren Schein über seinen Schreibtisch fiel, aber mehr um der Wirkung als um der Nützlichkeit willen. Die Frau sah sich mit ausdruckslosem Gesicht einen Augenblick um und gab damit Rick Gelegenheit, sie zu mustern.

Sie war die Art von Frau, die dem Spruch ›Beine bis zum Himmel‹ eine neue Bedeutung verlieh. Die Art von Frau, von der er sich insgeheim immer erträumt hatte, daß sie in sein Privatdetektivbüro treten und ihn um Hilfe anflehen würde.

Er richtete seinen Blick auf ihre Füße und ließ ihn dann von den gefährlich aussehenden Absätzen ihrer schwarzen Pumps hochwandern, höher, immer höher über prächtig aussehende gebräunte Waden bis hin zu Schenkeln, die so fest waren, daß man damit Nüsse hätte knacken können. Dann musterte er rasch ihr Gesicht.

Es war ein attraktives Gesicht, fein gezeichnet und zart, mit einem energischen Kinn unter vollen, sehr roten Lippen. Ihre Nase hätte man in den vierziger Jahren in Hollywood als Stupsnase bezeichnet. Sie sah ihn mit ihren großen Augen direkt an. Obwohl sie zweifellos hübsch war, strahlten ihre Züge eine gewisse Härte aus, was ihn faszinierte; eine Schärfe, die ihm sagte, daß er hier kein unschuldiges Mädchen vor sich hatte, sondern eine erfahrene Dame, eine Frau von Welt.

Jetzt lächelte sie – ein kleines, wissendes Lächeln, das für Rick peinlich gewesen wäre, wenn er nicht hinter seinem Schreibtisch gesessen hätte. Sein sechster Sinn sagte ihm jedoch, daß diese Frau seiner Erektion recht wenig Beachtung schenken würde.

Sie sah klug und elegant aus mit ihrem kurzen schwarzen Rock und dem schwarzen Samtreifen, der ihre glänzenden braunen Haare zurückhielt. Dann jedoch öffnete sie den Mund, und das Bild löste sich in Nichts auf. »Na, das ist ja hier ein Laden!«

Sie setzte sich auf den Stuhl vor seinem Schreibtisch und schlug ihre wohlgeformten Beine übereinander. Rick versuchte, den deutlichen Südlondoner Akzent mit ihrer eleganten Erscheinung zusammenzubringen, es gelang ihm aber nicht. Eigentlich zog er auch die Fantasievorstellung vor, die er sich von ihr gemacht hatte, bevor sie anfing zu sprechen. Aber er war schon immer ein Romantiker gewesen. Oder ein Fantast, dachte er säuerlich, je nach Standpunkt.

Sie wühlte in ihrer Tasche nach einer Schachtel Zigaretten und zündete sich eine an.

»So«, sagte sie und blickte ihn durch den Rauch der Zigarette mit zusammengekniffenen Augen an, »das sind also Sie?« Sie wies auf den Schriftzug auf der Rauchglasscheibe der Tür, den er erst vor ein paar Wochen angebracht hatte. »Sie sind also Marlowe?«

Rick gewöhnte sich langsam an ihre Stimme und konzentrierte sich auf die Tatsache, daß sie vielleicht eine potentielle Klientin war.

»Nicht ganz. ›Marlowe‹ ist mehr als Witz gemeint –

es ist eben ein guter Name für einen Detektiv, einer, den sich jeder merkt.«

»Tatsächlich?«

Offensichtlich verstand sie ihn nicht, und Ricks Meinung von ihr sank so tief, daß er sie fast nicht mehr begehrenswert fand. War es möglich, daß jemand nicht wußte, wer Philip Marlowe war?

»Ich heiße Rick Daly«, sagte er und schob die Unterlagen auf seinem Schreibtisch zusammen, um zu signalisieren, daß er bereit war, zum geschäftlichen Teil überzugehen. »Was kann ich für Sie tun?«

Er hielt seinen Blick fest auf ihr Gesicht gerichtet, in der Hoffnung, sie tatsächlich als potentielle Kundin behandeln zu können, wenn er das ihrer Brüste unter dem engen weißen Oberteil ignorierte. Das Problem war nur, daß sie unglaubliche braune Augen hatte, mit denen sie ihn unentwegt anschaute, während er redete, und rasch wurde aus der ›potentiellen Klientin‹ eine ›potentielle Bettgeschichte‹. Er zwang sich dazu, sich zu konzentrieren.

»Mein Name ist Melissa – Melissa Davies. Ich brauche Ihre Hilfe … Rick. Das glaube ich zumindest.« Ihre Augen wurden feucht, und einen Moment lang dachte er, sie würde gleich anfangen zu weinen. Aber sie beugte sich nur vor, und sein Blick fiel automatisch auf ihre Brüste. Sie waren groß, rund und einladend. Seine Fingerspitzen prickelten, als er sich vorstellte, wie er seine Hände um das weiche Fleisch legen würde, und seine Hose spannte unangenehm über seiner Erektion.

»Wie's auf der Tür steht – kein Problem ist zu klein … oder zu groß«, sagte er. »Was kann ich denn für Sie tun?«

»Es geht um meine Schwester.« Jetzt, da sie sich seiner Aufmerksamkeit sicher war, redete sie ohne Zögern. »Sie ist vor einiger Zeit verschwunden, und ich muß herausfinden, wo sie ist.« Sie teilte ihm diese Tatsache so beiläufig mit, als habe sie ihn gerade darüber informiert, daß sie ihre Sonnenbrille im Bus vergessen habe.

Rick blickte sie fragend an. »Wie lange ist ›vor einiger Zeit‹?« fragte er vorsichtig.

Melissa zuckte mit den Schultern und drückte ihre Zigarette aus. »Zwei, vielleicht drei Jahre.«

Rick starrte sie an und wartete auf weitere Informationen. Als nichts kam, runzelte er die Stirn. »Sie drükken sich ein bißchen ungenau aus«, sagte er.

Melissa zuckte wieder mit den Schultern, und Rick empfand leises Unbehagen. Irgend etwas stimmte an der Sache nicht. Da saß diese tolle Frau, erzählte ihm ganz unbeteiligt, daß ihre Schwester schon Gott weiß wie lange vermißt wurde, und ihr Gesicht wies nicht das leiseste Anzeichen von Besorgnis oder wenigstens Neugier auf. Seine inneren Antennen fuhren alarmiert auf. Er holte einen Notizblock aus seiner Schreibtischschublade und riß eine neue Packung Bleistifte auf.

»Nun ja ... Vielleicht fangen wir besser beim Anfang an.«

Sie blickte ihn mißtrauisch an. »Haben Sie viel Erfahrung darin, Vermißte zu finden?« fragte sie.

Rick hatte gehofft, sie würde diese Frage nicht stellen. Jeder verlangte von einem Privatdetektiv, daß er Erfahrung hatte, aber keiner wollte ihn damit versorgen. Er überlegte flüchtig, ob er ihr von Mrs. Markhams verlorengegangener Katze erzählen sollte, die er erst letzte Woche erfolgreich in einem Tierheim aufgespürt hatte, aber ein Blick auf ihren spöttischen Gesichtsausdruck sagte ihm, daß sie nicht beeindruckt sein würde.

Die alte Dame war über Tibbles Verschwinden viel besorgter gewesen als Melissa Davies über das Verschwinden ihrer Schwester, und wieder läuteten in seinem Kopf sämtliche Alarmglocken.

»Das ist zwar eine neue Agentur, Miß Davies, aber ich kann Ihnen versichern, daß ich äußerst erfahren bin.«

Sie lächelte. »Dann ist es ja gut. Und, bitte, nennen Sie mich Melissa.« Sie biß sich auf die Unterlippe und wandte den Blick ab. »Ich denke, Sie sollten etwas wissen, bevor wir anfangen.«

Rick hörte an ihrem Tonfall, daß ihm das, was sie gleich sagen würde, sicher nicht gefallen würde, und sein Herz sank. »Und was ist das?« fragte er.

Melissa blickte ihn direkt an. »Ich habe kein Geld. Nicht einen Pfennig – zumindest im Augenblick nicht. Ich kann Ihnen keinen Vorschuß zahlen. Ich dachte, das sollten Sie wissen, damit Sie sich darauf einrichten können.«

Auf Ricks Gesicht spiegelte sich deutliches Unbehagen wider. Er dachte an die nicht bezahlte Miete und seinen alten Mark Two Cortina, der dringend zur Inspektion gebracht werden sollte. Seufzend zündete sie sich eine weitere Zigarette an. Sie sog den Rauch tief ein und blies ihn dann langsam wieder aus.

»Nicht schön, was?« Lachend nahm sie einen weiteren Zug aus ihrer Zigarette, drückte sie dann halbgeraucht aus und blickte ihn aus ihren feuchten braunen Augen an. »Wissen Sie was, vielleicht könnten wir ja so eine Art … Arrangement vereinbaren.«

Rick war so beschäftigt damit, die enttäuschende Information zu verarbeiten, daß es eine Weile dauerte, bis ihm der Sinn ihrer Worte aufging. »Ein Arrangement?« wiederholte er dümmlich.

Sie lächelte wieder ihr wissendes Lächeln, und er spürte, wie etwas in ihm dahinschmolz. »Ja. Vielleicht könnten Sie Bezahlung in Naturalien akzeptieren? Natürlich nur solange, bis ich an das Geld herankomme.«

Rick sah sie verständnislos an. Sie hatte sich beim Sprechen vorgebeugt und gewährte ihm einen provozierenden Einblick auf den glatten, gebräunten Spalt zwischen ihren Brüsten.

Natürlich hielt Rick sich gerne für einen Mann von

Welt. Er mochte Frauen, und offensichtlich mochten die Frauen auch ihn, jedenfalls konnte er sich nicht beklagen. Bei Melissa Davies war es jedoch etwas anderes. Ihre Art verschlug ihm den Atem, und er mußte sich erst räuspern, bevor er erwiderte: »Wir sollten vielleicht zuerst einmal die Formalitäten regeln.«

Seine Stimme schwankte, als sie aufstand, sich über den Schreibtisch beugte und einen manikürten Zeigefinger auf seine Lippen drückte. Dann brachte sie ihr Gesicht so nahe an das seine, daß Rick ihren süßen Atem riechen konnte.

»Das können wir später erledigen«, sagte sie mit heiserer Stimme. Sein Schwanz richtete sich erwartungsvoll auf. »Ich habe nicht gerne Schulden. Ein kleiner Vorschuß würde uns beiden bestimmt ein … sichereres Gefühl geben, meinen Sie nicht auch?«

Vollkommen eingenebelt von ihrem exotischen Parfüm konnte Nick nur mit dem Kopf nicken. Er schluckte. Es fielen ihm zahlreiche Wörter ein, mit denen er seinen derzeitigen Zustand beschreiben konnte, aber *sicheres Gefühl* gehörte bestimmt nicht dazu.

Während er dasaß und sich vorkam wie ein Schuljunge, der sich in die Mutter seines besten Freundes verliebt hat, nahm Melissa ihren Haarreifen ab. Ihre Haare fielen über ihre Wangen und ließen sie jünger, weicher und unglaublich, unwiderstehlich begehrenswert aussehen.

Ricks Blick wanderte zu ihren weichen Brüsten, die nur Zentimeter von seinem Gesicht entfernt waren. Aus der Nähe konnte man ganz deutlich sehen, daß sie unter ihrem engen weißen Oberteil nackt war, da er sogar die Erhebungen ihrer Brustwarzen unter dem dünnen Stoff ausmachen konnte. Diese Erkenntnis besiegte die letzten Zweifel in ihm.

Er schaute ihr wieder in die Augen und streckte die Hand aus, um ihre Brust zu berühren. Sie zuckte nicht zurück, und er hatte das Gefühl, daß sie ihn herausforderte, ihr Angebot anzunehmen. Mutiger drückte er sanft das weiche Fleisch und umschloß die Brust mit seiner Hand, an deren Innenflächen er ihre Brustwarze fühlte.

Ein kleiner Seufzer entschlüpfte ihren Lippen, und sie streichelte ihm leicht über die Wange. Er fuhr mit den Fingerspitzen über ihren Hals und die Linie ihres Kinns entlang. Die Haut fühlte sich glatt und samtweich an, und seine Fingerspitzen prickelten bei der Berührung.

Ihre Lippen öffneten sich und luden ihn unmißverständlich ein. Mit den Daumen glitt er leicht über die bebende Unterlippe. Melissas leckte über die Spitze seines Daumens, und dann zog sie ihn in die feuchte Wärme ihres Mundes.

In diesem Moment wußte Rick genau, was er wollte, und nichts konnte ihn mehr davon abhalten. Hastig zog er seinen Daumen aus ihrem Mund und schob seinen Stuhl vom Schreibtisch weg, um Platz zu schaffen. Es gab ein häßliches knirschendes Geräusch, als die Stuhlbeine über die Bodendielen schabten, aber keiner von ihnen achtete darauf. Wortlos kam Melissa um den Schreibtisch herum und stellte sich vor ihn.

Er drehte die Lampe so, daß sie in einer Flut von hellem, weißem Licht stand und er im Dunkeln blieb. Einen Moment lang blickten sie einander nur an und kosteten die sexuelle Spannung aus, bis sie kaum mehr zu ertragen war.

Schließlich stemmte Melissa provokativ eine Hand auf die Hüfte. Rick konnte seinen Blick nicht von ihr abwenden; verlangend betrachtete er ihre glatte, bräunliche Haut, bevor er sie berührte. Als ob sie seine Gedanken lesen könnte, griff Melissa nach dem Saum ihres weißen Oberteils und zog es sich langsam über den Kopf.

Ihre Brüste sprangen heraus. Sie waren blasser als der

übrige Körper; fast sah es so aus, als ob sie einen BH trüge, der natürlich nichts verbarg. Ihre Nippel traten hervor wie zwei harte, braunrote Lustknospen. Sie flehten geradezu darum, daß er an ihnen leckte und saugte und …

Mit einem unterdrückten Stöhnen trat Rick auf sie zu.

»Wie willst du mich?« murmelte sie.

Er brauchte nicht lange nachzudenken.

»Knie dich hin«, flüsterte er rauh.

Diese Frau trotz ihres kühlen, beherrschten Aussehens vor sich knien zu sehen wie eine Geisha, erregte ihn so sehr, daß er beinahe auf der Stelle gekommen wäre. Mit vorgetäuschter Unterwürfigkeit blickte sie zu ihm auf, und ihre Augen luden ihn ein, mit ihr zu tun, was er wollte, während ihr Mund … ihr Mund versprach ihm einen Ausflug ins Paradies.

»Verschränk deine Hände hinter dem Rücken«, befahl er.

Sie kam seiner Aufforderung nach, und dadurch traten ihre Brüste deutlicher hervor. Die Brustwarzen zeigten leicht nach oben. Rick betrachtete sie einen Moment lang, wobei er merkte, daß die Hose langsam zu eng für das Ausmaß seiner Erektion wurde. Ohne den Blick von Melissas großartigen Brüsten zu wenden, zog er sie hastig aus.

Gleichmütig sah sie zu, wie sein Schwanz aus der Hose herausschnellte. Als er sich wieder setzte, sie sich mit der Zungenspitze über die Unterlippe, als ob sie bereits seinen Schwanz lecken würde.

Rick überlegte, ob er einfach jetzt kommen und sein heißes Sperma auf ihre Brüste spritzen sollte. Würde sie es als Tribut an ihre Schönheit, als Zeichen dafür, wie begehrenswert sie war, empfinden? Oder würde sie ihn wegen seiner mangelnden Beherrschung verachten? Er beschloß, das Risiko nicht einzugehen; außerdem wollte er sich lieber Zeit lassen. Die Situation war unbeschreiblich köstlich, und er hatte vor, jede Sekunde zu genießen.

Rick spreizte seine Beine und drückte ihren Kopf nach unten. Wie einstudiert rutschte Melissa auf den Knien nach vorne, bis ihre herrlichen Brüste auf seinen Oberschenkeln lagen. Das Fleisch war warm und weich, und er konnte dem Drang nicht widerstehen, es zu berühren, ihre Brüste zu streicheln, bis sie erbebte.

Erfreut, daß sie endlich eine Reaktion zeigte, fuhr er mit den Fingern durch ihre Haare. Sie waren weich und glänzend wie die einer Shampoo-Werbung. Ricks Kehle wurde trocken, als er sich vorstellte, wie er sie um seinen pochenden Schwanz wickeln würde.

Mit den Händen umfaßte er ihren Hinterkopf und dirigierte sie so, daß ihr Gesicht nur noch Millimeter von seinem entfernt war. Im Augenblick wünschte er sich nichts sehnlicher als zu spüren, wie sein Schwanz von diesen weichen, feuchten Lippen umschlossen wurde, und zuzusehen, wie sie an ihm saugte, bis er kam.

Melissa gab keinen Laut von sich. Ohne ihre Position zu verändern, beugte sie sich vor und öffnete weit den Mund. Mit den Lippen berührte sie seine Eier und zog ihn dann in die willkommene Wärme ihres Mundes, wobei sie zart an dem pochenden Fleisch knabberte.

Rick hätte die Augen geschlossen und sich einfach dem Gefühl hingegeben, wenn ihr Anblick nicht so heftig zu seiner Begierde beigetragen hätte. Sie sah so großartig aus, so faszinierend und unterwürfig und *verfügbar,* daß sein Schwanz vor Lust pulsierte. In ihrem Mund zu sein war reine Ekstase. Er hatte das Gefühl, etwas zu erleben, was über Sex, über das Körperliche hinausging; am liebsten hätte er den ganzen Tag so verbracht. Was Melissa mit ihrem Mund fertigbrachte, entsprang einer Mischung aus Technik und angeborener Begabung. Kein Zweifel, Melissa Davies war ein Naturtalent im Blasen.

Ihre weichen Lippen glitten an seinem Schwanz auf und ab und erzeugten eine Kettenreaktion, die sich bis in sein Innerstes fortsetzte. Er wurde immer heißer und ruheloser, während sie rhythmisch an ihm saugte und ihre Zunge neckend den Kopf seines Schwanzes umspielte.

Ricks Augenlider sanken herab, als ob Gewichte daran hingen, und seine Oberschenkel spannten sich, als das Ejakulat sich immer drängender ansammelte. Gerade als er dachte, es käme gleich, nahm Melissa ihn tief in sich auf, daß ihre Lippen sein Schambein berührten.

Es war, als hätte sie einen Knopf gedrückt. Er stöhnte laut und kam auf der Stelle. Sie schluckte jeden Tropfen und ließ ihn nicht eher frei, bis sie das letzte aus ihm herausgepreßt hatte.

Danach war sie wieder vollkommen kühl. Sie zog sich mit unglaublicher Geschwindigkeit an und setzte sich auf der anderen Seite des Schreibtischs auf ihren Stuhl. Rick war noch ganz benommen und zog sich langsamer an, wobei er sich bewußt war, daß sie ihn beobachtete, während sie sich entspannt in ihrem Stuhl zurücklehnte und eine Zigarette anzündete.

»Lassen Sie uns vom Geschäft reden«, sagte sie, als er fertig war. »Ich muß meine Schwester finden, um ein Erbe antreten können, das vom Gericht zurückgehalten wird. Ihre Aufgabe ist es, sie zu finden – oder nachzuweisen, daß sie tot ist.«

Rick war verstört. Offensichtlich war Melissa völlig unbeeindruckt von dem eben Erlebten, das ihn so mitgenommen hatte. Ein rascher Blow-Job kam ihr anscheinend als adäquate Bezahlung für seine Dienste vor. Er fühlte sich benutzt, ein wenig schmierig, und trotz seiner gerade erlebten Klimax seltsam unbefriedigt. Entschlossen verdrängte er diese Empfindungen, und die Instinkte, die seiner Meinung nach einen guten Detektiv aus ihm machten, gewannen die Oberhand.

»Besteht denn die Möglichkeit, daß sie tot ist?«

Melissa zuckte mit den Schultern. Sie nahm einen tiefen Zug aus ihrer Zigarette und betrachtete ihn nachdenklich. »Sie sind der Detektiv. Das müssen Sie mir sagen. Es ist jetzt fast drei Jahre her, und ich nehme an, Sie hätte sich bei mir gemeldet, wenn es ihr gut ginge.«

»Also haben Sie keinen Kontakt mehr zu Ihrer Schwester gehabt, seit sie verschwunden ist?«

»Nein. Noch nicht einmal, als Michael gestorben ist.« Sie drückte ihre Zigarette aus – heftig, wie es Rick vorkam.

»Michael?« fragte er.

»Unser Vater. Eigentlich unser Stiefvater. Er und Joanne standen sich sehr nahe, also wäre sie doch bestimmt zu seiner Beerdigung gekommen, schließlich erschien die Anzeige in der Zeitung. Aber ...« Sie zuckte wieder mit den Schultern, und Rick hatte kurz den Eindruck, daß sie traurig war.

Als sie ihn jedoch ansah, waren ihre Augen hart und ausdruckslos, und er dachte, er hätte sich das nur eingebildet. Er wußte nicht, warum es ihm so wichtig war, daß Melissa etwas für ihre verschwundene Schwester empfand; wahrscheinlich würde es sie einfach irgendwie menschlicher machen. Liebenswerter.

Hastig rief er sich ins Gedächtnis, daß es keinen Grund für ihn gab, seine Klienten gern haben zu müssen, und versuchte einen neuen Vorstoß. »Hatte Michael von ihr gehört, oder stand sie in Kontakt zu irgendeinem anderen Familienmitglied?«

»Es gibt keine anderen Familienmitglieder, und Michael hatte keinen Kontakt mit ihr.«

»Glauben Sie, er wußte, wo sie war?« fragte er.

Melissa errötete leicht und schüttelte den Kopf. »Natürlich nicht. Ich habe lediglich gesagt, daß Joanne keinen Kontakt zu ihm hatte.«

Rick glaubte ihr nicht, ließ es aber dabei bewenden. »Sind Sie sicher?«

»Er hätte es mir gesagt«, erwiderte sie kühl. Ihre Blikke sprühten Funken.

»Aber ...«

»Er hätte es mir gesagt«, wiederholte sie bestimmt. »Wir hatten keine Geheimnisse voreinander.«

Rick kam es seltsam vor, daß sie glaubte, ein Vater hätte keine Geheimnisse vor seiner Tochter. Allerdings zeigte ihm Melissas Gesichtsausdruck und die Abwehr in ihren Augen, daß sie ihm nicht alles erzählte. Er beschloß, es für den Anfang dabei bewenden zu lassen. »Berichten Sie mir etwas über Joanne«, sagte er und schlug seinen Notizblock auf. »Lassen Sie uns mit dem Tag beginnen, an dem sie verschwunden ist.«

Später, als er nach Hause ging, dachte Rick über das nach, was Melissa ihm erzählt hatte. Das Gespräch war nur noch kurz und von seinem Standpunkt aus unbefriedigend gewesen. Joanne war gerade achtzehn gewesen, als sie am Tag nach ihrem Geburtstag verschwunden war. Da sie einen Brief hinterlassen hatte, offensichtlich freiwillig gegangen und außerdem volljährig war, hatte die Polizei sich nicht darum gekümmert. Rick vermutete außerdem, daß die Versuche der Familie, sie zu finden, im besten Fall halbherzig gewesen waren.

Warum? Er grübelte darüber nach, während er durch die dunklen, regennassen Straßen ging. Warum sollte eine offensichtlich normale, wohlgeratene Achtzehnjährige, wie Melissa sie beschrieben hatte, aus einem glücklichen Zuhause weglaufen und sich nie wieder melden, noch nicht einmal, um nach ihren hervorragenden Zeugnisnoten zu fragen? Noch verwirrender war, daß Vater und Schwester die Tatsache, daß sie weg war, einfach akzeptierten, ihren Platz an der Universität freigaben und keinen Versuch machten, herauszufinden, was mit ihr passiert war.

Der Regen prasselte nun heftiger auf seine Schultern,

und als er ein paar Meter vor sich das einladende Licht einer Kneipe sah, lief er darauf zu.

Innen war es warm und stickig, und die Geruchsmischung aus Bier und abgestandenem Zigarettenqualm war eher abstoßend, aber der Ort war ihm tröstlich vertraut. Rick bestellte sich ein Bier und setzte sich an einen freien Tisch.

Er überlegte, ob er Melissa Davies nicht sagen sollte, sie solle sich ihre Nachforschungen und ihre Blow-Jobs als Bezahlung sonstwohin stecken, aber die Tatsache, daß ihre Geschichte so viele Fragen offenließ, reizte ihn. Außerdem hatte er nichts anderes zu tun, und zumindest konnte er seiner Freundin Gemma erzählen, daß er endlich einen Fall hatte.

Gemma! Rick verschüttete beinahe sein Bier, als ihm einfiel, daß sie heute abend bei ihm in der Wohnung für ihn kochen wollte. Ein Blick auf die Uhr sagte ihm, daß es bereits nach elf Uhr war, und er stürzte sein Bier in einem Schluck hinunter. Draußen nieselte es nur noch, und den Rest des Weges bis nach Hause rannte er.

Schon als er die Tür zu seiner Souterrain-Wohnung öffnete, merkte Rick, daß es zu spät war. Auf dem Küchentisch standen zwei Teller, zwei Weingläser und eine Vase mit einem Strauß roter Rosen. Ein Teller war leer, auf dem anderen lagen noch Reste dessen, was sicher ein großartiges Essen gewesen war.

Seufzend kippte er die unappetitlichen Überreste in den Abfalleimer, goß den Wein in die Spüle und ließ Wasser über die Teller laufen, damit sie einweichen konnten. Der Anlaß für das Essen war gewesen, daß sie jetzt seit einem halben Jahr miteinander befreundet waren, und Gemma hielt das anscheinend für eine wichtige Sache.

Während er ins Schlafzimmer ging, erwartete er halb, daß sie im Bett auf ihn warten würde. Aber sie war nicht da, und er wußte nicht, ob er erleichtert oder enttäuscht sein sollte. Wahrscheinlich hing Melissas schweres Parfüm noch in seinen Kleidern und auf seiner Haut. Er hatte noch nie gut lügen können, und deshalb war er eigentlich froh, daß Gemma nach Hause gegangen war. Sie war ein nettes Mädchen, und Rick wollte ihr keinen Kummer machen. Andererseits war er nicht gerade begeistert von der Aussicht auf den verlegenen Telefonanruf, den er am nächsten Morgen tätigen würde.

Frauen. Sie mußten immer alles komplizieren. Das war wahrscheinlich geschlechtsbedingt, irgendein ausschließlich weibliches Gen, das die Männer ständig unter Druck setzte, sinnierte er, während er sich auszog.

Als er ins Bett fiel, fragte er sich flüchtig, ob das wohl hinter seinem jüngsten Fall steckte. Joanne war achtzehn gewesen, nach Melissas Aussage intelligent und hübsch. Hatte ihr Verschwinden etwas mit einem Mann zu tun? Ein geheimer Freund, von dem sie ihrer Familie nichts erzählt hatte?

Die Theorie war nicht schlecht. Wenn sie stimmte, bedeutete das, daß sie noch am Leben war. Warum hatte sie sich dann aber nicht bei Melissa gemeldet, als ihr Stiefvater starb?

Es waren zu viele Fragen, zu viele Puzzleteile, die nicht zueinander paßten, so sehr er auch darüber nachdachte. Gähnend gab er es auf, sich den Kopf zu zerbrechen, und als er einschlief, dachte er nicht mehr an Melissa und Joanne.

3

Joanne/Natalie – 1995

»Du fährst weit weg, nicht wahr?«

Joanne war in Gedanken versunken gewesen, jetzt aber blickte sie den Lastwagenfahrer an, der sie mitgenommen hatte. »Nach Manchester«, sagte sie zu ihm.

»Bist du nicht noch ein bißchen jung? Um so allein quer durch das ganze Land zu reisen, meine ich.«

Sie zuckte mit den Schultern. »Ich bin alt genug.«

Sie spürte, daß er sie musterte, und seufzte insgeheim. Natürlich kannte sie den Preis einer solchen Fahrt, aber das hieß noch lange nicht, daß sie sich darauf freute. Mühsam lächelnd wandte sie sich ihm zu. Er hatte eine dunkel getönte Haut und starken Bartwuchs. Wahrscheinlich mußte er sich zweimal am Tag rasieren. Aber er war noch relativ jung, Mitte bis Ende Zwanzig, schätzte sie, und die Dunkelheit seiner Bartstoppeln ließ seine Zähne, wenn er lächelte, besonders weiß erscheinen. Er war muskulös, mit kräftigen Armen, und seine Hände waren groß und viereckig, mit kurzgeschnittenen, sauberen Nägeln. Es hätte schlimmer sein können.

»Wie weit fahren Sie?«

Er wandte seinen Blick kurz von der Straße ab. »Ich soll diese Ladung nach Carlisle bringen, aber ich könnte einen Umweg über Manchester machen – also das ganze Programm, wenn du willst.«

Joanne lächelte kläglich über den absichtlichen Doppelsinn. »In Ordnung – wenn wir Dreiviertel der Strekke hinter uns haben, halten wir an, ja?« schlug sie vor.

Der Fahrer lachte. »Das hast du schon mal gemacht, nicht wahr?«

Joanne lächelte nur. Es konnte nichts schaden, wenn er das glaubte. Wenn er wüßte, daß sie noch nie getrampt, geschweige denn mit ihrem Körper bezahlt hatte, dann würde er erraten, daß sie von zu Hause weggelaufen war und sich an sie erinnern, wenn man ihm später irgendwelche Fragen stellte.

»Wie heißt du?« fragte er.

Joanne zögerte. Auf die Frage war sie nicht vorbereitet gewesen. »Natalie«, erwiderte sie. »Und du?«

Falls er das kurze Zögern bemerkt hatte, erwähnte er es nicht. »Anthony Talamoran«, sagte er und fügte mit einem Grinsen hinzu, »aber du kannst mich Tony nennen, schließlich werden wir ja Freunde.«

Joanne zwang sich zu einem Lächeln. *Freunde!* Dafür hatte sie keine Verwendung mehr; von nun an war sie auf sich selbst gestellt.

Während sie die Autobahn entlangfuhren, blickte sie aus dem Fenster und über im Geiste ihre ersten achtzehn Lebensjahre der Vergangenheit. Tot und begraben. Joanne Davies gab es nicht mehr, von nun an war sie Natalie. Sie schaute den Fahrer an. Wie war noch mal sein Nachname gewesen? Talamoran, hatte er gesagt. Das klang irgendwie gut. *Natalie Talamoran.* Der Name war gut, so weit entfernt von Joanne Davies wie nur möglich. Sie seufzte schwer. Es würde schon gehen.

Zum Mittagessen hielten sie an einer Raststätte ein paar Meilen südlich von Manchester. Tony bestand darauf, für sie zu bezahlen, und Joanne – beziehungsweise Natalie, wie sie sich sofort wieder ins Gedächtnis rief –, nahm dankbar an, weil sie so das Geld, das sie mitgenommen hatte, sparen konnte.

Sie aßen jeder ein ganzes Menü und teilten sich eine Kanne schwarzen Tee. Tony stellte nicht allzu viele Fragen und war ein angenehmer Begleiter, so daß Natalie sich entspannte.

Während des Essens stand Tony auf, um zur Toilette

zu gehen. Er blieb lange Zeit weg, und sie fragte sich, ob er vielleicht seine Meinung geändert hatte und sie zurücklassen wollte. Als er endlich wieder auftauchte, war sie erleichtert.

Nach dem Essen griff er unter den Tisch und berührte ihr Knie. Seine Hand war warm und trocken, und seine Berührung eher zögernd als zupackend, fast zärtlich. Das beruhigte sie. »Natalie ...?« fragte er leise.

Sie blinzelte; noch hatte sie sich nicht an den Namen gewöhnt. Dann merkte sie, daß er ihr eine Frage gestellt hatte und ihr damit möglicherweise sogar einen Ausweg bot. Sie blickte ihn an und überlegte. Eine Stunde in der Lastwagenkabine auf dem Parkplatz für ein Essen und das Mitnehmen nach Manchester. Und eigentlich noch viel mehr. Ohne es zu wissen, hatte Tony ihr geholfen, einer Situation zu entkommen, die unmöglich geworden war.

Eine Welle von Dankbarkeit überschwemmte sie, und sie nickte. Er lächelte, und sie fand ihn in diesem Moment sehr attraktiv. Sie könnte sich vielleicht sogar vorstellen, daß er ihr Freund wäre. Hoffentlich würde er sanft mit ihr umgehen.

Zu ihrer Überraschung gingen sie nicht zum Truck zurück. Tony hatte ein Zimmer in dem Motel gemietet, das zur Raststätte gehörte – ein spärlich möbliertes, anonymes Zimmer, aber es war privater als es die Lastwagenkabine gewesen wäre. Natalie war fast gerührt.

Wortlos trat Tony ans Fenster und zog die Vorhänge zu. Dann schaltete er die Nachttischlampe an und verriegelte die Tür. Ihre Brust schmerzte beim Atmen, während sie mitten im Zimmer stand und darauf wartete, daß er auf sie zukam. Ihre Passivität schien ihn zu stören, und er machte eine kleine, verlegene Geste.

»Sollen wir uns ausziehen?« schlug er vor.

Natalie nickte und legte ihren Rucksack aufs Bett. Plötzlich fiel ihr ein, daß sie Kondome dabei hatte.

»Ich … ich hoffe, es macht dir nichts aus?« flüsterte sie. Ihre Zunge fühlte sich pelzig an. Tony lachte und nahm ihr das Päckchen aus der Hand.

»Ich glaube nicht, daß wir die alle brauchen«, sagte er und zog eins heraus.

Natalie errötete und packte die übrigen wieder in ihren Rucksack. Er mußte sie für eine Prostituierte halten, weil sie eine Großpackung Kondome dabei hatte. Aber eigentlich spielte es keine Rolle, was er dachte. Das hier war einfach nur ein Handel, ein Geschäft. Und wenn sie das zur Prostituierten machte, dann war auch das nur eine Bezeichnung. Es beschrieb sie nicht wirklich.

Sie wandte sich ihm zu und zog ihre Stiefel und die Leggings aus. Dann griff sie sich zwischen die Beine und öffnete die Druckknöpfe an ihrem Body. Er rutschte hoch und gab den Blick frei auf ihre einfaches schwarzes Baumwollhöschen und ihren glatten, flachen Bauch. Tony starrte sie an. An seinem Kinn pochte eine kleine Ader.

Natalie zog den Body über den Kopf und warf ihn zu den übrigen Sachen. Sie erschauerte, als sie in BH und Höschen vor ihm stand, und mußte den heftigen Drang unterdrücken, schützend die Arme um sich zu schlingen.

Tony zog sein T-Shirt aus und enthüllte eine muskulöse, behaarte Brust und einen flachen Bauch. Natalie konnte seine Haut riechen, ein männlicher Geruch nach Moschus, vermischt mit frischem Schweiß und dem schwachen Duft von Zitronenseife. In ihrem Magen flatterte es, und ihre Beine waren ganz schwach. Da sie nicht wußte, ob es Angst oder Vorfreude war, blieb sie ganz still stehen und sah ihm zu.

Auch er sah sie an, während er seinen Gürtel aufmachte und ihn langsam durch die Schlaufen seiner Jeans zog. Dann rollte er ihn mit seinen großen Händen zusammen. Natalies Mund wurde trocken. Schließlich kannte sie ihn nicht – angenommen, sie wäre in diesem Hotelzimmer unkontrollierten und gefährlichen Perversionen ausgesetzt, nachdem sie eben erst davor geflüchtet war?

Ihre Angst hatte sich wahrscheinlich auf ihrem Gesicht abgezeichnet, denn Tony lächelte und streckte die Hand aus.

»Ich weiß, wir haben nicht lange Zeit«, sagte er, als sie nervös nähertrat und seine Hand ergriff, »aber wir haben genug Zeit, um Spaß miteinander zu haben, oder?«

Natalie nickte, obwohl sie nicht genau wußte, was er meinte. Es gab unterschiedliche Auffassungen von ›Spaß haben‹, wie sie herausgefunden hatte.

Sie hielt ganz still, als Tony sie in die Arme zog. Aus der Nähe war der Geruch seiner Haut durchdringend, allerdings nicht unangenehm. Ihre Brüste in dem Baumwoll-BH wurden gegen seine harte, behaarte Brust gedrückt. Sie spürte, wie ihre Brustwarzen steif wurden. In ihrem Bauch zog sich etwas zusammen, und ihr Geschlecht wurde feucht.

Mit einem Finger hob er ihr Kinn an, um ihr ins Gesicht sehen zu können. »Mein Gott, du bist noch jung, nicht wahr?« Er runzelte die Stirn. »Bist du überhaupt schon über sechzehn?« fragte er.

Natalie nickte. »Gestern hatte ich Geburtstag. Ich bin achtzehn geworden.«

Er grinste. »Dann bist du alt genug.«

»Ja.«

»Man muß heutzutage so vorsichtig sein ... Mädchen sehen manchmal älter aus.«

Erst jetzt küßte er sie. Zuerst stand sie ganz still und spürte nur, wie sich seine Lippen auf ihren bewegten und seine Zunge in ihren Mund eindrang. Aber allmählich merkte sie, daß es gar nicht unangenehm war, daß sie den Geschmack seiner Lippen mochte und daß es ihr gefiel, wie sich sein starker Körper an ihren weichen drückte. Sie entspannte sich, öffnete den Mund und schlang die Arme um seinen Hals.

Tony stöhnte, als er ihre Kapitulation spürte. Sein Kuß wurde leidenschaftlicher und seine Hände gieriger, während sie über ihren Körper glitten. Zu Natalies Überraschung fachte das auch ihr eigenes Verlangen an, und sie brauchte keine Leidenschaft vorzutäuschen, als sie seinen Kuß erwiderte.

Noch vor wenigen Minuten war sie mit der Absicht in dieses Zimmer gekommen, mit ihrem Körper die Fahrt nach Manchester zu bezahlen. Und jetzt plötzlich war aus ihrer Begegnung etwas anderes geworden, und sie merkte, daß sie ihn begehrte, daß sie die feuchte Wärme seiner Haut an ihrer spüren, sich ihm völlig hingeben wollte.

»Gott – du bist wundervoll«, keuchte er, als der Kuß endete.

Natalie war dankbar für das Kompliment. Sie leistete keinen Widerstand, als Tony sie auf das Bett drängte und sich auf sie legte. Er küßte sie wieder, und sie spürte seinen drängenden Penis an ihrem Bauch.

Sein Mund wanderte ihren Hals hinunter, und er saugte und leckte an der zarten Haut, bis sie dachte, sie verginge vor Lust. Mit seinen großen Händen umfaßte er ihre Taille, während seine Lippen tiefer glitten bis zu dem Spalt zwischen ihren Brüsten.

Natalie griff in seine festen, drahtigen dunklen Haare und umfaßte seinen Hinterkopf, während er ihren Bauch küßte und mit der Zunge in ihrem Nabel spielte.

Sie war jetzt völlig naß, und einen Moment lang war es ihr peinlich, daß sie so offensichtlich erregt war, aber Tonys unverhüllte Freude darüber, als er sie zwischen den Beinen küßte, ließ sie ihre Verlegenheit vergessen.

Er erweckte nicht den Eindruck, sie demütigen oder verletzen zu wollen, so wie er die weiche Haut an den

Innenseiten ihrer Schenkel küßte. Sie war nicht daran gewöhnt, daß jemand ein solch unschuldiges Vergnügen an ihrem Körper hatte, und seine Begeisterung war mitreißend. Leise stöhnend küßte sie ihn auf den Nakken, atmete seinen warmen, männlichen Geruch ein und leckte seinen salzigen Schweiß.

Tony schob den Zwickel ihres Höschens beiseite, und Natalie wimmerte protestierend, als ihr der starke Geruch ihres eigenen Geschlechts in die Nase stieg.

»Mmm!« murmelte er und tauchte mit seiner Zunge tief in die heißen, nassen Falten.

Natalie schrie vor Schreck und Erregung auf und sank aufs Bett zurück. Er vergrub seine Zunge in ihr und saugte ihren Honigsaft förmlich aus ihr heraus. Jede Verlegenheit oder Schüchternheit, die sie vielleicht hätte empfinden können, verschwand völlig, als sie merkte, welche Freude ihm ihr Körper bereitete.

Tatsächlich schien er vollkommen absorbiert zu sein von dem, was er tat. Er hatte ihre Klitoris gefunden und bearbeitete sie mit seiner Zunge. Kleine Luststöße jagten wie Hitzewellen durch ihren Körper. Ihre Haut prikkelte vom Kopf bis zu den Zehen.

Natalie hatte das Gefühl, sie würde in einem Meer von Licht und Farben und Gefühlen ertrinken. Sie warf den Kopf hin und her, als sich die Spannung in der kleinen harten Knospe aufbaute, die unter seiner Zunge pochte.

Plötzlich spannte sich ihr ganzer Körper. Tony umfaßte ihren Hintern mit beiden Händen und zog ihre Muschi nahe an sein Gesicht, als ihr Orgasmus kam. Natalie schrie auf. Sie hatte das Gefühl, sie würde ihn mit ihren Säften ersticken, aber Tony saugte und knabberte an ihr, so daß die Wellen der Lust, die sie durchströmten, nur noch heftiger wurden.

Schließlich sank sie aufs Kissen zurück, völlig erschöpft. Tony legte sich neben sie und schloß sie in die

Arme. Er murmelte beruhigende Worte, und seine großen Hände streichelten ihren Körper. Dann küßte er sie wieder, und sie schmeckte den salzigen Geschmack ihrer Möse auf seinen Lippen.

Es war hübsch, in seinen Armen zu liegen. Er schien es nicht eilig zu haben, sich sein eigenes Vergnügen zu holen – vielleicht spielte er ja auch mit der Fantasie, daß sie irgendwie miteinander verbunden waren, daß sie seine Freundin war, so wie sie sich einzubilden versuchte, er sei ihr Freund.

Sie spürte, wie sich sein harter Schwanz an ihren Oberschenkel drückte. Er war heiß und fordernd, und wollte weitermachen. Zunächst zögernd griff Natalie danach und ließ ihre Hand daran entlanggleiten.

»Mmmh, ja, so ist es richtig, Baby«, murmelte er und legte sich auf den Rücken.

Sein Schwanz ragte gerade und fest aus dem Busch dunkler Kräuselhaare. Natalie beobachtete sein Gesicht, umschloß seinen Schwanz mit ihrer Hand und ließ sie ein paarmal auf und ab gleiten.

»Ja ... Das ist gut. Deine Hände sind so weich und kühl ...«

Sein Körper spannte sich, und wieder pochte die kleine Ader in seinem Kinn.

»Zieh den Gummi drüber«, sagte er, »und dann setz dich auf mich.«

Das kannte Natalie aus ihrem früheren Leben als Joanne schon eher. Sie gehorchte sofort. Jetzt war sie selbstsicherer, weil ihr das Folgende vertraut war. Sie zog den dünnen Gummi geschickt über seinen Penis und hielt ihn unten fest, als sie sich auf ihn setzte. Dann ließ sie sich langsam auf ihn gleiten.

»Jesus ... ja, so ist es gut ... immer tiefer ... oh ... ja.«

Sein Gesicht entspannte sich, und seine Augen verschleierten sich, während sie ihn tief in sich eindringen ließ. Sie zuckte leicht zusammen, als er ganz in ihr war, aber der kleine Schmerz war rasch vergessen, als er nach ihren Brüsten griff.

Ihre Nippel wurden hart unter seinen Händen. Natalie hatte das Gefühl, daß ihre Brüste durch ein unsichtbares Band mit ihrer Klitoris verbunden waren, denn seine Berührung erregte sie immer mehr.

Er sah zu, wie sein Schwanz in sie hinein- und wieder herausglitt, glänzend von ihren Säften. Je näher er dem Höhepunkt kam, desto härter wurde er.

Natalie konnte spüren, wie seine Erregung sich aufbaute; sein ganzer Körper schien zu vibrieren, wie ein gespannter Bogen. Und auch ihr eigener Körper reagierte darauf.

»Du bist gut«, keuchte er atemlos, packte sie um die Hüften und hinderte sie daran, sich zu bewegen. Er hob seinen Hintern und stieß zwei, dreimal heftig in sie hinein. Und dann erreichte er mit einem befriedigten Stöhnen den Höhepunkt, und sein Schwanz begann zu pulsieren.

Sie rollten sich auf die Seite, so daß sie Gesicht an Gesicht nebeneinanderlagen. Sie hatte die Beine um seine Taille geschlungen, und sein Schwanz war immer noch in ihr.

Tony küßte sie leidenschaftlich und hielt sie fest, während sie beide die Wellen der Lust genossen.

Als er wieder zu Atem gekommen war, löste sich Tony sanft von ihr und ging unter die Dusche. Er beeilte sich und ließ das Wasser für Natalie laufen, während er sich bereits anzog. Auch Natalie kleidete sich nach der Dusche schweigend an, da sie erwartete, daß sie sich jetzt, wo er von ihr bekommen hatte, was er wollte, sicher eine andere Mitfahrgelegenheit würde suchen müssen.

»Ich habe eine Kusine in Manchester«, sagte er plötzlich, als sie beide angezogen waren. »Sie arbeitet in der Innenstadt in einem Nightclub. Wenn du willst, kann ich dich zu ihr nach Hause bringen. Vielleicht kann sie dir ja einen Job besorgen.«

Natalie starrte ihn erstaunt an. Am liebsten hätte sie geweint; seine Freundlichkeit kam so unerwartet.

»Das wäre … Danke, Tony«, sagte sie leise.

Er nickte. »Gut. Hier ist ein bißchen Geld. Du kannst uns eine Cola und etwas Schokolade kaufen, und ich rufe in der Zwischenzeit Maria an und bereite sie darauf vor, daß wir kommen.«

Natalie nickte und eilte aus dem Motelzimmer. Sie konnte ihr Glück kaum fassen.

4

Rick – 1997

Es war dunkel, und doch wußte Rick genau, daß es nicht Nacht war. Irgend etwas drückte auf sein Gesicht … nur leicht … seidig, ein Stück Stoff, das seine Augen und seine Nase bedeckte …

»Bastard!« zischte eine Stimme in sein Ohr. »Verlogener, untreuer Bastard!«

Die Worte paßten gar nicht zu der sanften, mädchenhaften Stimme. Er kannte die Stimme, allerdings hatte sie noch nie zuvor so mit ihm geredet.

»Gemma?« Er versuchte, den Stoff, der ihm in den Mund gerutscht war, wegzuschieben, aber es gelang ihm nicht.

»Ich habe dir vertraut, ich habe dich geliebt, du dreckiges, verlogenes Schwein! Du elender Perverser!«

Ihre Lippen waren ganz dicht an seinem Kopf. Er konnte ihren heißen Atem spüren, während sie ihm ins Ohr fauchte. »Jetzt kommst du dir nicht mehr so toll vor, nicht wahr? Du großer Ficker vor dem Herrn, der die Hosen für jede Schlampe runterläßt, die dir die Möglichkeit dazu gibt!« Sie lachte, ein hartes, metallisches Lachen, ganz anders als das sanfte Kichern, das sie sonst hören ließ. »Hast wohl gedacht, ich wüßte es nicht, was? Hast gedacht, ich finde es nicht heraus, weil du so verdammt klug bist!«

Ein angstvoller Schauer lief ihm über den Rücken. Sein Magen zog sich zusammen, als er merkte, worüber sie redete. Sie wußte es. Gott weiß woher, aber sie wußte es.

»Gemma, ich …«

»Du kannst alles erklären?« schnitt sie ihm höhnisch das Wort ab. »Das ist mir klar. Ich will aber keine schmutzigen

kleinen Erklärungen hören, Liebling. Ich will nur, daß du vor mir kriechst!«

Rick gefiel die Art nicht, in der sie den letzten Satz sagte. Es lag etwas Unversöhnliches, Rachsüchtiges darin. Etwas entschieden Sadistisches. Er versuchte sich aufzusetzen, aber sie hatte ihm die Arme über dem Kopf festgebunden, und er lag hilflos auf dem Bett.

Seine Handgelenke waren zusammengeschnürt, und er fühlte sich schrecklich ausgeliefert und verletzlich, obwohl ihn zugleich ein Schauer der Vorfreude durchlief. Ein Luftzug glitt über seinen Körper, und er konnte spüren, daß er nackt war. Nackt, gefesselt und mit verbundenen Augen, völlig der Gnade seiner mörderisch wütenden Freundin ausgeliefert.

»Gemma ...«, setzte er noch einmal an, aber seine Stimme wurde erstickt durch den Seidenstoff, den sie ihm wie eine Haube über den Kopf gezogen hatte.

Er konnte ihr leichtes, blumiges Parfüm wahrnehmen, und der Stoff roch nach dem einzigartigen, süßen Duft ihrer Haut. Er fühlte sich an wie eins der Seidennachthemden, die sie gerne trug, und bei dem Gedanken daran richtete sich sein Schwanz auf. Gemma sah es und lachte bitter.

»Bist du nie befriedigt?« spottete sie.

Er spürte, daß sie wieder näher gekommen war. Er konnte ihr Geschlecht riechen, das schwere Aroma ihrer Erregung. Vermutlich war sie auch nackt. Aber das erregte ihn erstaunlicherweise nicht noch mehr, er fand es eher beängstigend.

Mühsam wandte er ihr sein Gesicht zu und versuchte noch einmal zu sprechen, aber es kam nur ein entsetztes Krächzen heraus, als sie ihm hart auf den Bauch schlug.

»Halt den Mund!« zischte sie mit unverhülltem Haß.

Ihre Hand umschloß den Schaft seines halb erigierten Penis, und er zog die Luft ein. Sein Schwanz wuchs unter ihrem entschlossenen Griff, aber der angstvolle Knoten in seinem Magen hinderte ihn daran, es zu genießen.

Am liebsten hätte er sich das Nachthemd vom Gesicht gerissen. Es war seltsam, sie nicht sehen zu können, ihre Stim-

mung nicht von ihrem Gesicht ablesen zu können. Er fühlte sich im Nachteil, und er hatte Angst. Diese wütende Megäre war nicht die Gemma, die er kannte und liebte. Sie war ein Dämon, eine Gestalt aus einem Alptraum …

Rick wußte, daß er träumte, daß nichts davon real war. Vergeblich versuchte er aufzuwachen – es gelang ihm nicht. Obwohl er gegen den Traum ankämpfte, wurde er immer tiefer hineingezogen, bis er fiel, fiel, fiel …

Sie saß auf seinen Oberschenkeln, und er konnte sich nicht mehr bewegen. Vollkommen ihrer Gnade ausgeliefert, wußte in den Tiefen seines Unbewußten, daß jetzt alles möglich war. Alles. Sie konnte ihm weh tun, ihm wirklich weh tun, und die Angst war real. Sie ließ seinen Adrenalinspiegel steigen und verschlug ihm den Atem.

Am schlimmsten war, daß er genau wußte, daß er sowohl einen Orgasmus erleben als auch aufschreien würde, wenn sie ihm wehtat. In diesem Dämmerzustand zwischen Schlaf und Wachen war ihm klar, daß er überhaupt keine Kontrolle hatte und daß sie alles mit ihm tun konnte.

Rick bemühte sich panisch, wachzuwerden, um diesem Alptraum zu entkommen. Aber es war sinnlos. Er spürte, wie seine Erregung wuchs, während sie ihn unablässig rieb. Mittlerweile hatte er sich soweit an die Dunkelheit gewöhnt, daß er durch de Stoff die Umrisse ihrer Gestalt wahrnehmen konnte. Sie bewegte sich über ihm und befriedigte sich selbst, während sie seinen Schwanz bearbeitete.

Ihr schlanker Körper bog sich sinnlich; ihre Finger streichelten die feuchten Lippen ihrer Möse in einer Art, die ihm zeigte, daß sie ihn für ihre Befriedigung nicht brauchte. Sie stieß kleine Seufzer der Lust aus. Wozu brauchte sie ihn, wenn sie sich selbst so leicht zum Gipfel der Lust bringen konnte?

Ricks Erektion ließ so rasch nach, daß ihre Hand ihm Schmerzen bereitete, als sie unablässig weiterrieb. Stöhnend bat er sie aufzuhören, aber Gemma lachte nur.

»Du kommst, du Bastard, und wenn es die ganze Nacht dauert, du kommst ...« Sie drückte weiter an seinem nun schlaffen Schwanz herum und schien mit jeder kreisenden Bewegung ihres Körpers seine Impotenz zu verspotten ...

Rick fuhr mit einem Ruck aus dem Schlaf hoch, sein Körper war schweißbedeckt, das Laken hatte sich um den Kopf gewickelt. Als er es wegzog, strömte helles Sonnenlicht durch die Vorhänge. Blinzelnd sah er sich um. Wo war er?

»Gemma?« krächzte er. Aber dann merkte er, daß er wirklich allein war. Mühsam stand er auf und schlurfte ins Badezimmer.

An seinem Oberschenkel klebte frisches Sperma. Noch benebelt von seinem Traum starrte Nick verständnislos darauf. Wie lange schon hatte er keinen feuchten Traum mehr gehabt? Seit fünfzehn, sechzehn Jahren? Wie, zum Teufel, war er überhaupt soweit gekommen, wo er doch im Traum völlig schlaff gewesen war?

Ärgerlich trat er in die Duschekabine und stellte sich unter den scharfen, heißen Strahl. Er schrubbte sich am ganzen Körper ab, wobei er versuchte, mit der Seife sowohl den Traum als auch sein Schuldgefühl gegenüber Gemma wegzuwaschen.

Ihre Stimme klang eisig, als er sie anrief. »Wo warst du?«

»Ich hatte einen Klienten – ehrlich, Baby«, sagte er, als sie ungläubig schnaubte. »Ich weiß, daß es sich unglaubwürdig anhört, aber gestern abend ist wirklich ein Klient gekommen ...«

»*Gekommen* ist wahrscheinlich der richtige Ausdruck.«

Ihre Ungerechtigkeit verdroß ihn. Unabhängig von seiner Eskapade mit seiner neuen Klientin beschloß er, Gemmas mangelndes Vertrauen in seine Fähigkeit, die

Agentur aufzubauen, zum Thema zu machen. »Ich finde es nicht schön, daß du mir nicht vertraust, Gem. Ich versuche doch nur, das Geschäft anzukurbeln. Es kann immer sein, daß ich spätabends noch unterwegs sein muß, das weißt du, aber das ist immer noch besser als zur Armee zu gehen, oder?«

Da er spürte, daß sie versöhnlicher wurde, setzte Rick nach: »Wir können es an einem anderen Abend nachholen. Wenn ich diesen Fall gelöst habe, lade ich dich in ein ganz besonderes Lokal ein.«

»Gestern abend habe ich etwas ganz Besonderes gemacht«, erwiderte sie. »Ich habe für dich gekocht.«

»Ich weiß, Schatz, und es sah auch fantastisch aus. Es ging aber nicht anders, weißt du ...?«

»Nein, das weiß ich nicht.«

»Hey, komm, wir treffen uns heute abend ...«

»Ich habe heute Spätschicht.«

»Ich hole dich ab. Du weißt doch, ich liebe es, wenn du deine Schwesterntracht anhast. Wir könnten am Kanal entlangspazieren und ...«

»Rick!«

Er lächelte, weil er wußte, daß er gewonnen hatte. »Komm schon, Süße – gib mir was, auf das ich mich freuen kann! Ich kann es kaum noch erwarten, bis wir zum Tunnel kommen und ich deinen kurzen Rock hochschiebe! Ich werde schon hart, wenn ich nur an das letztemal denke. Macht es dich nicht auch an, Gemma, wenn du dich daran erinnerst?«

»Ja! Ja, das tut es, du Bastard!«

Ein Schauer lief Rick über den Rücken, weil sie unwissentlich die gleichen Worte wie im Traum benutzte.

»Laß es mich wieder gutmachen, Schatz; ich möchte es wirklich. Sag, daß wir uns heute abend treffen, bitte.«

Sie ließ ihn warten, und als sie endlich etwas sagte, klang es noch immer murrend. »In Ordnung. Aber du kommst besser wirklich, Rick, sonst ...«

»Ich werde da sein, Schatz, ich verspreche es«, entgegnete er hastig. »Nichts wird mich aufhalten.«

»Nicht einmal dein neuer Klient?«

»*Vor allem* nicht mein neuer Klient. Ach ... kann ich dein Auto haben?« Er wußte, daß er sein Glück aufs Spiel setzte, aber er mußte es versuchen – Stolz konnte er sich nicht leisten.«

»Du bist ganz schön gerissen, Rick Daly!«

»Ich weiß – aber gerade deswegen liebst du mich doch, oder?«

»Nein. Und sei dir nicht so sicher, daß ich es überhaupt tue.« Sie seufzte. »In Ordnung – es steht ja sowieso nur auf dem Parkplatz, dann kannst du es genauso gut benutzen. Du mußt es dir aber beim Krankenhaus abholen – es ist schon zehn Uhr, und wenn ich zu Fuß gehen muß und wieder zu spät zur Arbeit komme, bin ich meinen Job los.«

»Klar, das ist kein Problem. Danke, Schatz – ich schulde dir was. Bis später dann.«

Rasch legte er den Hörer auf. Er wollte lieber das Gespräch abbrechen, solange er die Nase vorn hatte. Bei der Unterhaltung mit Gemma hatte er gemerkt, wie sehr er sie mochte, und er schämte sich noch mehr wegen seines Verhaltens am Abend zuvor. Wirklich, er war ein richtiger Schuft. Er schwor sich, daß sie heute abend so schnell nicht vergessen würde. Ein schönes Essen, ein Spaziergang im Mondschein und extra guten Sex.

Aus einem sentimentalen Impuls heraus rief er den Blumenladen an und bestellte ein Dutzend rote Rosen, die an das Schwesternheim geliefert werden sollten, in dem Gemma wohnte. Dann rief er in seinem Büro an, um eingegangene Nachrichten abzufragen. Es gab nur eine.

»Hier ist Melissa. Können Sie mich bitte zurückrufen?« Sie hatte ihre Nummer hinterlassen und dann abrupt aufgelegt.

Rick wählte die Nummer, und nach nur zweimaligem Klingeln hob sie ab. Er überlegte, ob sie vielleicht neben dem Telefon gewartet hatte.

»Rick? Ich habe Joannes Zimmer durchsucht, wie Sie mir geraten haben.«

»Haben Sie irgend etwas gefunden, das mir einen Anhaltspunkt geben könnte?«

»Vielleicht. Ich bin nicht sicher. Wollen Sie nicht herkommen und es sich selbst ansehen?«

Rick dachte einen Moment lang nach. Nach seinen Überlegungen heute früh wollte er eigentlich nicht schon wieder mit Melissa allein sein, aber andererseits wäre es sicher sinnvoll, Joannes Zimmer selbst zu durchsuchen, um richtig in die Sache hineinzukommen. Er würde sich eben einfach nur professionell verhalten. »Okay. Ich bin in ungefähr einer Stunde bei Ihnen, wenn es Ihnen recht ist – sagen Sie mir, wo Sie sind.«

Die Familie Davies lebte am Stadtrand in einer Siedlung mit Häusern aus den sechziger Jahren. Die abblätternde Farbe an den Fensterrahmen und das Unkraut, das aus den Plattenfugen in der Einfahrt wucherte, sprachen ihre eigene Sprache. Das kleine Anwesen sah wesentlich schäbiger und heruntergekommener aus als die anderen Häuser in der Straße. Rick konnte sich kaum vorstellen, daß Melissa hier lebte.

Er mußte zweimal klopfen, bevor sie die Tür öffnete. Ihre Erscheinung war ebenso untadelig wie am Tag zuvor; sie wirkte vollkommen fehl am Platz in dem unbeschreiblichen Haus, so als sei sie nur auf Besuch.

»Zu Joannes Zimmer geht's hier entlang«, sagte sie und ging durch den Flur zur Treppe. »Oben, das erste Zimmer links. Ich mache Ihnen einen Kaffee, wenn Sie möchten, während Sie es durchsuchen.«

Sie hatte offenbar nicht die Absicht, ihm die Treppe hinauf zu folgen, wofür er ihr aufrichtig dankbar war.

»Prima«, sagte er, erleichtert darüber, daß er sich allein umsehen konnte.

Ein schwacher, aber dennoch durchdringender Geruch nach verstopften Abflußrohren erfüllte das Haus, und er atmete flach durch die Nase, während er die Treppe hinauflief. Der Teppich sah so aus, als sei er mindestens seit sechs Monaten nicht mehr gereinigt worden, und das Treppengeländer war staubig. Offensichtlich gehörten Haushaltspflichten nicht zu Melissas Lieblingsbeschäftigung.

Im Gegensatz dazu war Joannes Zimmer sauber und aufgeräumt. Als Rick die Tür öffnete, empfing ihn eine Stille, als gehörte dieses Zimmer nicht zum übrigen Haus, eine Oase der Ruhe inmitten des Chaos.

Offensichtlich war bis heute morgen, seit seine Bewohnerin verschwunden war, niemand in diesem Raum gewesen, denn ein gleichmäßiger, feiner Staubfilm bedeckte die weißen Schlafzimmermöbel. Das Bett war ordentlich gemacht und die Vorhänge zurückgezogen. Von der Tür aus sah es so aus, als ob Melissa die Schublade des Nachttischschränkchens auf das Bett entleert hätte, denn ihr Inhalt lag auf dem Bettüberwurf verstreut.

Rick konnte sich ein recht gutes Bild von Joanne Davies machen, nachdem er Make-up, Schmuck und alle anderen Kleinigkeiten durchgesehen hatte. Das Makeup bevorzugte blasse Farben, rosa und weiches Grau, der Schmuck war zwar billig, aber doch nicht auffällig, sondern geschmackvoll.

Er blickte sich langsam um, aber ihm fiel nichts auf, was im Schlafzimmer einer jungen Frau ungewöhnlich gewesen wäre. Das Dekor war verspielt und weiblich und stammte wahrscheinlich noch aus ihrer Kindheit, weil auf dem Tisch eine Reihe von Stofftieren saßen. Neben einem kleinen Kassettenrecorder lag ein Stapel Audiokassetten, und daneben standen ein paar romantische Romane.

Ungewöhnlich war nur, daß es bestimmte Dinge einfach nicht gab. Fotos zum Beispiel oder Briefe, Dinge, die etwas Persönliches von Joanne gezeigt hätten.

Rick räumte die Unordnung, die Melissa hinterlassen hatte, auf und glättete den Bettüberwurf wieder, auf dem er gesessen hatte. Dann schloß er die Tür des traurigen kleinen Zimmers und ging die Treppe hinunter zu Melissa.

Die Küche glich einer Müllhalde. Die Möbel fielen auseinander, und die grünen Kunststofftüren der Schränke hingen nur noch lose in den Scharnieren. Im Spülbecken stapelte sich schmutziges Geschirr, auf dem übervollen Abfalleimer lagen leere Milchkartons, und der Geruch nach saurer Milch erfüllte die Luft. Melissa reichte ihm den Kaffee in einem Becher, der angeschlagen und voller Flecken war.

»Nehmen Sie sich selbst Zucker.«

Rick lächelte schwach und stellte den Becher auf eine Ecke des Tischs, die nicht voller alter Zeitungen und Zeitschriften war. Es gab keinen Stuhl, auf den er sich hätte setzen können, also blieb er stehen und sah seine Klientin an. »Was sollte ich mir Ihrer Meinung nach anschauen?« fragte er. »Im Schlafzimmer gab es nicht viel zu sehen.«

Melissa antwortete nicht, sondern holte ein Notizbuch aus einer Küchenschublade. Wortlos reichte sie es Rick.

»Was ist das?«

Sie zuckte mit den Schultern. »Das lag in der Kommode in Joannes Zimmer. Es sieht so aus wie ein Tagebuch.«

Ricks Interesse erwachte, und er blätterte das Buch durch. Alle Seiten waren mit der gleichen großen, klaren Handschrift bedeckt. So etwas hatte er zu finden gehofft – etwas Greifbares von dem Mädchen, das er suchte. Er achtete sorgfältig darauf, daß Melissa ihm seine Erregung nicht anmerkte. Obwohl sie offenbar ahnte, daß das Buch nützlich für ihn sein konnte, hatte es sie nicht interessiert, selbst das Tagebuch ihrer Schwester zu lesen, und Rick wollte ihr nicht sagen, daß er ihr Desinteresse seltsam, ja sogar beängstigend fand.

»Kann ich es mitnehmen?«

Melissa zuckte mit den Schultern. »Natürlich. Glauben Sie, es nützt Ihnen etwas?«

Jetzt war es an Rick, mit den Schultern zu zucken. »Ich kann nichts versprechen, aber vielleicht gibt es mir einen wichtigen Hinweis. Ich mache mich jetzt besser auf den Weg. Ich rufe Sie an, sobald ich etwas zu berichten habe, spätestens in einer Woche. Okay?«

»Ja. Trödeln Sie aber nicht herum, Rick – ich muß die Sache geklärt haben.«

»Keine Sorge«, sagte er, »ich bin genauso wie Sie an Ergebnissen interessiert.«

Sie brachte ihn zur Tür, und erleichtert trat er in die frische Morgenluft hinaus.

Als er die Tür zu Gemmas kleinem Metro öffnete, merkte er, daß ihn jemand beobachtete. Langsam drehte er sich um und sah eine ältere Frau mit einen Yorkshireterrier am Ende der Einfahrt stehen. Der Hund trug ein Mäntelchen und tanzte um ihre Füße herum. Sie beobachtete ihn mit so unverhüllter Neugier, daß Rick lächelte.

»Schöner Tag«, sagte er höflich.

Ermutigt trat die Frau einen Schritt vor und lächelte ebenfalls. »Wollen Sie das Haus kaufen?« fragte sie.

Sie machte den Eindruck, als sei sie es gewohnt, Antwort auf ihre Fragen zu bekommen, und Rick erwiderte: »Nein, eigentlich nicht – steht es zum Verkauf?«

Er blickte sich suchend nach dem Schild ›Zu verkaufen‹ um, wobei er sich fragte, wie er es hatte übersehen können.

»Es gibt kein Schild«, sagte sie, als sie seine Verwirrung bemerkte. »Die Tochter will wahrscheinlich nicht noch mehr Aufmerksamkeit erregen. Ich kann ihr keinen Vorwurf daraus machen – nach dem, was passiert ist, würde ich mich auch so still wie möglich verhalten.«

»Was ist denn passiert?« Offensichtlich war er bei dieser alten Klatschbase auf eine Goldmine gestoßen. Er mußte sie unbedingt zum Weiterreden bewegen.

»Nun«, meinte sie und sah sich um. »Hier weiß es wahrscheinlich sowieso jeder, also verbreite ich keine Gerüchte.«

»Natürlich nicht«, erwiderte er, als sie schwieg und offensichtlich einen Kommentar erwartete.

»Er hat sich umgebracht, wissen Sie. Da in der Garage. Mit Autoabgasen. Schrecklich.«

»Schrecklich«, wiederholte Rick, wobei er sich fragte, warum seine Klientin ihm eine so wichtige Tatsache wie den Selbstmord ihres Stiefvaters nicht mitgeteilt hatte.

»Nach all dem Ärger mit der weggelaufenen Frau und dem älteren Mädchen – wahrscheinlich war es zuviel für den armen Mann, alleine damit fertig zu werden. Und die jüngere Tochter war immer schon ein bißchen unzuverlässig.« Mißbilligend wies sie mit dem Kopf zum Haus, wo sich Melissa wahrscheinlich immer noch in der Küche aufhielt – eine Königin in all dem Müll.

»Was ist denn mit Miß Davies passiert?« fragte er, weil er spürte, daß der Frau ihre Rolle als Überbringerin schlechter Nachrichten gefiel und daß sie gerne weiterreden wollte.

Sie schniefte. »*Die* ist noch vor der älteren Tochter weggelaufen. Nach Stockport, glaube ich – auf jeden Fall in die Richtung. Wir haben alle gedacht, daß Joanne zu ihrer Mutter gegangen wäre, aber ...«

Sie zuckte vielsagend mit den Schultern. »Es wäre gut, wenn eine nette, *respektable* Familie einziehen und das Haus wieder in Ordnung bringen würde.«

Der Blick, den sie Rick zuwarf, machte ihm klar, daß er bei weitem nicht den Anforderungen entsprach, sollte er daran denken, das Haus zu kaufen, aber er war zu beschäftigt damit, die neuen Informationen zu verdauen, um ihr Beachtung zu schenken.

Während er zum Auto ging, dachte er über die komplizierten Familienverhältnisse der Davies nach. Eine Mutter, die weggelaufen war, gefolgt von einer Tochter, die ebenfalls weglief, dann ein Vater, der Selbstmord beging und Melissa alleine zurückließ.

Ein Gedanke fuhr ihm durch den Kopf. Wenn Michael Davies ohne Testament gestorben war, dann würde doch bestimmt seine Frau seinen Besitz erben, als nächste Verwandte? Es sei denn, sie wäre geschieden. Oder sie war tot. Melissa hatte ihn nicht aufgefordert, nach ihr zu suchen, das heißt, sie hatte überhaupt nichts von einer Mutter erwähnt.

Rick blickte zum Haus zurück. Vielleicht sollte er Melissa mit den Ungereimtheiten in ihrer Geschichte jetzt gleich konfrontieren? Irgend etwas jedoch ließ ihn zögern. Als seine Klientin hatte Melissa Davies ein gewisses Recht auf Privatsphäre. Schließlich bezahlte sie Rick nicht dafür, ihre Mutter zu finden oder den Selbstmord ihres Stiefvaters zu untersuchen – sie bezahlte ihn dafür, Joanne zu finden, und nichts anderes durfte ihn interessieren.

Das heißt, eigentlich konnte sie ihn erst bezahlen, wenn er den Fall gelöst hatte. Er stieg ins Auto und fuhr nach Hause. Seine Fragen konnten warten – im Augenblick war die einzige Chance, zu einem raschen Ergebnis zu kommen, Joannes Tagebuch, davon war er überzeugt.

Das Tagebuch brachte nicht das, was Rick erwartet hatte. Nachdem er von Melissas Haus weggefahren war, hatte er sich zunächst um seinen letzten Job kümmern müssen: ein besonders unangenehmer Auftrag, den er von einer Frau erhalten hatte, die etwas gegen ihren Ehemann in der Hand haben wollte, bevor sie ihn vor den Scheidungsrichter zerrte.

Spätnachmittags kam er mit dem Tagebuch in seiner Wohnung an. Er duschte sich und zog sich für seine Verabredung mit Gemma um. Ein Blick auf seine Uhr sagte ihm, daß er noch eine Stunde Zeit hatte, bevor ihre Schicht im Krankenhaus vorüber war, also schenkte er sich einen Drink ein und machte es sich auf dem Sofa bequem.

Rick hatte gedacht, das Tagebuch enthielte die romantischen Ergüsse eines verliebten Teenagers, statt dessen wurde er jedoch mit dem expliziten, unglaublich eloquenten Bericht einer Liebesaffäre konfrontiert, die alles andere als jugendfrei war. Von der ersten Seite an war er vollkommen gefesselt.

Er stellt mich auf einen Sockel und betet mich an. Mir ist ganz schwindlig, er hebt mich so hoch, und ich muß immer nur daran denken, wie tief ich fallen werde – und das werde ich unweigerlich, seine Erwartungen sind so groß … Bestimmt trage ich solchen Schaden davon, daß ich mich nie mehr davon erholen kann …

Heute ist er zärtlich, überschüttet mich mit liebevollen Worten und zärtlichen Liebkosungen. Ich sollte eigentlich für meine Klausuren lernen, aber der Gedanke, bei ihm zu sein, ihn in mir zu spüren, ist zu verlockend. Ständig gehen mir Bilder von uns beiden durch den Kopf, machen mich heiß und ruhelos, und ich kann mich nicht mehr konzentrieren.

Schließlich gebe ich nach. Er wußte es – er wartet auf mich. Zuerst sagt er kein Wort, lächelt nur sein träges, verführerisches Lächeln, mit dem er mich so erregt. Ich sage auch nichts, aber ich weiche seinem Blick nicht aus, als ich mich langsam ausziehe, die Sachen über meine Schultern, meine Beine hinuntergleiten lasse …

Draußen ist es dunkel. Die Vorhänge sind offen, und er hat kein Licht eingeschaltet. Im silbrigen Schein des Mondes sieht er wie ein Engel aus, ein dunkler Engel, der meine Gedanken lesen kann. Weiß er, was ich jetzt denke? Kann er es erraten?

Ich erschauere, als ich auf ihn zutrete, nicht weil mir kalt ist, sondern weil ich spüre, wie sein Blick über meine nackte Haut gleitet. Er sieht mich nicht nur an, er verschlingt mich, als wolle er sich jede Linie meines Körpers, jede Pore meiner Haut einprägen.

»Mein kostbares Juwel«, sagt er, und ich erröte, »meine Göttin.« Ich weiß, was er will, ich will es auch, aber ich würde es ihm nie sagen. Es würde ihm ähnlich sehen, mir zu verweigern, was ich am meisten ersehne, und deshalb hoffe ich, daß er nicht meine Gedanken lesen kann. Göttinnen stellen keine Forderungen, haben keine Bedürfnisse.

Also warte ich zitternd darauf, daß er mir das Zeichen gibt, daß er mir erlaubt, mich ihm zu unterwerfen.

Rick zwang sich dazu, mit dem Lesen für heute aufzuhören, obwohl es verführerisch war, fortzufahren. Joannes Stil war faszinierend, und der Gebrauch des Präsens bewirkte, daß sein Körper auf ihre Worte reagierte, als ob sie vor ihm stünde.

Er mußte nachdenken. Wer war dieser Mann? Sie gab keinen Namen an. Offenbar war sie in eine leidenschaftliche Affäre verwickelt, die schon seit einiger Zeit lief. Sie war wohl eine gleichberechtigte Partnerin in dieser Beziehung, und doch spürte Rick hinter ihren Worten ein Zögern, eine gewisse Zurückhaltung, die aber mit einem unausgesprochenen Bedürfnis einherging … Sein Interesse war geweckt. Joanne Davies war zu einer lebenden, atmenden Frau geworden. Allerdings war ihm klar, daß sie möglicherweise mittlerweile nicht mehr lebte und atmete.

Wie unter Zwang griff er wieder zu dem Tagebuch und las weiter.

Er hebt seine Hand, um mich zum Schweigen zu bringen, und ich stehe, wie ein gehorsames Modell, mitten im Zimmer. Sofort greift er neben sich, wo er etwas für mich bereitgelegt hat.

Meine Nerven flattern, als ich sehe, daß es der Tischtennisschläger ist. Er weiß, daß er mir damit wehtun kann und daß ich bestimmt weinen werde.

»Du weißt, was du zu tun hast«, flüstert er.

Das ist das Einzige, was er sagen wird. Seine Stimme ist leise und weich, wie eine Liebkosung. Mein Mund wird trokken. Ich gehe durch das Zimmer, zitternd, da die kühle Nachtluft durch die offenen Fenster über meine nackte Haut streicht. Der Knebel liegt in einer Schublade der Kommode, sorgfältig verborgen unter den Telefonbüchern und den Leinenservietten, die wir benutzen.

Er ist aus Gummi, ein Ball, der genau in meinen Mund paßt und der vom früheren Gebrauch bereits die Abdrücke meiner Zähne trägt. Ich drehe ihm den Rücken zu und befestige den Knebel mit dem Band um meinen Kopf.

Seine Augen sind dunkel und unergründlich, aber ich weiß, daß er gerne zusieht, wie ich mich vorbereite. Irgendwie ist es schlimmer, sogar demütigender, diese Dinge selbst tun zu müssen. Ich denke daran, wie es war, als er mich noch an Händen und Füßen gefesselt und mir selbst den Knebel in den Mund gesteckt hat. Damals hatte ich zumindest so eine Art Entschuldigung vor mir selbst. Ich konnte mir vormachen, daß er mich dazu zwang, daß ich keine andere Wahl hatte.

Dabei war ich eigentlich nie eine unwillige Partnerin, das könnte ich nicht sagen. Und das weiß er.

Jetzt drehe ich ihm den Rücken zu und sinke auf die Knie.

Der Teppich kratzt an meinen Schienbeinen, reibt an meinen Händen und Knien, als ich mich in die Bestrafungsstellung bringe. Mein Hintern ist hochgereckt, meine Beine gespreizt, wie er es mir beigebracht hat, damit er zusehen kann, wie unter seinen Schlägen meine Möse anschwillt und feucht wird.

Ich spüre schon jetzt, wie mir die Tränen in die Augen steigen. Er liebt es, mich weinen zu sehen, als ob meine Tränen ein Tribut an ihn, ein Zeichen meiner Liebe wären. Ein Schauer durchläuft mich, als er mit der Hand leicht und liebevoll über die Rundung meiner hochgereckten Hinterbacken fährt. Ich fühle, wie sich meine Schamlippen unter seinem Blick öffnen, wie sie im Mondlicht feucht und glänzend schimmern.

Später – wenn er mich den Höhepunkt erreichen läßt – wird er mir sagen, wie ich aussehe, rieche und mich anhöre. Und ich werde fast sterben vor Scham, selbst wenn mein Körper mich mit einem Orgasmus betrügt.

Beim ersten Schlag schreie ich auf, aber der Laut wird erstickt von dem Gummiball, der gegen meine Zunge drückt. Meine Haut brennt, und das unablässige Geräusch der Schläge hallt in meinen Ohren.

Ich bin so geil, und die Tränen brennen mir in den Augen, verstopfen meine Nase und laufen über meinen Mund. Er hört auf, mich zu schlagen, und leckt mir die Tränen vom Gesicht, saugt sie mit gemurmelten Worten ekstatischen Vergnügens von meiner Haut.

Zärtlich befreit er mich von dem Knebel, verschließt jedoch meinen Mund gleich wieder mit seiner Zunge, so daß er meine bebende Qual spürt. Ich …

Rick zuckte zusammen, als das Telefon klingelte. »Ja?«

Seine Stimme klang unsicher, da ihn das Gelesene mehr mitgenommen hatte, als ihm recht war.

»Rick? Was machst du?«

Gemmas Stimme wurde mißtrauisch; irgendwie

spürte sie seine Verfassung. »Ich denke an dich, Baby«, sagte er rasch. »Ich freue mich auf nachher.«

»Ach ja? Warum stehst du dann nicht mit dem Auto vor der Tür? Nachher war vor zehn Minuten.«

»O Gott! Ich komme sofort, Gem, wirklich, Liebes, ich bin schon auf dem Weg.«

Gemma war nicht besonders gut gelaunt, als Rick zehn Minuten später mit quietschenden Bremsen vor dem Krankenhaus hielt, aber ihr Gesicht wurde weicher, als sie seine Verwirrung bemerkte.

»Hast du eben wirklich an mich gedacht?« fragte sie und schmiegte sich an ihn, als er rückwärts aus der Parklücke fuhr.

»Fühl mal«, sagte er, griff nach ihrer Hand und führte sie zu der Erhebung in seiner Hose.

Ihre Handfläche war weich und warm, und er wurde noch härter. Gemma kicherte und schob ihm die Zunge ins Ohr, was ihn so ablenkte, daß ein anderer Wagen ihm hupend ausweichen mußte, als er aus dem Parkplatz fuhr.

»Gem!« protestierte er halbherzig, aber sie ignorierte seinen Einwand und erkundete die Windungen seines Ohrs mit ihrer heißen, nassen Zunge. Rick sah deutlich den Mann aus dem Tagebuch vor sich, der Joanne die Tränen vom Gesicht leckte, und ihm wurden die Knie weich. Eigentlich fand er die Szene, die im Tagebuch beschrieben worden war, geschmacklos. Er hatte noch nie etwas gegen ein paar Klapse unter Erwachsenen gehabt, aber das, was in dem Tagebuch stand, ging weit darüber hinaus.

Und doch konnte Rick nicht leugnen, daß die Beschreibung ihn erregt hatte, und Gemma war anscheinend entschlossen, seine Erregung auszunutzen.

Sie hatte ihm einmal einen geblasen, während er sich bei hoher Geschwindigkeit auf der Autobahn aufs Fahren konzentrieren mußte. Als er ihr danach gesagt hatte, wie ängstlich er gewesen wäre, hatte sie nur gelacht und gesagt, jeder müßte einmal gehen, und sie würde lieber mit seinem Schwanz im Mund sterben als in irgendeinem Pflegeheim zu enden. Insgeheim hoffte Rick allerdings, daß er einmal sterben könne, ohne daß ihm in seinem letzten Moment der Schwanz abgebissen würde.

Dieses Mal war sie Gott sei Dank nicht ganz so mutwillig. Dennoch platzte Rick fast aus seiner Jeans und war naß geschwitzt, als sie auf den Parkplatz am Kanalweg einbogen.

Er stellte den Motor ab, lehnte sich in seinem Sitz zurück und zog sie über den Schaltknüppel auf seinen Schoß. »Komm her, du kleine Sexbombe«, neckte er sie.

Die Augen schließend spürte er ihre weichen, vollen Brüste an seinem Oberkörper. Die Nippel waren hart wie Stein unter der dünnen Schwesterntracht. Eingeklemmt zwischen dem Autositz und Gemmas weichem, vertrautem Körper, ihr Parfüm in der Nase und ihren süßen Atem im Ohr, fühlte Rick sich ganz von Weiblichkeit eingehüllt. Er vergrub sein Gesicht in dem Kissen ihrer Brüste und atmete den Duft ihrer Haut ein.

Sie saß rittlings auf ihm, und ihr Rock hatte sich über den Ansatz ihrer Strümpfe hochgeschoben. Sie hoben sich dunkel von ihrer weißen Haut ab, und seine Finger fuhren wie von selbst über den Strumpfrand. Ihre Haut war samtweich – kaum zu beschreiben, wie gut sie sich anfühlte. Als Ricks Finger höher glitten, spürte er durch ihren weißen Baumwollslip die Hitze ihres Geschlechts, noch bevor er es berührt hatte.

Die Vorstellung, daß sie so geil, so bereit für ihn war, erregte Rick ganz besonders. Alle Gedanken an Joanne Davies und ihren geheimnisvollen Liebhaber waren wie weggeblasen, ebenso wie sein früherer Plan, Gemma im

Kanaltunnel zu nehmen. So lange hielt er es nicht mehr aus.

Als Rick den Blick zu ihrem Gesicht hob, sah er, wie sie die Augen schloß, während er über den feuchten Stoff ihres Slips streichelte. Ihr Atem wurde flach, und ihre Lippen öffneten sich verlangend.

Er fühlte den harten, kleinen Knopf ihrer Klitoris durch den Stoff ihres Slips, und als sie fordernd ihre Hüften bewegte, konzentrierte er sich darauf und fuhr mit der Fingerkuppe in kreisenden Bewegungen über die bebende Knospe, wobei er spürte, wie sich immer mehr Spannung in ihr aufbaute, als ihr Orgasmus näherkam.

»Gott, bist du geil!« murmelte er und glitt mit den Lippen über ihren Hals, den sie zurückbog.

Mit der Zungenspitze drückte er leicht in die weiche Vertiefung ihrer Kehle, leckte den Schweiß ab, der sich dort gebildet hatte, und brachte sie damit zur Raserei.

»Bitte, Rick«, keuchte sie und drückte ihr Becken gegen seine Hand, »härter ... bitte, bitte, *bitte!*«

Er konnte sich selbst kaum noch zurückhalten, also gehorchte er ihr nur zu gern, schob den Zwickel zur Seite und begann, ihre Klitoris rhythmisch zu reiben, wobei er sich nach den leisen Schreien richtete, die sie ausstieß. Mit der anderen Hand zog er den Reißverschluß seiner Jeans auf, ließ seinen erigierten Schwanz frei und rieb damit über die ihre feuchten Schamlippen, bis er die Öffnung dazwischen erreichte.

»Ja«, zischte sie.

Rick spürte die Zuckungen in ihrer Klitoris an seinem Finger und rieb stärker, während er mit der anderen Hand ihre Schamlippen spreizte, damit sein Schwanz eindringen konnte. Als sie kam, saugte sie ihn förmlich ein, zog ihn so in sich hinein, daß er weich in ihre Möse glitt.

Mit den Händen umfaßte er ihr Gesicht und küßte

sie leidenschaftlich, während die Zuckungen ihres Orgasmus seinen Schwanz entlangliefen. Er brauchte nur dazusitzen und selbst zu kommen.

Rick saugte an ihren Lippen und ihrer Zunge, während er den Höhepunkt erreichte. Wellen reiner Ekstase rollten über ihn hinweg, und sie hielt ihn fest umschlungen, während er seinen Samen in sie hineinpumpte. Er spielte mit den weichen Locken ihrer blonden Haare, zog die letzten Strähnen aus dem ordentlichen Knoten, den sie während der Arbeit getragen hatte, und streichelte ihren Hinterkopf. Er fühlte sich so zart und zerbrechlich unter seinen Händen an, und als er wieder zu sich kam, war er erstaunt darüber, wieviel Zärtlichkeit er plötzlich für sie empfand.

»Ich liebe dich, Gem«, flüsterte er. Als er Feuchtigkeit auf ihrem Gesicht spürte, zog er erstaunt seine Hand zurück. »Was ist los? Warum weinst du?«

»Das tue ich gar nicht«, widersprach sie und wischte sich die Tränen mit dem Handrücken weg.

Rick lachte leise. »Ich liebe dich doch«, wiederholte er und fuhr mit dem Daumen zärtlich über ihre Lippen.

Sie sah ihn an. »Das weiß ich«, erwiderte sie leise, »jetzt, in diesem Moment.«

Rick starrte sie an, weil ihm beschämt bewußt wurde, daß sie recht hatte – er hatte ihr gesagt, was er in diesem Augenblick empfand, aber nicht zwangsläufig morgen früh auch noch empfinden würde.

»Ist das nicht genug?« fragte er und verbarg seine Unsicherheit hinter einem schnippischen Tonfall.

Gemma zuckte mit den Schultern. »Ich bin eine Frau, Rick. Für mich muß ›Ich liebe dich‹ mehr bedeuten als ›toller Fick, Baby‹.«

»Hey, so oberflächlich bin ich ja nun auch nicht!«

Sie seufzte, und Rick hatte das Gefühl, daß sie ihn durchschaute und ihn nur in dem Glauben ließ, er habe seine Geheimnisse vor ihr verborgen. Es war ein seltsam demütigender Gedanke, und beschämt schloß er sie impulsiv in die Arme. Er hätte ihr am liebsten gesagt, daß sie von allen Frauen, die er je gehabt hatte, derjenigen am nächsten kam, an die er sich hätte binden wollen, aber er wußte, daß das, wie auch immer er es sagen würde, eine andere Wirkung haben könnte als die, die ihm recht wäre. Sie verdiente etwas besseres, nämlich die Wahrheit, selbst wenn diese schmerzlich war.

»Natürlich bist du das nicht, Rick«, sagte sie weich, »du bist überhaupt nicht oberflächlich. Das weiß ich doch.«

Rick blickte sie mißtrauisch an und lehnte sich in seinem Sitz zurück. »Wenn ich sage, daß ich dich liebe, meine ich das auch, okay?«

Gemma nickte, wobei sie leicht zusammenzuckte, als sein rasch kleiner werdender Penis aus ihr herausglitt. Sie kletterte vorsichtig von seinem Schoß und richtete ihren Rock, als ein vorbeifahrendes Auto hupte. Sie sahen sich an und wußten, daß sie beide gerade dasselbe gedacht hatten. Wie gut hatte man sie in den letzten Minuten von der Straße aus sehen können?

»Oh, Shit«, murmelte er und verzog das Gesicht. Einen Moment lang blickte sie ihn entsetzt an, dann entspannte sich ihr Gesicht zu einem Grinsen. »Du geiles Schwein, Rick Daly – ich wette, das hast du geplant!«

Rick hob in gespieltem Entsetzen die Hände. »Niemals!«

»Ehrlich?«

Er deutete ein Kreuzzeichen über dem Herzen an. »Ich schwöre bei allem, was mir heilig ist!«

»Wirklich?« Sie küßte ihn leidenschaftlich. »Soll ich dir ein Geheimnis verraten?« flüsterte sie.

»Was?«

Ihre Lippen verzogen sich zu einem Lächeln. »Aber ich hab's geplant.«

Ricks Augenbrauen schossen in die Höhe, und sie kicherte.

»Du also ...« Er packte sie und kitzelte sie, bis sie quietschte. Lachend fielen sie übereinander wie balgende Schulkinder, und alle Peinlichkeit war verflogen.

5

Rick wußte, daß Stockport an einem kalten, regnerischen Donnerstagnachmittag die ödeste Stadt in ganz England sein konnte. Er war als Teenager schon einmal dort gewesen, beim Spiel Arsenal gegen Manchester United, hatte etwas getrunken und seine Kameraden verpaßt und war dann irgendwie in den falschen Bus gestiegen. Am Ende hatte er die Nacht in Stockport am Bahnhof verbringen müssen.

Damals war es kalt gewesen, und heute war es wieder kalt, ein beißender Wind fegte durch die Straßen und wirbelte Abfall über die Gleise. Er erschauerte, als er aus dem Zug stieg, und schlug seinen Kragen hoch. Den ganzen Weg über hatte er versucht, sich eine Strategie zurechtzulegen, einen vorzeigbaren Vorwand zu finden, der sein Auftauchen rechtfertigte.

Die Adresse hatte er zufällig entdeckt, auf einen Zettel gekritzelt, der zwischen den Seiten von Joannes Tagebuch lag. *Mum – 2, High Road, Stockport.* Joanne war bei ihr zu Besuch gewesen, kurz nachdem sie die Familie verlassen hatte, allerdings schien der Besuch eher schwierig gewesen zu sein.

Wie wir es uns gedacht haben, ist Mum damals mit Jeff weggegangen. Er hat mir die Tür aufgemacht, als ich geläutet habe, in Jeans und Weste. Dieser schreckliche, käsige Geruch, den Männer an sich haben. Das ganze Haus roch nach ihm, aber ich konnte Mum nicht dazu bewegen, mit mir hinauszukommen. Sie wollte wissen, warum ich gekommen war und wie ich sie gefunden habe. Ganz bestimmt hat sie sich nicht gefreut, mich zu sehen.

Ich wollte ihr so vieles sagen und erklären, aber sie wollte nichts hören. Sie sah alt und häßlich aus, überhaupt nicht wie meine Mum. Ich werde wohl nicht wieder hinfahren.

Die schmerzerfüllten Worte hatten Rick angerührt und ihn veranlaßt, Mrs. Davies selbst einmal aufzusuchen. Die Nachbarin hatte anscheinend vermutet, daß Joanne zu ihrer Mutter gegangen war, aber nach dem, was im Tagebuch stand, schien das eher unwahrscheinlich. Aber vielleicht hatte sie auch ihre Meinung geändert, angerufen oder zumindest ihre neue Adresse geschickt, um wenigstens mit ihr in Kontakt zu bleiben.

High Road war eine lange, anonyme Straße mit schmalen Reihenhäusern, die eingerahmt wurden von einer Süßwarenfabrik und einer viktorianischen Mühle. Keins der beiden Gebäude sah aus, als sei es noch in Betrieb; die ganze Gegend wirkte trostlos und heruntergekommen. Während er die Straße entlangging, stellte Rick sich vor, wie es vor ein paar Jahren hier ausgesehen haben mochte: Kinder, die auf der Straße spielten, Frauen mit Kopftüchern und geblümten Kittelschürzen, die auf den Treppen saßen und miteinander schwatzten. Stoff für Familientragödien und Romane.

Manche der Eingangstreppen sahen immer noch so aus, als würden sie täglich geputzt. Nummer zwei hatte keine geputzte Treppe, dafür eine unpassend hellgelbe Haustür, die nicht zu den roten Ziegeln paßte und das schmutzige Grau der Jalousie am Vorderfenster noch betonte.

Zuerst dachte Rick, niemand sei zu Hause, dann aber hörte er nach seinem zweiten Läuten schlurfende Schritte im Flur und das Geräusch von trockenem Raucherhusten.

»Wer ist da?« rief eine Männerstimme durch die Tür.

»Mein Name ist Rick Daly«, erwiderte Rick und hoffte, daß der Mann ihm die Tür öffnen würde, damit er ihm sein Anliegen erklären konnte.

»Wie schön für Sie. Hauen Sie ab.«

»Hören Sie – ich suche eine Mrs. Davies.«

Zunächst war Stille, dann wurde ein Riegel zurückgeschoben. Die Tür ging auf, und er stand Joannes Beschreibung vom Gefährten ihrer Mutter gegenüber. Mit schwarzen, verschlagenen Augen unter einer von Fett wulstigen Stirn blickte der Mann Rick finster an.

»Sie sind Jeff, nicht wahr?« fragte Rick freundlich und versuchte, nicht auf den Rotz zu blicken, der an der Oberlippe hing.

»Was geht Sie das an?« Er wischte sich mit dem Handrücken die Nase ab und spuckte gelben Schleim auf die glänzenden Fliesen.

In diesem Augenblick entschied sich Rick, daß es eindeutig eine Zeitverschwendung war, mit Jeff zu reden. »Ich möchte Mrs. Davies sprechen, wenn sie da ist. Ist sie da?«

»Was?« erwiderte Jeff mit glasigem Blick.

»Ist sie da?«

Rick kam sich vor wie in einem Alptraum, in dem sich das Gespräch bis in alle Ewigkeit im Kreis drehen würde. Marlowe hätte seine Zeit nicht so verschwendet. Gerade als er angewidert gehen wollte, ertönte eine Stimme aus dem Innern des Hauses:

»Wer ist da, Jeff?«

Jeff zuckte mit seinen bloßen, fleischigen Schultern und schlurfte hustend den schwach erleuchteten Flur entlang. Rick faßte das als Aufforderung auf, ihm zu folgen, und machte sich auf die Suche nach der Frau, die gerufen hatte.

Innen im Haus war es warm und stickig. Die großen, verblichenen Blumen auf der Tapete im Flur vermittelten ihm das Gefühl, von den Wänden aufgesaugt zu werden. An der rechten Seite des Flurs stand eine Tür offen, die in einen dunklen, quadratischen Raum voller Gerümpel führte.

Die Frau saß in einem Armsessel, den Blick auf den Flur gerichtet. Sie hatte langes, von grauen Strähnen durchzogenes ungekämmtes Haar. Ihr Gesicht war glatt, als ob es zu einer wächsernen, alterslosen Maske erstarrt wäre. Zwischen ihren Fingern verglomm eine Zigarette. Trotz des Tageslichts waren die Vorhänge zugezogen, und in dem Dämmerlicht wirkte die Haut der Frau grau und ungesund.

Jeff sah Rick einen Moment lang feindselig an, wobei seine flinken schwarzen Augen mißtrauisch zwischen ihm und der Frau hin- und herhuschten, dann hustete er wieder und schlurfte durch einen Türbogen, der vermutlich in die Küche führte.

Sie wartete, bis er weg war, dann sagte sie: »Was wollen Sie?«

Ihre Stimme war eine Überraschung: leise und wohltönend. Der Tonfall war gleichmütig und verriet keinerlei Emotionen. Keine Irritation, keine Angst, keine Neugier. Sie hatte einfach nur eine Frage formuliert.

»Mrs. Davies?«

Nach einer kurzen Pause nickte sie. »Ich bin Vanessa Davies.«

»Mein Name ist Rick Daly. Ich komme von Marlowes Detektivagentur.«

Ein kurzes, kaum wahrnehmbares Zucken huschte über ihr Gesicht. »Was wollen Sie von mir?«

»Ich wurde engagiert, um Joanne zu suchen.«

Jetzt allerdings zeigte sie eine Emotion – heftiges Erstaunen veränderte ihr Gesicht völlig. »Joanne? Von wem wurden Sie beauftragt?«

»Von Ihrer anderen Tochter, Melissa.«

Die Frau verzog höhnisch das Gesicht. »Melissa ist nicht meine Tochter. Noch nicht einmal meine Stieftochter, seit ich mit ihrem Vater nicht mehr verheiratet bin.«

»Ich verstehe. Wissen Sie, daß Michael gestorben ist?«

»Ja. Ich bin froh, daß ich den Kerl endlich los bin.«

Sie beobachtete sein Gesicht und lachte kurz auf. »Habe ich Sie schockiert?« Die Vorstellung schien ihr zu gefallen.

»Nun ja … Es war Selbstmord.«

Sie zuckte mit den Schultern und schnippte die Asche auf den Fußboden, bevor sie an ihrer Zigarette zog. »Was gibt's da schon für einen Unterschied?«

Rick versuchte, beim Thema zu bleiben und all die anderen Fragen zu ignorieren, die das Treffen mit Joannes Mutter bei ihm hervorrief. »Stimmt es, daß Ihre Tochter Sie besucht hat, nachdem Sie hierhergezogen sind?«

»Ja, das stimmt.«

Man mußte ihr jedes Wort einzeln entlocken. »Wissen Sie, wo sie jetzt ist?«

Vanessa Davies beobachtete Rick einen Moment lang und legte den Kopf leicht schräg. Dann fragte sie: »Warum will Melissa sie finden?«

Unter den Umständen hielt er es nicht für notwendig, allzu viel vor ihr zu verbergen. »So wie ich es verstanden habe, hat Michael Davies kein Testament hinterlassen, und Melissa kommt an das Erbe nicht heran, solange nicht geklärt ist, wo Joanne sich aufhält.«

Die Frau nickte. »Michael hat Joanne adoptiert, als wir geheiratet haben, also hat sie wahrscheinlich auch die gleichen Rechte wie ein leibliches Kind. Außerdem hat er Joanne sowieso immer Melissa vorgezogen.« Sie verzog die Lippen und sah einen Moment lang richtig häßlich aus. »Seine eigene Tochter. Arme kleine Kuh!«

Rick dachte an Melissas besitzergreifenden Gesichtsausdruck, als sie ihm erzählt hatte, daß Michael keine Geheimnisse vor ihr gehabt habe. »Ich dachte eher, daß Vater und Tochter sich sehr nahestanden«, sagte er.

Die Frau lachte wieder. Es war kein hübsches Geräusch. »Natürlich. Ich weiß nicht, wo Joanne ist«, fügte sie abrupt hinzu.

»Aber sie lebt doch noch?«

Wieder der schräggelegte Kopf, der vorsichtige Blick. »Warum sollte sie tot sein?«

Rick zuckte mit den Schultern. »Melissa war sich eben nicht sicher, Mrs. Davies ... Ich muß Joanne einfach finden, nur um sicherzugehen, daß es ihr gut geht. Wenn Sie mir irgend etwas sagen könnten, was mir helfen würde ...«

Er schwieg, als sie aufstand, zu einer Anrichte ging und dort in einer Schublade herumwühlte.

»Hier«, sagte sie und reichte ihm eine Karte.

»Limelight?« fragte er.

»Das ist ein Nachtclub. Joanne hat mir die Karte vor zwei Jahren gegeben und mich gebeten, mit ihr in Kontakt zu bleiben.«

»Und, haben Sie das gemacht?«

Mrs. Davies zuckte mit den Schultern und wich zum erstenmal Ricks Blick aus. »Nein. Vielleicht ist sie noch dort, vielleicht aber auch nicht. Ich will es gar nicht wissen. Haben Sie verstanden?«

Er nickte. »Danke«, sagte er und steckte die Karte ein.

Es war nicht viel, aber immerhin ein wenig. Eine Spur. Rick ließ Mrs. Davies in ihrem heißen und stickigen Wohnzimmer zurück und trat in die kühle, regenklare Luft hinaus. Noch nie war sie ihm so wohltuend vorgekommen wie jetzt, und gierig holte er in tiefen Zügen Atem, um den abgestandenen Geruch des Hauses loszuwerden.

Mit seinem Handy rief er bei Melissa an. Sie war nicht da, deshalb hinterließ er eine Nachricht auf ihrem Anrufbeantworter, in der er ihr mitteilte, daß er eine Spur verfolge und auf dem Weg nach Manchester sei, um sie zu überprüfen.

»Ich rufe Sie heute abend noch einmal an«, sagte er. »Vielleicht können Sie es ja arrangieren, daß jemand vorbeikommt, der meine ausstehenden Rechnungen bezahlt. Ach ja, und vielleicht erzählen Sie mir auch endlich die ganze Geschichte – über den Tod Ihres Vaters und das Verschwinden Ihrer Stiefmutter. Ich habe gerade mit ihr gesprochen. Ich kann Ihnen nicht helfen, Melissa, wenn Sie mir nicht vertrauen. Sie sollten mir die Wahrheit sagen. Und zwar die ganze Wahrheit, nicht nur die Höhepunkte.«

Dann machte er sich auf den Weg zum Bahnhof.

An diesem Abend las Rick, ausgestreckt auf einem viel zu kurzen Bett mit einem kratzigen Nylonbettüberwurf in einem billigen Privatquartier weiter in Joannes Tagebuch.

Am Abend der Schulabgangsparty wartet er auf mich. Ich wußte, daß er das tut. Wir haben uns alle schick gemacht – die Mädchen in marineblauen Röcken und weißen Blusen mit diesen schrecklichen Peter-Pan-Kragen, blauen Kniestrümpfen über Nylons und dunkelblauen Unterhosen. Natürlich kann er seine Hände nicht bei sich behalten, nachdem er mich so gesehen hat, nicht wahr?

Meine Oberschenkel, dort, wo die Strümpfe vom Strumpfhalter gehalten werden, sind kalt. Ein Teil von mir kommt sich ein wenig lächerlich vor, so als ginge ich im Nachthemd aus, aber andererseits bin ich auch aufgeregt.

Deshalb komme ich auch immer wieder zu ihm zurück. Es ist nicht wie gewöhnlicher Sex in irgendwelchen festgefahrenen Bahnen. Es ist jedesmal anders, anders und gefährlich und falsch. Aber, Gott helfe mir, genau das macht es so aufregend, das veranlaßt mich, immer wiederzukommen, wie eine Süchtige, diese Vorstellung, etwas zu tun, das gegen jede meiner Überzeugungen geht …

Er geht mit mir zu einer ruhigen Stelle am Kanal, wo die Leute mit ihren Hunden spazierengehen und Liebespaare sich in Sommernächten treffen. Es ist zu öffentlich hier, die Chance, gesehen zu werden, ist relativ hoch, und ich kann mich nicht entspannen. Aber ich merke, daß genau das ihn anmacht, und ich weiß, ich werde alles tun, alles, um diesen Ausdruck in seinen Augen wachzuhalten. Sie brennen, als ob er Fieber hätte. Ich kann geradezu spüren, wie Energie von ihm ausgeht.

»Knie nieder«, sagt er.

Der Boden ist feucht und weich unter meinen Knien. Ich spüre, wie einer meiner Strümpfe zerreißt und eine Laufmasche langsam an meinem Bein hochklettert. Es hat etwas Befreiendes, im Gras zu knien, zu ihm aufzublicken und auf seine Anweisungen zu warten. Ich bin nicht verantwortlich für das, was geschehen wird; ich bin nur ein Körper, eine willige Mitspielerin.

Ohne mich anzusehen, öffnet er die Knöpfe seiner Hose. Er trägt keine Unterhose, und sein glatter, erigierter Schwanz springt aus der Hose, wobei er meine Wange streift. Ich halte den Atem an.

»Leck ihn«« sagt er.

Ich öffne weit meinen Mund, und er gleitet hinein. Die seidige Haut seines Schwanzes liebkost meine Lippen. Er schmeckt warm und salzig, und ich sauge gierig daran.

»Ich möchte, daß du es mir richtig machst – verstanden?«

Ich murmle, um ihm zu zeigen, daß ich ihn gehört habe, aber eigentlich hätte er auch genauso gut Chinesisch reden können. Mein Geschlecht wird feucht am Zwickel der häßlichen blauen Unterhose, und der dicke Stoff drückt gegen die empfindliche Haut. Ich wackle mit dem Hintern, um mir Erleichterung zu verschaffen, aber es nützt nichts. Ich fühle mich unbehaglich, aber es ist eine Unbehaglichkeit, die das Feuer in meinem Unterleib anfacht und meine Säfte zum Fließen bringt.

Er dringt tief in meinen Mund ein, und ich entspanne meine Kehle so, wie er es mir beigebracht hat. Ich kann die Geräusche des Autoverkehrs und das Scharren eines kleinen Tiers im Gebüsch hören. In der Ferne höre ich das Lachen und die Musik von der Party. Ob sie mich schon vermissen?

Werden sie mir am Gesicht und meiner Kleidung ansehen, was ich getan habe?

Rick legte das Buch einen Moment lang zur Seite und holte tief Luft. Obwohl er nie ein Foto von Joanne gesehen hatte, konnte er sich lebhaft vorstellen, wie sie in ihrer Schuluniform am Kanal kniete, mit dem Schwanz des Mannes im Mund. Er stellte sich vor, daß sie langes Haar hatte, das ihr weich über die Wangen fiel und einen zarten Vorhang um ihr Gesicht bildete, während sie dem Mann einen blies.

Rick legte seine Hand vorne auf die Hose, spürte die Ausbuchtung dort und fragte sich, wie lange er dieses Tagebuch wohl noch aushalten würde. Aber dann sagte er sich, daß er vielleicht eine wichtige Information in diesem Szenario finden könne und daß er einfach bis zum Ende weiterlesen mußte.

Er kommt rasch, wobei er stöhnt, als wolle er es noch weiter hinauszögern, brächte es aber nicht fertig. Sein Sperma schießt stoßweise heraus. Als er sich zurückzieht, fallen die letzten Tropfen auf das Gras zwischen uns.

Wir blicken beide auf die milchigen Flecken, die im Dämmerlicht wie Silber schimmern. Ich spüre seinen Triumph, und eine langsame Spannung baut sich in meinem Magen auf.

»Oh, Liebes«, murmelt er gespielt enttäuscht, »und du hast dir so viel Mühe gegeben.«

Ich blicke zu ihm auf und weiß, daß meine Augen weit aufgerissen und flehend sind. Ich kann nichts dagegen tun, obwohl ich vor Verlangen brenne, will ich doch nicht, daß er mich hier, in der Öffentlichkeit, bestraft. Meine unausgesprochene Angst steigert aber nur noch seine Entschlossenheit, und ich schlage unterwürfig die Augen nieder, weil ich weiß, daß alles Flehen nichts nützen würde.

»Heb deinen Rock«, sagt er.

Seine Stimme ist belegt vor Erregung. Als ich unruhig gehorche, kann ich spüren, wie seine Augen auf mir ruhen. Ich kann es nicht ertragen, ihn anzusehen. Ich kann mich nicht erinnern, mich jemals vorher so geschämt zu haben, und ich weiß nicht, ob ich es ertragen kann.

»Steck den Saum im Bund fest«, befiehlt er mir.

Als ich fertig bin, muß ich seinen schlaffen Schwanz wieder in die Hose stecken und die Knöpfe schließen. Die Knopflöcher sind steif, und meine Finger fühlen sich an, als seien sie geschwollen. Ich brauche lange und kann spüren, wie seine Ungeduld wächst. Dann tritt er hinter mich und zieht mir den Slip herunter, über meinen Hintern bis zu den Oberschenkeln.

»So naß«, murmelt er, »so ein böses, böses Mädchen. Was bist du, Liebling?«

»Ein böses Mädchen«, flüstere ich und spüre schon, wie die Tränen in meinen Augen brennen. »Oh!«

Der Schlag trifft mich überraschend, und das klatschende Geräusch seiner Hand tönt laut in der Abendluft. Ich kann meine Beine nicht bewegen, weil sie durch die Unterhose zusammengehalten werden, und deshalb kann ich ihm auch nicht ausweichen, während er mich schlägt.

»Heb deinen Hintern höher«, sagt er und automatisch gehorche ich, recke meinen Hintern seiner Hand entgegen, obwohl ich lieber zurückweichen möchte.

»Es tut weh«, keuche ich.

Ich weine jetzt richtig, und die heißen, salzigen Tränen rinnen mir in den Mund und fallen lautlos auf die Erde. Ich drücke mein Gesicht ins Gras und lasse mich von der kühlen Feuchtigkeit trösten.

Mein Hintern brennt, meine Möse ist naß, und ich sehne mich verzweifelt nach Befriedigung. Er weiß das, und nach ein paar Augenblicken hören die Schläge auf, und er liebkost mein brennendes Hinterteil.

»Soll ich dich kommen lassen, meine Kostbare?« wispert er an meinem Haar.

»Ja! Oh, bitte, ja!« keuche ich.

Seine Finger tasten sich zwischen meine Schenkel und suchen meine Klitoris. Sie ist hart und geschwollen und bebt vor Vorfreude. Als er sie berührt, zieht sie sich sofort zusammen. Er reibt sie grausam heftig und kneift in das geschwollene Fleisch. Als ich komme, schreie ich auf und sinke schluchzend auf dem Gras zusammen.

Eine Weile liege ich keuchend da. Dann wird mir langsam bewußt, daß mein armer mißbrauchter Hintern offen zur Schau gestellt ist, so wie ich da liege, mit dem hochgeschobenen Rock und dem Slip um meine Knie. Meine Beine sind gespreizt und geben den Blick frei auf meine nasse, gierige Möse, und meine Strümpfe sind zerrissen. Als ich mich aufrichte, sehe ich, daß meine Bluse und die Vorderseite meines Rocks mit Dreck beschmiert sind.

Ich bin allein. Es dauert ein paar Minuten, bevor ich merke, daß er gegangen ist, und dann beginne ich wieder zu weinen, während ich meine Kleidung richte und mich in den schützenden Schatten der Büsche drücke.

Ich werde flüchten müssen. Seine Spiele werden zu gefährlich, zu bizarr. Er würde mich nie freiwillig gehen lassen – also werde ich weglaufen müssen. So weit weglaufen, wie ich nur kann, solange ich noch einen eigenen Willen habe. Jetzt jedoch möchte ich mich am liebsten irgendwo zusammenrollen und sterben, wie ein kleines Tier, in der schützenden Dunkelheit. Mehr nicht.

Rick schlug das Tagebuch zu. Obwohl Joannes Beschreibung ihn geil gemacht und erregt hatte, blieb doch auch ein unangenehmer Geschmack in seinem Mund zurück.

Dieser Eintrag war ganz anders im Ton als der letzte. Der erste war anscheinend zu Beginn der Affäre geschrieben worden, als für das junge Mädchen alles noch ganz neu und aufregend war. Jetzt schien sie Angst zu haben und war gefangen in einer Beziehung, die sie nicht ganz verstand.

Stirnrunzelnd blätterte Rick durch frühere Seiten, in denen er hier und da gelesen hatte. Sie nannte den Mann niemals bei seinem Namen. Es konnte vielleicht nützlich sein, zu erfahren, wer er war, aber Rick kam es so vor, als gehörte er der Vergangenheit an. Sicher war er der Grund für Joannes Weglaufen gewesen, und deshalb hatte sie ihm wahrscheinlich kaum gesagt, wo sie hin wollte.

In dem Tagebuch steckte noch viel mehr, aber Rick glaubte nicht, daß er im Moment noch mehr erfahren wollte. Plötzlich überfiel ihn eine unbändige Sehnsucht nach Gemmas süßer Stimme, und er griff zum Telefon und wählte ihre Nummer.

Das Telefon im Flur des Schwesternheims klingelte und klingelte. Er wollte gerade aufgeben, als der Hörer abgenommen wurde und eine junge, atemlose männliche Stimme sagte: »Hallo?«

Rick runzelte die Stirn. Selbst er war noch nie bis zu den geheiligten Hallen des Royal Free's Schwesternheims vorgedrungen. Ein Mann dort im Korridor, das war ungewöhnlich, und die Tatsache, daß dieser junge Spund sich da offensichtlich so vertraut fühlte, daß er ans Telefon ging, alarmierte Rick. Beleidigt schnarrte er: »Wer spricht da?«

»Greg«, antwortete der Mann. »Und wer sind Sie?«

»Rick«, antwortete er sarkastisch.

»Ach ja – Gemmas Freund, nicht wahr?«

Wer, zum Teufel, war der Kerl? »Ja – ist sie da?«

»Natürlich. Gemma!« brüllte er, wobei er seinen Mund so nahe am Hörer hielt, daß Rick die Ohren wehtaten. »Gem – Telefon für dich! Sie kommt«, teilte er Rick mit, dann ließ er den Hörer fallen, der gegen die Wand schlug.

Er konnte Gemma lachen hören, als sie näher kam. Sie sagte etwas zu Greg, was Rick aber leider nicht verstehen konnte; er bekam nur mit, wie sie daraufhin beide lachten. Als sie den Hörer nahm, ob sie gelaufen wäre oder getanzt hätte. Rick hörte Musik im Hintergrund und wurde mißtrauisch.

»Rick? Hi, wie geht's dir?«

»Was ist da los? Feiert ihr eine Party? Wer war der Kerl?«

Sie kicherte, und trotz seiner Wut jagte der leise, sexy Laut Rick einen Schauer über den Rücken. »Bist du eifersüchtig?« neckte sie ihn.

»Habe ich Grund dazu?«

»Vielleicht.« Sie lachte wieder, und er merkte, daß sie ein wenig betrunken war. Gemma trank nie zwischen zwei Schichten.

»Wer war das?« fragte er aggressiv.

»Greg? Oh, er ist Pfleger auf meiner Station. Wir feiern Sharons Beförderung, ich habe dir doch davon erzählt. Du hättest auch kommen können, wenn du zu Hause gewesen wärst. Dann hättest du Greg kennengelernt.«

Rick ignorierte den leicht vorwurfsvollen Tonfall und dachte weiter über das Thema Greg nach. Ließen sie Pfleger in die Schwesternheime? Warum hatte Gemma ihn noch nie erwähnt?

»Na, jedenfalls«, sagte sie, bevor er seine mißtrauischen Mutmaßungen äußern konnte, »so gerne ich auch die ganze Nacht mit dir telefonieren würde, Liebling, ich friere mich hier in diesem Flur zu Tode in meinem Kleid, und außerdem würde ich gerne zur Party zurückgehen.«

»Gemma ...«

»Tschü-üs.« Sie legte auf.

Rick konnte es nicht glauben, sie hatte wirklich aufgelegt. Verständnislos starrte er auf den Hörer in seiner Hand, dann knallte er ihn auf die Gabel. Was, zum Teufel, war da los? Kaum hatte er aus geschäftlichen Gründen, wie er sich selbstgerecht sagte, die Stadt verlassen, da vergnügte sich seine Freundin mit Gott weiß was für Leuten.

Verwirrt und verunsichert zog er sich aus und zwängte sich in die winzige Dusche. Das Wasser war lauwarm und tröpfelte spärlich aus dem Duschkopf. Er seifte sich ein und versuchte, Gemmas Bild in ihrem kurzem Kleid, wie sie zitternd im Flur stand, aus seinen Gedanken zu verbannen. Was sie jetzt wohl machte?

Sie tanzt wahrscheinlich mit Greg, dachte er wütend und fluchte, als er Shampoo in die Augen bekam.

Es mußte etwas mit den Beschreibungen in Joannes Tagebuch zu tun haben, daß Rick die erotischen Bilder nicht aus dem Kopf bekam. Nur daß er jetzt, wo er mit Gemma gesprochen hatte, seine Freundin vor sich sah und nicht die gesichtslose Joanne, die so detailliert beschrieb, was passiert.

In seiner überhitzten Fantasie sah Rick Gemma in dem kleinen schwarzen Kleid mit den Spaghettiträgern vor sich, dem einzigen Kleid, von dem er sich vorstellen konnte, daß sie bei diesem Wetter darin fror. Als sie das letztemal das Kleid in seiner Anwesenheit getragen hatte, waren sie zusammen tanzen gewesen, und die Träger waren ständig heruntergerutscht und hatten ihre runden, glatten Schultern und den Ansatz ihrer Brüste enthüllt.

Greg würde was zu sehen bekommen, wenn er mit Gemma tanzte. Ob sie wohl kicherte und sich an ihn drückte, wie sie es immer bei Rick tat, oder ob er wohl die Träger wieder hochzog und sich mit ihr in irgendeine Ecke setzte?

Rick machte sich Gedanken darüber, ob sie ihn wohl mit auf ihr Zimmer nehmen würde. Er quälte sich, indem er sich vorstellte, wie sie ihn bei der Hand nahm und ihn zu ihrem schmalen Bett zog. Die Augen würden ihm aus dem Kopf fallen, wenn sie das Kleid abstreifte …

Vielleicht war er aber auch gar nicht der unerfahrene junge Mann, als den er ihn sich vorstellte, vielleicht schlief er ja schon seit Wochen mit Gemma und traf sich mit ihr an allen möglichen Orten, während die Patienten brav in ihren Betten lagen und …

»Es ist zum Auswachsen!«

Der Klang seiner eigenen Stimme brachte Rick wieder zur Besinnung, und er riß sich zusammen. Gemma und er waren nicht miteinander verheiratet. Es gab keine Übereinkunft zwischen ihnen, daß sie einander treu sein mußten, zumindest von seiner Seite aus nicht. Rick wußte nicht, was über ihn gekommen war, er wußte nur, daß er den Gedanken nicht mochte, sie könne ihn betrügen.

In seinem Beruf mußte man am Ball bleiben, und man mußte sich auf das konzentrieren, was man gerade tat. Rasch zog er sich frischgebügelte helle Hosen und ein hellblaues Hemd an, bürstete seine Haare und befahl sich, Gemma einfach aus seinen Gedanken zu verbannen. Er schloß das Zimmer ab und bereitete sich nach einem Blick in seine Brieftasche darauf vor, Manchester bei Nacht zu erkunden.

6

Natalie – 1995

Tonys Kusine Maria fragte ihren Chef, ob er im *Limelight* noch jemanden brauche, und nachdem sie ein paar Tage in Marias Gästezimmer gewohnt hatte, arbeitete Natalie hinter der Bar. Tony besuchte sie jedesmal, wenn er eine Fracht nach Manchester hatte, und mit der Zeit freute sie sich darauf, ihn zu sehen. Sex mit Tony machte Spaß, und es war schön, mit jemandem zusammenzusein, der so freundlich und sanft war.

Eines Samstags brachte er sie sogar zu ihrer Mutter. Dieses Mal machte Natalie nicht den Fehler, zum Haus zu gehen, sondern sie traf sich mit ihr in einem Park.

Vanessa sah alt und müde aus. Ihre Haare waren strähnig, und im Sonnenlicht wirkte ihre Haut verbraucht. Sie zeigte nur wenig Interesse an der Tatsache, daß ihre Tochter von zu Hause weggelaufen war, und sie sagte auch nichts dazu, daß sie einen Platz an der Universität aufgegeben hatte, um in einem Nachtclub zu arbeiten. Sie starrte sie nur abwesend, fast feindlich an, und Natalie fragte sich, ob sie wohl unter Drogen stand, wußte aber nicht recht, ob sie danach fragen sollte. Es war so, als sei Vanessa weit entfernt, irgendwo, wohin ihre Tochter ihr nicht folgen konnte, und Natalie wurde klar, daß sie nie wieder versuchen würde, ihr näherzukommen. Ihre letzte Verbindung mit der Vergangenheit und ihrer Familie war unwiderruflich abgerissen.

Nach einer halben Stunde beschloß Natalie, zu dem Café zurückzugehen, vor dem Tony seinen Lastwagen geparkt hatte. Bevor sie ging, gab sie Vanessa eine Visitenkarte vom Club.

»Wenn du je Kontakt mit mir aufnehmen willst, Mum, oder wenn du irgend etwas brauchst, dann ruf an.«

Sie wußte nicht genau, warum sie das tat, aber ihre Mutter und sie hatten einander nahegestanden, und die Geste war schließlich klein genug. Vanessa antwortete nichts darauf, aber sie nahm die Karte, und Natalie mußte sich damit zufriedengeben.

Kurz nach dem fruchtlosen Ausflug zu ihrer Mutter erregte Natalie Charlie Evans' Aufmerksamkeit, und das änderte ihr Leben. Kein Blick mehr zurück auf die Vergangenheit und kein Tony mehr.

Charlie beobachtete sie, als sie eines Abends im *Limelight* servierte, und rief sie an seinen Tisch.

»Ich habe dich noch nie hier gesehen, Mädchen – wie heißt du?«

Natalie sagte es ihm. Sie merkte gleich, daß sich eine Spannung zwischen ihnen aufbaute. Charlie Evans war achtunddreißig, nicht sehr groß und untersetzt. Sein Gesicht war glatt und rund, seine grauen Augen knallhart, und er trug seine blonden, schütteren Haare eng an den Kopf gekämmt. Die breitschultrigen, maßgeschneiderten Versace-Anzüge, die er bevorzugte, paßten zu seiner selbstbewußten Art. Er hatte zweifellos keinerlei Probleme damit, sein kleines Imperium von Nachtclubs und Bars zu führen.

Die Bars und Clubs waren zwar profitabel, aber sein eigentlicher Reichtum stammte aus seinen anderen Geschäftsinteressen. Sein Name war im ganzen Nordwesten bekannt, und in dunklen Ecken der Clubs wurde über ihn getuschelt, so daß Natalie sich keine Illusionen darüber machte, was für ein Mann er war. Sie wußte, daß sie sich besser nicht mit ihm einlassen sollte, daß sie besser weggelaufen wäre, als sich zu ihm zu setzen, aber in seinen seltsam undurchdringlichen grauen Augen lag ein Ausdruck, den sie erkannte und auf den sie reagierte.

Sie redeten an diesem ersten Abend nicht viel, das brauchten sie auch nicht. Natalie beobachtete Charlie, wie er aß, mit sauberen, präzisen Bewegungen, und wußte sofort, was für eine Art von Mann er war. Und er warf nur einen Blick auf sie und sah bis auf den Grund ihrer Seele.

Als er zu Ende gegessen hatte, nahm er sie mit in sein Büro. »Gut«, sagte er, nachdem er sich in einen Sessel gesetzt hattet »dann wollen wir mal sehen, was du zu bieten hast, Mädchen.«

Natalie stand mitten im Zimmer, spürte das vertraute Flattern in ihrem Magen, und ihre Kehle wurde trokken. Langsam knöpfte sie ihre weiße Bluse auf und zog sie über die Schultern. Charlies Augen ruhten auf der Schwellung ihrer milchweißen Brüste in den Dreiviertelkörbchen ihres BHs, und er nickte zustimmend.

Das Geräusch des Reißverschlusses an ihrem kurzen schwarzen Rock kam Natalie unnatürlich laut vor, als sie ihn aufzog. Der Rock fiel zu Boden, und sie stand in Slip und BH vor ihm.

»Du trägst keinen Hüfthalter – das ist gut. Von jetzt an wirst du auch kein Höschen mehr tragen – verstanden?«

Natalie nickte schweigend, wobei sie sich bewußt war, daß sie heftiger atmete. Er hatte sie noch nicht einmal berührt, und doch bebte sie schon vor Erregung.

»Zieh den Slip jetzt aus«, sagte er und beobachtete sie amüsiert.

Sie tat, was er gesagt hatte und wartete, während sein Blick über das Dreieck ihrer Schamhaare und den bebenden Bauch darüber glitt. Seine Aufmerksamkeit erregte sie, und sie war sich sicher, daß er den schwachen Duft ihres erregten Geschlechts riechen konnte.

»Jetzt zieh dich wieder an.«

Natalie blickte ihn enttäuscht an. War es das? Als ob er ihre Gedanken lesen könnte, lächelte Charlie. »Wenn deine Schicht vorbei ist, bringt dich mein Fahrer zu mir nach Hause. Da kannst du etwas schlafen – ich möchte, daß du hellwach bist.«

Er stand auf und trat zu ihr. Sie waren ungefähr gleich groß. Einen Moment lang dachte sie, er würde sie küssen, aber er blies nur leicht über ihre Lippen und betrachtete ihren Mund. Mit der Fingerspitze berührte er ihre linke Brustwarze. Sie sog den Atem ein, und ihr Unterleib zog sich zusammen. Zwischen ihren Beinen begann es zu pochen, aber er trat einen Schritt zurück.

»Gib mir das Höschen«, sagte er und streckte die Hand aus.

Sie reichte es ihm, und er stopfte es in seine Anzugtasche, wobei er sie nicht aus den Augen ließ.

»Ich hoffe, ich habe mich nicht in dir geirrt, Mädchen«, sagte er mit der Andeutung einer leisen Drohung.

Natalie nickte, sie traute ihrer Stimme nicht. Erst als sie wieder hinter der Bar stand, gewann sie ihre Fassung zurück.

7

Rick – 1997

Rick hatte Probleme, das *Limelight* zu finden, und am Ende mußte er etwas von dem Geld opfern, das für seine Übernachtungen vorgesehen war, um mit dem Taxi dorthin zu fahren.

»Von außen sieht es nicht so toll aus, aber innen ist es in Ordnung«, sagte ihm der Taxifahrer, als er Ricks zweifelnden Blick angesichts des Nachtclubs sah.

»Mit dem Anblick von außen haben Sie nicht so unrecht, Kumpel«, meinte Rick, während er ihm das Geld reichte. »Gibt es hier oft Ärger?«

Der Taxifahrer schenkte ihm einen vielsagenden Blick und zog die Unterlippe zwischen die Zähne. »Das ist Charlie Evans' Club – hier macht keiner Ärger, außer auf Charlies Anordnung hin.«

»Ich bin nur zu Besuch hier. Charlie Evans ist wohl eine große Nummer, was?«

»Das könnte man so sagen.« Damit ließ er Rick auf dem Bürgersteig zurück.

Es waren noch nicht viele Leute unterwegs, da er am frühen Abend angekommen war, noch bevor die Pubs schlossen. Eigentlich hatte er sich mit einem Bier in eine dunkle Ecke setzen und mit ein oder zwei Bardamen schwatzen wollen, um etwas über Joanne zu erfahren. Aber als er jetzt die grell beleuchtete Fassade des Nachtclubs betrachtete, wünschte sich Rick, er hätte in der Menge unbemerkt hineinschlüpfen können.

Als er merkte, daß zwei kräftig aussehende Türsteher ihn mißtrauisch beäugten, ging er zielbewußt auf den Eingang zu. Sie verstellten ihm den Weg.

»Ganz allein?« fragte einer von ihnen und musterte Rick

»Ja.« Er lächelte und versuchte, harmlos auszusehen. Leider jedoch sah Rick ganz genauso aus wie das, was er war: ein Ex-Militär und alles andere als unschuldig.

»Sie sind nicht von hier?« fragte der Mann.

»Nein. Ich bin geschäftlich unterwegs, und ich wollte mich gerne ein bißchen amüsieren. Ist doch okay, oder?«

Der zweite Türsteher, der bis jetzt noch nichts gesagt hatte, grinste auf einmal. »In welchem Regiment waren Sie?« fragte er unerwartet.

Rick sagte es ihm, und er lachte. »Ihre Einheit war zur gleichen Zeit wie ich in Armagh«, meinte er. Sie tauschten Geschichten über ihre Erlebnisse in Nordirland aus, und Rick wurde nicht nur hineingelassen, er brauchte auch nichts zu bezahlen, und ihm wurde ein Bier in Aussicht gestellt. Manchmal wird man dafür entschädigt, daß man sich bei der Armee verpflichtet, dachte er grimmig, während er die Treppe hochging.

Der Taxifahrer hatte recht gehabt. Wenn man erst einmal drin war, hätte man nie gedacht, daß man sich in dem Gebäude befand, das von außen so verboten aussah. Obwohl es erst halb voll war, waren doch schon genug Gäste da, um Atmosphäre zu schaffen, und Rick spürte, wie er sich entspannte, als er sich an die Bar in der Nähe der Tanzfläche setzte und eine Flasche Bier bestellte.

Während er den Mädchen zusah, die sich zu der lauten, hämmernden Musik bewegten, wurde Rick einen Moment lang an Gemma erinnert. Stirnrunzelnd rief er sich ins Gedächtnis, daß er erst zu Hause wieder an sie denken wollte, und trank einen Schluck Bier.

»Wollen Sie tanzen?«

Überrascht blickte er auf, als das Mädchen ihn ansprach, weil er sich zunächst nicht sicher war, ob sie ihn überhaupt gemeint hatte. Sie war groß und schlank, und ihre roten Haare fielen wie ein Wasserfall über ihren schmalen Rücken. Sie hatte leicht schrägstehende Augen, was ihr ein katzenhaftes Äußeres verlieh und Ricks Interesse erregte. Er musterte ihr hellblaues dünnes Kleid und lächelte.

»Fordern Sie mich auf?« fragte er.

Das Mädchen lächelte ebenfalls, ohne seine Zähne zu zeigen. Sie warf ihr glänzendes rotes Haar zurück und zog Rick auf die Tanzfläche.

Gemma war schließlich nicht die einzige, die tun und lassen konnte, was sie wollte, dachte Rick grimmig, während er den Rotschopf enger an sich preßte. Was dem einen recht ist …

»Wie heißen Sie?« fragte er.

»Angela«, antwortete sie, kaum hörbar bei dem Lärm der Musik.

Rick versuchte gar nicht erst, mit ihr ins Gespräch zu kommen; er ließ sich von ihr führen, bewegte sich im Takt der Musik und genoß des schlanken Körpers. Sie roch nach einem schweren Parfüm, das er sehr sexy fand. Als sie sich enger an ihn drückte, lächelte er sie an. Sie erwiderte seinen Blick und sandte die Signale aus, die sein Herz schneller schlagen ließen.

Die Musik war laut und hämmernd. Angela bewegte sich in vollkommener Übereinstimmung mit der Musik und verführte ihn zugleich mit ihrem Körper, als ob sie Flamenco tanzte. Vielleicht konnte er wenigstens für kurze Zeit vergessen, warum er eigentlich hier war.

Von der Art, wie der Stoff ihres Kleids sich an ihren Körper schmiegte, vermutete Rick, daß sie darunter nackt war. Sein Körper spannte sich, als er sich vorstellte, wie er ihr langsam das Kleid auszog, wie es über ihre Haut glitt …

»Möchten Sie etwas trinken?« fragte er sie, weil ihm langsam warm wurde.

Sie nickte, und beide traten an die Bar. Ihre Lippen streichelten den Rand des Glases, und ihre langen Finger umfaßten verführerisch den Griff. Sie trug blauen, perlmuttschimmernden Nagellack. Rick stellte sich vor, wie sich diese Finger um seinen Schwanz schlossen und bekam sofort eine Erektion. Diese Frau war unglaublich, der Sex in Person, ein perfektes Heilmittel für die Komplikationen in seinem Liebesleben. In den Botschaften, die sie ihm sandte, war nichts Verschleiertes oder Zweideutiges; ihre großen blauen Augen hingen an ihm und ließen keinen Zweifel daran, daß sie wollte, was er wollte – und zwar bald.

»Haben Sie schon gegessen?« fragte sie.

Er mochte ihre Stimme; sie war leise und rauchig, aber wohltönend. »Nein. Haben Sie Hunger?«

Ihre Augen funkelten amüsiert, als sie nickte. »Sollen wir ins Restaurant gehen?«

»Gehen wir.«

Rick nahm seine Flasche Bier und folgte ihr über die Tanzfläche zu einem ruhigeren Bereich im hinteren Teil des Clubs. Ihre Hüften schwangen hin und her, während sie auf ihren hohen Absätzen vor ihm herging, und unter dem dünnen Stoff ihres Kleides zeichneten sich ihre Pobacken ab.

Da es noch früh war, fanden sie gleich einen Platz.

»Haben Sie schon einmal hier gegessen?« fragte Angela.

Rick, der gedankenverloren ihren Mund betrachtet hatte, während sie am Cocktail nippte, zuckte zusammen. »Nein. Ich bin auf der Durchreise.«

»Die Seezunge in Zitronensauce ist hervorragend, und die Schokoladenmousse … mmh.« Sie verdrehte genießerisch die Augen und brachte ihn zum Lachen.

»Dann möchte ich Seezunge mit Schokoladenmousse«, sagte er.

Während sie auf das Essen warteten, redeten sie nicht

viel. Die sexuelle Spannung zwischen ihnen wuchs, und keiner von ihnen wollte sie durch ein Gespräch zerstören. Außerdem gab es sowieso keinen Grund zum Reden, dachte Rick. Sie wußten beide, daß der Hauptgrund für die starke Anziehungskraft in der Anonymität der Begegnung lag. Keiner von ihnen hatte das Bedürfnis, mehr vom anderen zu erfahren.

Das Essen war ein ausgedehntes Vorspiel. Rick konnte seinen Blick nicht von Angelas Fingern abwenden, während sie aß. Ihre Hand war weiß und glatt, sie schimmerte im dämmerigen Licht wie Alabaster, und er sehnte sich danach, sie zu berühren.

Zunächst hatte er sich zwar nur vorgestellt, draußen ein wenig mit ihr herumzuknutschen, jetzt jedoch änderte er seine Meinung. Für diese Begegnung wollte er sich Zeit nehmen, sie genießen, und er überlegte schon, was sie wohl zu seinem schäbigen Pensionszimmer sagen würde. Er erschauerte, als er sich vorstellte, wie sie ihren schlanken, makellosen Körper auf dem scheußlichen gelben Nylonbettüberwurf ausstreckte. Nein, er würde sich etwas anderes einfallen lassen müssen.

Ihre Füße unter dem Tisch waren ganz nahe an seinen, und ab und zu spürte er ihren Knöchel an seiner Wade, wenn sie die Beine bewegte. Nach und nach wurde der Kontakt absichtlicher, und sie streichelte seinen Unterschenkel mit ihren bloßen Zehen. Da er sich der gefährlich spitzen Absätze ihrer Sandalen durchaus bewußt war, spürte Rick, wie die Erregung in ihm aufstieg. Sie begann in seinem Magen, breitete sich in seinem ganzen Körper aus und ließ sein Herz schneller schlagen.

»Haben Sie keinen Hunger?« fragte sie ihn, als der Kellner seinen kaum berührten Teller wieder abräumte.

»Nicht auf Essen«, murmelte Rick und sah gebannt zu, wie sie sich mit der Zunge leicht über die Lippen fuhr.

»Warten Sie ab, bis Sie die Schokoladenmousse probiert haben«, sagte sie.

Obwohl ihr Tonfall leicht und neckend war, sah er, daß ihre Pupillen sich geweitet hatten. Sein eigenes Verlangen wurde in den Tiefen ihrer Augen widergespiegelt, und er erschauerte.

Der Kellner kam mit dem Dessert, und Rick sah zu, wie Angela einen Löffel voll nahm und in den Mund schob. Er stellte sich vor, wie die dicke, cremige Mischung ihren Mund ausfüllte, dann weich ihre Kehle hinunterglitt, und konnte kaum noch atmen.

»Probieren Sie mal«, murmelte sie heiser und bot ihm ihren Löffel an. »Ist das nicht einfach göttlich?«

Rick leckte den Löffel ab und nickte. Reden konnte er nicht. Sie zog die Fäden, er konnte nur reagieren.

»Zu mir?« murmelte sie, als könne sie seine Gedanken lesen.

»Ist es weit?«

Sie schüttelte den Kopf, wobei ihre langen Haare wie ein seidiger Vorhang über ihre Wangen fielen. »Nur eine kurze Taxifahrt.«

Rick blickte von Angelas teilweise aufgegessenem Dessert zu seinem eigenen noch vollen Teller und sah sie an. Offensichtlich hatte sie andere Köstlichkeiten im Sinn, und ohne zu zögern, verlangte er die Rechnung. Das bekam seiner Kreditkarte zwar nicht, aber zum Teufel damit! Er hatte das Gefühl, daß die Nacht, die ihm bevorstand, es wert war. Draußen warteten Taxis. Die Fahrer lehnten an ihren Wagen, schwatzten miteinander und rechneten offenbar so früh noch nicht mit Fahrgästen. Eine Frau lief auf sie zu und schnappte den anderen die Fuhre vor der Nase weg, was einen ganzen Chor von nicht böse gemeinten Beschimpfungen und obszönen Gesten hervorrief.

»Faule, chauvinistische Bastarde«, sagte sie fröhlich.

Rick und Angela sahen sich an und grinsten.

»Wohin?« fragte die Fahrerin.

Angela gab ihr die Adresse an, wobei sie sich vorbeugte, so daß Rick einen entzückenden Ausblick auf ihren Rücken und ihre Hüften gewann.

Sie hatte einen runden, wunderbar geformten Hintern, und er sehnte sich danach, ihn zu berühren. Langsam streckte er die Hand aus und drückte seine Finger in das nachgiebige Fleisch. Angela lehnte sich zurück und schaute ihn unergründlich an. Offensichtlich trug sie kein Höschen unter dem Kleid, und Rick wurde es immer heißer. Er wollte so schnell wie möglich in ihre Wohnung, damit er ihr endlich das dünne Kleid ausziehen und ihre nackte Haut berühren konnte.

Sie legte ihre Hand auf seinen Schoß und berührte spielerisch die Ausbuchtung seines Schwanzes. Die unerwartete Berührung raubte ihm den Atem. Da ihm bewußt war, daß die Taxifahrerin ihn im Rückspiegel sehen konnte, versuchte er, sich zurückzuhalten, hoffte jedoch inständig, daß Angela nicht weit entfernt wohnte.

»Halten Sie bitte hier«, sagte sie fast im gleichen Moment und beantwortete damit unbewußt seine Gebete.

Angela stieg aus dem Wagen und suchte in ihrer Tasche nach Schlüsseln, während Rick das Taxi bezahlte. Sie wohnte in einem Komplex von Mietwohnungen, der ursprünglich mal ein Fabrikgelände gewesen war. Da das Haus eine Alarmanlage und ein kompliziertes Verriegelungssystem hatte, dauerte es ein paar Minuten, bis sie drinnen waren und zum Lift gehen konnten.

»Ich wohne im obersten Stockwerk«, sagte sie zu ihm, als sie auf den Aufzugsknopf drückte.

»Tolles Haus«, kommentierte Rick, der mit seinem Detektivgehirn jedes Detail aufnahm, während seine Sinne allerdings größtenteils mit den dringenden Bedürfnissen seines Schwanzes befaßt waren.

Während sie auf den Lift warteten, streichelte er Angelas Hintern durch den dünnen Stoff ihres Kleides.

Ihre Haut fühlte sich warm und weich an, und sie preßte sich an ihn, als er sie streichelte, so daß seine Hand zwischen ihrem Po und seinem Schwanz gefangen war. Mit den Fingern drückte er den Stoff in die Spalte der Pobacken und suchte die empfindliche Stelle dazwischen.

Angela seufzte leise, als er seinen Finger kreisförmig bewegte, und dann war der Lift da, und sie trat hinein. Während der Lift hochfuhr, Rick hinter sie und drückte seinen Körper an ihren Rücken.

Sie lehnte sich an ihn und schlang einen Arm um seinen Nacken, während Rick sich über ihre Schulter beugte, um ihren Hals zu küssen. Als er hochblickte, konnte er sie beide in den glänzenden Stahlplatten des Lifts widergespiegelt sehen. Seine braunen Haare sahen ganz dunkel gegen das leuchtende Rot ihrer Haare aus, sein Gesicht kantig und männlich gegen ihre gerundete Weiblichkeit.

Er beobachtete weiter ihr Spiegelbild, legte eine Hand auf ihre Brust und zog den Ausschnitt des Kleids herunter, so daß eine Ecke der tiefrosa Aureole sichtbar wurde, die sich sofort zusammenzog.

Stöhnend vergrub er das Gesicht in ihrem Haar und schob ihr die Zungenspitze ins Ohr. Sie schmeckte nach Parmaveilchen, süß und weiblich.

»Wir sind da«, flüsterte sie, als die Türen des Lifts aufgingen.

Zögernd ließ Rick sie los und trat hinter ihr in den Flur. Von dort gingen zwei Türen ab. Als Angela ihren Schlüssel in die Wohnungstür steckte, die dem Aufzug am nächsten war, öffnete sich die andere Tür, und ein Mann trat heraus.

Rick kam es so vor, als ob Angela recht eilig in ihrer Wohnung verschwand, als sie ihn sah, so daß er alleine im Flur stand, als der Mann vorbeikam.

»Guten Abend«, sagte er höflich.

Der Mann musterte ihn kurz, für Rick jedoch lange genug, um sich kalte graue Augen einzuprägen. »Grüßen Sie Angela von mir«, sagte der Mann, der zu Rick aufblicken mußte. »Sagen Sie ihr einen schönen Gruß von Charlie.« Er grinste und zeigte perfekte weiße Zähne.

Rick sah ihm nach, als er in den Lift stieg und sich die Türen hinter ihm schlossen. »Wer war das?« fragte er neugierig, als er hinter Angela in die Wohnung trat.

Er hatte das Gefühl, daß sie seinem Blick auswich, als sie erwiderte: »Ach, niemand Wichtiger.« Dann blickte sie auf und lächelte ihn strahlend an. »Ich wollte nur nicht im Flur gesehen werden, wo wir jetzt schon so weit gekommen sind ...«

Sie griff nach Ricks Hemdbrust und zog näher ihn zu sich. Grinsend ließ er sich von der Vorfreude auf ihren Kuß ablenken. Ihre Lippen waren voll und weich, und ihre Berührung leicht wie eine Feder. Er öffnete den Mund, damit sie den Kuß vertiefen konnte, und sie leckte ihn spielerisch mit der Zunge am Mundwinkel. Mit einem erstickten Stöhnen preßte Rick sie an sich und erwiderte heftig den Kuß. Seine Zunge drang tief in ihren Mund und ließ keinen Zweifel an der Dringlichkeit seines Verlangens.

Er hatte kaum die Chance gehabt, seine Umgebung wahrzunehmen. Nur vage war er sich bewußt, daß er mitten in einem großen, quadratischen Raum stand, der nur vom Licht des Vollmonds erhellt wurde, das durch die großen Fenster strömte. Links von ihnen stand ein schwarzes Ledersofa, und er dirigierte Angela in diese Richtung, damit sie sich dort hinsetzen konnten. Angela hatte jedoch andere Vorstellungen.

»Warte«, flüsterte sie und schob ihn mit der flachen Hand von sich weg.

Sie sah ihn an und schob einen der dünnen Träger ihres Kleides über die Schulter. Das Mondlicht übergoß ihren Körper mit einem überirdischen Glanz.

Schweigend zog sie auch den anderen Träger herunter, so daß ihr Kleid langsam über die Brüste hinunterrutschte. Rick beobachtete mit trockenem Mund, wie ihre Brustwarzen sichtbar wurden, harte, glänzende Nippel, umgeben von tiefrosa Aureolen.

Ihre Brüste waren klein und hoch angesetzt, und ihr schmaler Oberkörper verlief in üppigen Hüften, über die das Kleid nicht hinunterrutschen konnte. Sie schob es über ihre schwellenden Hüften und ihren Hintern, bis es zu ihren Füßen lag. Dann stand sie, nackt bis auf hochhackige Sandaletten, vor ihm. Im Mondschein sah sie unwirklich aus, wie ein Wesen aus einer anderen Welt. Rick war verzaubert.

»Jesus!« keuchte er und blickte auf das schmale rotgoldene Dreieck zwischen ihren Beinen. »Woher kommst du?«

Angela trat auf ihn zu. Ein Lächeln umspielte ihre Lippen. »Aus den Tiefen deiner Fantasie«, sagte sie leise und heiser.

Er schob ihr das Haar hinter die Schultern, damit es nicht mehr über ihre Brüste fiel. Sie erschauerte, als seine Fingerspitzen über ihre Brustwarzen glitten. Er spürte ihre Spannung, und sie entsprach seiner eigenen. Am liebsten hätte er sie sofort aufs Sofa geworfen und besinnungslos gevögelt, und doch wollte er nicht, daß die Spannung endete. Also sah er sie einfach an und zögerte die köstliche Qual hinaus, bis die Luft im Raum unerträglich zu werden schien und vor Verlangen vibrierte.

Angela beendete den Zustand.

»Rick ... berühr mich.«

Er trat vor und zog sie wieder in die Arme. Es war unglaublich erotisch, ihren nackten Körper an seiner Kleidung zu fühlen. Ihre Nacktheit machte sie verletzlich, und Rick war überwältigt von einem Gefühl sexueller Macht. Sein Verlangen wurde immer heftiger.

Er küßte sie ungestüm, und seine Hände glitten heiß und drängend über ihren Körper, streichelten, drückten und preßten sie, bis sie halb protestierend aufstöhnte. Heftig schob er seine Hand zwischen ihre Beine und fand das heiße, nasse Zentrum ihrer Weiblichkeit. Mit zwei Fingern tauchte er in sie ein, und zugleich drang er mit seiner Zunge tief in ihren Mund.

Innen war ihre Möse heiß, feucht und seidig. Er schob sie zum Sofa, riß sich die Kleider vom Leib und verschlang ihren Körper mit den Augen.

Ihre plötzliche Passivität reizte und entzückte ihn. Er war jetzt auch nackt, zwang sich aber, sich zurückzuhalten, dem Drang zu widerstehen, wie ein wildes Tier über sie herzufallen und seinen Schwanz in sie hineinzustoßen. Statt dessen spreizte er ihr vorsichtig die Beine, bis er ihre pochende Grotte sehen konnte.

Er berührte die klopfende Perle mit der Zungenspitze und wurde von einem Aufschrei reinen Verlangens belohnt. Ermutigt küßte er ihre Schamlippen, knabberte sanft am geschwollenen Fleisch und drang mit der Zunge in die Vagina ein.

Angela stöhnte und drückte seinen Kopf fester gegen ihr Geschlecht. Einen Moment lang dachte er, er würde in ihren Klitoris-Säften ersticken, dann spürte er, wie ihre Klitoris anschwoll und gegen seine Lippen zuckte. Er leckte sie unablässig und verlängerte ihren Orgasmus, bis sie ihn bat, aufzuhören.

»Bitte ... Oh, bitte! Fick mich, Rick ... Nimm mich ... Ich möchte, daß du mich nimmst ... Jetzt!«

Solchen Aufforderungen leistete Rick immer Folge, und mit einem heftigen Stoß drang er in sie ein. Sie umschloß ihn samtweich, und die Zuckungen ihres Orgasmus liebkosten seinen Schaft mit heftigen, rhythmischen Wellen, bis auch er triumphierend aufschrie. Er bog den Rücken durch und stöhnte laut auf, als er sich in sie ergoß.

Der Raum schien sich um ihn zu drehen, das seidige Futteral, das seinen Schwanz umschlossen hielt, schien jeden Tropfen aus ihm herauszupressen. Der Schweiß auf seiner Haut begann jetzt abzukühlen, und er erschauerte.

»Nun, Schatz – möchtest du mir nicht deinen neuen Freund vorstellen?«

Ricks Kopf schoß herum, als eine amüsierte Stimme aus dem Schatten drang. Angela kicherte, als sie sich voneinander lösten, dann wandte sie sich dem Neuankömmling zu.

»Natalie, das ist Rick – Rick, Natalie«, sagte Angela so lässig, als befinde sie sich auf einer Cocktailparty.

Rick setzte sich auf dem Sofa zurecht und legte die Hände über seinen jetzt schlaffen Penis, als die Frau den Raum betrat. Er sah lange braune Haare und ein ovales Gesicht und registrierte vage, daß sie zwei Weingläser in der Hand trug. Als sie jedoch in den Lichtkreis des Mondscheins trat, entdeckte er, daß sie völlig nackt war.

Ihr Körper war lang und schlank, eine fast exakte Replik von dem Angelas. Das galt auch für ihr Gesicht. Rick stellte fest, daß die beiden Frauen, bis auf den Unterschied in der Haarfarbe, sich so ähnlich waren wie eineiige Zwillinge.

»Deine Schwester?« fragte er Angela.

Angela kicherte. »So gut wie. Findest du sie nicht auch reizend?«

»Reizend«, echote Rick und musterte Natalie.

Er hatte das Gefühl, sie könne seine Gedanken lesen, denn sie zog in stummer Herausforderung eine feingezeichnete Augenbraue hoch. Als er nicht reagierte, verzogen sich ihre Lippen zu einem Lächeln.

»Na, der sieht aber gut aus, was?« sagte sie neckend, und obwohl ihre Worte an Angela gerichtet waren, musterte sie Rick amüsiert. »Ich hole besser noch ein Glas – ist der Moët im Kühlschrank, Liebling?«

»Natürlich.«

Rick blickte Angela an und sah, daß sie ihre Beine hochgezogen hatte und sein Unbehagen offensichtlich genoß.

Als sie die Türschwelle erreicht hatte, blieb Natalie stehen. »Du hast doch nichts dagegen, wenn ich mich euch anschließe, oder?« fragte sie.

Als er den Schock verdaut hatte, überrollte Rick eine Welle der Erregung. Ein Lächeln breitete sich auf seinem Gesicht aus, als er begriff. »Was dagegen? Ich wäre entzückt«, erwiderte er übertrieben charmant.

Die beiden Frauen wechselten einen vielsagenden Blick, dann verschwand Natalie mit einem Lächeln in der Küche, wobei sie auf ihren hohen Absätzen leicht schwankte.

8

Natalie – 1995

Die Nacht, in der Natalie das erstemal in Charlie Evans' Haus ging, verlief nicht so, wie sie erwartet hatte. Sein Fahrer wartete wie versprochen vor dem Club auf sie. Er war groß und ebenholzfarben, und sein Gesichtsausdruck war undurchdringlich, als er ihr die Tür des Bentleys aufhielt.

»Was für ein schönes Auto«, sagte sie, um ihre Nervosität zu überbrücken. »Ist es ein Klassiker?«

»Ich glaube schon, Madam«, erwiderte er und schlug die Tür hinter ihr zu, kaum daß sie eingestiegen war. Das Gespräch endete, noch bevor es angefangen hatte.

Während sie durch die morgendlichen Straßen glitten und sich die ersten Schatten im Licht der aufgehenden Sonne rosa färbten, fragte sich Natalie, wie oft er diesen Auftrag für seinen Chef wohl schon ausgeführt hatte. Wie viele Frauen wurden nach Beendigung ihrer Schicht zu Charlie Evans' Anwesen zu ›besonderen‹ Pflichten beordert?

Die Fahrt gab Natalie Zeit, ihre Gefühle zu prüfen. Es war ihr egal, daß sie wahrscheinlich nur eine von vielen war. Es verwirrte sie nur, daß sie instinktiv, nachdem sie vor einer solchen Beziehung davongelaufen war, sofort eine andere Verbindung mit gleichen Voraussetzungen gefunden hatte. Eine Zeitlang war sie mit Tony glücklich gewesen, sie hatte seine unkomplizierte Zuneigung und Freundlichkeit gebraucht. Aber im Lauf von ein paar Wochen war sie zunehmend rastloser geworden und hatte ein nagendes Bedürfnis empfunden, das wohl zu ihr gehörte wie die Farbe ihrer Augen.

Armer Tony. Sie verspürte leises Bedauern, als sie erkannte, daß sie ihn zumindest mental hinter sich gelassen hatte. Sie wußte, daß sie ihn vermissen würde, aber nicht annähernd so sehr wie die heftige Erregung, die sie empfand, als sie jetzt zu Charlie Evans fuhr.

Natalie war aufgeregt, als sie vor einem Eisentor am Stadtrand hielten. Der uniformierte Wachposten nickte dem Fahrer zu, winkte ihn aber erst herein, nachdem er einen Blick durch das Wagenfenster geworfen hatte. Sein Blick glitt über sie, und ihr lief ein Schauer der Abwehr über den Rücken, als ob er sie betasten würde. Abweisend starrte sie in sein lüsternes Gesicht, und sie zuckte nicht einmal, als er anzüglich mit der Zunge über seine Lippen fuhr, bevor er sie durchwinkte.

Als sie an ihm vorbeikamen, fixierte Natalie den Nakken des Fahrers und tat so, als habe ihr die Begegnung nichts ausgemacht. Offensichtlich wußte jeder im Haus, warum sie hergekommen war; niemand hatte das Bedürfnis, diskret zu sein. Sie hatte sich noch nie so gedemütigt und so billig gefühlt und schäumte vor Wut. Doch dann stellte sie fest, daß dies ihr Verlangen sogar noch steigerte und zu ihrer Erregung beitrug.

Bei der Erkenntnis, daß sie sich nach Scham sehnte, straffte sie die Schultern, während sie auf das Haus zuglitten. Nun, von Charlie Evans konnte sie erwarten, daß er es verstand.

Das Haus war ein moderner Bungalow, unauffällig und doch imposant, ganz von einer hohen Mauer umgeben. Als der Wagen zum Stehen kam, öffneten sich die Doppeltüren an der Eingangstreppe, und ein Butler in Livree geleitete sie hinein.

Natalie hatte kaum Gelegenheit, sich umzusehen, denn sie wurde sofort eine imposante Treppe zum ersten Stock hinaufgeführt.

»Das ist Ihr Zimmer, Madam«, sagte der Butler, und es kam Natalie so vor, als ob er ihrem Blick auswich. »Der Herr verlangt, daß Sie bis mittags schlafen, dann ein Bad nehmen und die Kleider anziehen, die Sie im Schrank finden. Jemand wird Sie zum Essen abholen.«

Schweigend schloß er die Tür hinter sich, noch bevor Natalie ihn etwas fragen konnte. Sie stand allein in dem fremden Zimmer.

Als sie sich umsah, stellte sie fest, daß es in pastelligen Pfirsich- und Grüntönen gehalten war, die von dunkleren Farben akzentuiert wurden: ein smaragdgrüner Lampenschirm; eine moosgrüne überdecke, terrakottafarbene Kissen auf dem kleinen Sofa. Um das Bett hingen Spitzenvorhänge, und auf beiden Seiten lagen flauschige Schaffelle.

Zweiflügelige Glastüren führten auf einen Balkon. Natalie konnte einen kleinen, weißgestrichenen Eisentisch mit einen dazu passenden Stuhl erkennen. Sie öffnete die Türen, trat auf den Balkon und atmete die frische, würzige Luft des Morgens ein. Der süße Duft des taunassen Grases wehte aus dem gepflegten Garten zu ihr herauf. Plötzlich wurde ihr bewußt, wie müde sie war.

Sie ging wieder hinein und benutzte kurz das angrenzende Badezimmer, bevor sie sich auszog und zwischen die kühlen Laken des Bettes schlüpfte. Auf keinen Fall wollte sie bis zum Mittagessen schlafen, sagte sie sich, aber ein paar Stunden Schlaf, bevor sie Charlie gegenübertrat, würden ihr sicherlich gut tun.

Ein leises Klopfen an der Tür weckte Natalie. Noch halb zwischen Schlaf und Wachen befangen, merkte sie zwar, daß die Schlafzimmertür aufging, aber vollends erwachte sie erst, als eine weiche Hand ihr die Haare aus der Stirn strich.

Sie öffnete die Augen und blinzelte, als sie sich einem Mädchen ihres Alters gegenübersah, das sich so dicht über sie beugte, daß ihr Atem Natalies Wange streifte.

»Natalie?« flüsterte das Mädchen leise. »Du mußt jetzt aufstehen.«

Gähnend setzte Natalie sich im Bett auf und starrte das Mädchen an, das sie aufgeweckt hatte. Es war klein und dunkelhaarig und trug die Haare in einem kinnlangen Bob, aus dem sich widerspenstige Locken um ihr herzförmiges Gesicht ringelten. Ihre Augen waren groß, mit langen dunklen Wimpern, die noch das samtige Braun der Pupillen unterstrichen.

»Ich bin Nina«, sagte sie, und Natalie fiel auf, daß sie mit einem deutlichen spanischen Akzent sprach.

Das Mädchen trug ein einfaches weißes Kleid, das ihre dunkle Schönheit noch betonte. Das Kleid war ziemlich kurz, so daß ihre langen, gebräunten Beine zur Geltung kamen.

»Ich bin gekommen, um dich zu baden«, sagte sie.

Natalie sah sie einen Moment lang verständnislos an. Sie zu *baden?* Dann schüttelte sie lächelnd den Kopf. »Nein, danke, das kann ich allein«, erwiderte sie.

Nina runzelte die Stirn und schüttelte ebenfalls so heftig den Kopf, daß die Locken um ihr Gesicht tanzten. »Charlie hat gesagt, ich soll dich baden. Komm – so schrecklich ist es ja nun auch nicht, oder?« Sie lächelte, und ihre Augen funkelten vor Vergnügen.

Natalie wußte nicht, was sie sagen sollte. Offensichtlich hatte Nina Anweisungen bekommen und beabsichtigte, sie auszuführen, ganz gleich, was Natalie dazu sagte. Sie war bereits im Badezimmer verschwunden, und Natalie hörte, wie Wasser in die Wanne lief. Nachdenklich stand sie auf und ging ebenfalls ins Badezimmer.

»Wie spät ist es?« fragte sie, während sie zusah, wie Nina reichlich jasminduftendes Öl ins Badewasser gab.

»Zwölf Uhr mittags.«

»Ich kann gar nicht glauben, daß ich so lange geschlafen habe!«

Nina lächelte mitfühlend. »Im Club zu arbeiten ist anstrengend, nicht wahr? Ich weiß noch, daß ich mir am Ende der Nacht immer wie eine alte Frau vorkam.«

»Du hast auch im *Limelight* gearbeitet?«

»*Si.* Bis Charlie mich zu sich nach Hause geholt hat. Das Bad ist jetzt fertig.«

Das hörte sich so an, als ob Charlie Evans streunende Katzen aufsammelte und nicht Frauen, dachte Natalie im stillen. Sie streifte ihre Unterwäsche ab, in der sie geschlafen hatte, und stieg in das duftende Wasser.

Als sie ihre Zehen in die ölbedeckte Oberfläche eintauchte, wurde der Raum von dem schweren Duft von Jasmin erfüllt. Natalie streckte sich in dem warmen Wasser aus und seufzte.

»Mmh – das ist himmlisch«, sagte sie und schloß die Augen.

Nina übergoß ihre Haare mit Wasser aus einer Schüssel, die auf der Badewanne stand, und begann sie zu schamponieren.

Es war köstlich, einfach nur entspannt dazuliegen und sich von jemanden bedienen zu lassen. Natalie kam sich vor wie eine exotische Kaiserin, wie Kleopatra, die von ihrer Zofe gewaschen wurde. Bei dem Gedanken mußte sie lächeln.

Nina massierte sanft und doch fest und systematisch ihre Kopfhaut mit dem üppigen, nach Blumen duftenden Shampoo. Das Schweigen, das sie beide einhüllte, war seltsam intim, und doch fühlte Natalie sich ganz ungezwungen, trotz ihrer anfänglichen Vorbehalte.

Natalie goß kühles, klares Wasser auf ihre Haare und ließ sie zurück auf die Schultern fallen. Als die Haare ausgespült waren, trocknete Nina sie mit einem Handtuch ab und flocht sie dann zu einem schweren Zopf.

Sofort begann Nina, Natalies Schultern zu massieren,

wobei sie jede Verhärtung aufspürte und sie mit dem Daumen löste.

»Wo um alles in der Welt hast du das gelernt?« keuchte Natalie, nachdem sie die Massage ein paar Minuten lang genossen hatte.

»Charlie hat es mir beigebracht.«

Natalie schluckte, während sie beobachtete, wie Nina Duschlotion auf einen Schwamm gab.

»Sind hier noch viele andere Mädchen?« fragte sie, unfähig, ihre Neugier noch länger zu bezähmen.

Nina lächelte. »Heute nur du und ich.«

Sie hob Natalies Arm und seifte ihn ein, wobei ihre Blicke dem Schwamm aufmerksam folgten.

»Lebst du hier?«

»Nein. Ich fahre nächsten Monat nach Peru zurück, und ich bin nur hier, weil ich die Wartezeit mit Charlie verbringen möchte. Setz dich bitte hin.«

Sie wandte ihre Aufmerksamkeit Natalies Oberkörper zu und massierte ihn genauso sorgfältig mit dem Schwamm wie die Arme. Natalie zog den Atem ein, als sie mit dem Schwamm um ihre Brüste fuhr. Verlegen stellte sie fest, daß ihre Brustwarzen ganz hart geworden waren.

»Du hast hübsche Brüste«, sagte Nina beiläufig. »Schade, daß Charlie sie nicht gern zu groß hat – er weiß gar nicht, was er versäumt!« kicherte sie. Ihr Lachen wurde lauter, als sie Natalies Verwirrung bemerkte.

»Steh jetzt auf«, befahl sie und wartete geduldig, bis Natalie sich mühsam erhoben hatte. Voller Zustimmung sah sie sie an. »Schöne Beine – die werden ihm gefallen. Das hier müssen wir allerdings rasieren«, sagte sie halb zu sich selbst und strich mit den Fingern über Natalies helles Schamhaar.

Die unerwartete Berührung brachte Natalie aus dem Gleichgewicht. Sie reagierte so, als habe ein Mann sie berührt, und ihr wurde heiß, als sie Ninas Blick erwiderte.

»Das ist alles ziemlich neu für dich, nicht wahr?« fragte Nina leise.

Natalie nickte stumm.

Nina lächelte beruhigend, aber in ihren Augen lag ein besitzergreifender Ausdruck, der Natalie erschauern ließ. War es möglich, daß eine Frau ebenso leicht wie ein Mann diese Reaktion bei ihr hervorrufen konnte? Bei dem Gedanken erschauerte sie vor Lust.

Während Nina sie weiter mit dem Schwamm abwusch, war sich Natalie auf einmal jedes Zentimeters ihrer Haut bewußt. Ninas Hände fuhren über ihre Oberschenkel und Waden, und in instinktiver Gehorsamkeit hob Natalie nacheinander ihre Füße, damit Nina mit dem Schwamm ihre Zehen und ihre Knöchel bearbeiten konnte.

»Hübsch«, murmelte Nina, als sie Natalies Reaktion bemerkte. »Jetzt spreiz bitte deine Beine, damit ich dich dazwischen waschen kann.«

Nina sagte das völlig sachlich, doch Natalies Mund wurde trocken, als sie gehorchte. Sie hielt den Atem an und wartete darauf, daß der Schwamm ihre Schamlippen berührte. Sie wußte, daß sie schwer und feucht waren, und nicht nur von dem jasminduftenden Badewasser. Überrascht keuchte sie auf, als Nina den Schwamm beiseite legte und mit ihren seifigen Fingern über die zarten Falten ihres Geschlechts glitt.

»Oh! Ich glaube nicht, daß du …«, begann Natalie, wobei sie unwillkürlich die Schenkel zusammenkniff, um den forschenden Fingern der anderen Frau zu entgehen.

Nina schlug sie leicht auf den Hintern, und sie spreizte sie sofort wieder, zu überrascht, um etwas anderes zu tun.

»Braves Mädchen. Es ist leichter für dich, wenn du tust, was ich sage«, sagte sie und streichelte Natalies feuchte Scham. »Du bist sehr naß – erregt es dich, von einer Frau angefaßt zu werden?«

»Ja«, flüsterte Natalie, und Tränen der Scham traten ihr in die Augen.

Nina lächelte und zog dann abrupt ihre Hand zurück. »Du kannst dich jetzt abspülen und dann ins Schlafzimmer kommen.«

Natalie unterdrückte den kleinen Aufschrei der Enttäuschung, der ihr beinahe entschlüpft wäre, und setzte sich wieder hin. Das Wasser beruhigte und entspannte sie nicht mehr, es reizte ihre Haut, und sie fühlte sich heiß und prickelnd. Es war eine Erleichterung, die Wanne zu verlassen und sich in ein weiches, warmes Handtuch zu hüllen.

Wie ein Kind ließ sie sich von Nina abtrocknen, ließ zu, daß sie mit dem Handtuch sanft über ihre empfindlichen Schamlippen und ihre schmerzenden Brüste fuhr.

»Komm«, sagte sie, als Natalie abgetrocknet war.

Wortlos folgte Natalie ihr ins Schlafzimmer und sah zu, wie Nina ein frisches, trockenes Handtuch auf dem Bett ausbreitete.

»Leg dich mit gespreizten Beinen auf den Rücken«, wies sie sie sachlich an.

Natalie tat, was sie sagte, wobei sie sich bewußt war, wie ungeniert in dieser verletzlichen Position ihre Vulva zur Schau gestellt wurde. Ihre Schläfenadern pochten nervös, und ihre Bauchmuskeln zogen sich zusammen, als erwarteten sie einen Angriff.

Als sie es merkte, legte Nina ihr eine Hand auf den Bauch. Der leichte Druck sandte Wellen des Verlangens durch Natalies Körper, und sie merkte, wie ihre Muskeln sich zusammenzogen.

»Entspann dich«, sagte Nina, und ihre Stimme mit dem schweren, sinnlichen Akzent wurde zu einem intimen Schnurren. »Ich will dir nur die Haare hier rasieren ...«, sie berührte leicht Natalies Scham, »damit nichts von deiner hübschen Muschi verdeckt ist. Okay?«

Natalie spürte, daß sie mehr wollte, als nur ihre Schamhaare abzurasieren, und doch zögerte sie keinen Moment mit ihrer Antwort.

»Okay«, erwiderte sie erregt und wurde von Ninas Lächeln belohnt.

Nina holte eine Schere, Talkumpulver und eine kleine Glasschüssel. Sie kannte sie erst seit kurzem, und doch sehnte sie sich jetzt schon danach, daß sie wiederkam und ihr wieder ihr zustimmendes Lächeln schenkte. Natalie hatte keinen Zweifel daran, daß Nina sie genauso beherrschen konnte wie Charlie. Genauso wie Charlie ihre Unterwürfigkeit weckte, ging es ihr bei dieser zierlichen Frau, die bis vor kurzem noch eine Fremde für sie gewesen war.

Nachdem sie das erkannt und akzeptiert hatte, fühlte Natalie sich auf einmal völlig ruhig. Sie verspürte eine Gelassenheit, die das Vorspiel zu ungeahnter Ekstase war. Ihre Adern prickelten vor Verlangen, und sie streckte sich wie eine Katze.

»Böses Mädchen!« Nina schlug ihr leicht auf den Bauch. »Habe ich dir erlaubt, dich zu bewegen?«

Da Ninas Tonfall freundlich und spielerisch war, legte Natalie sich wieder so hin, wie sie es ihr gesagt hatte, und Nina setzte sich zwischen Natalies Beine. Langsam und sorgfältig bürstete sie Natalies Schamhaar in eine Richtung, dann begann sie es zu schneiden, wobei sie das Dreieck der Haare in eine Herzform brachte. Sie schnitt die Haare so kurz, daß sie kaum noch zu sehen waren.

Als sie mit der Form und Länge der Haare auf dem Venushügel zufrieden war, schob sie die Schamlippen auseinander und widmete sich den Haaren dort mit der gleichen Sorgfalt. Natalie gab einen Protestlaut von sich, als sie sah, daß Nina ein kleines Rasiermesser in die Glasschale gelegt hatte, die offenbar warmes Wasser enthielt.

»Schsch! Reg dich nicht auf! Charlie hat es gern, wenn die Möse ganz nackt und gut zu sehen ist.«

Bei der unerwarteten Grobheit ihrer Worte lag Natalie wieder ganz still, während Nina dicke weiße Rasiercreme auf die äußeren Schamlippen strich. Bei der ersten Berührung des gefährlichen Rasiermessers zuckte Natalie zusammen, was ihr einen vorwurfsvollen Blick eintrug. Danach lag sie still wie eine Statue, während die andere Frau sie sorgfältig rasierte.

Natalie kam es unglaublich lang vor, bis Nina endlich zufrieden war. Sie lehnte sich zurück und betrachtete Natalies Muschi mit schräggelegtem Kopf. Dann nickte sie zustimmend und wusch die restliche Creme und die Haare ab. Zum Schluß massierte sie noch ein beruhigendes Öl ein, wobei sie offenbar genausoviel Vergnügen empfand wie Natalie.

»Das gefällt dir, nicht wahr?« murmelte sie heiser.

»Ja«, erwiderte Natalie mit kaum verhülltem Verlangen.

»Ich kann sehen, wie sehr es dir gefällt«, sagte Nina. »Ich kann deine Klitoris sehen – sie pocht für mich wie ein winziges Herz.«

Natalie spürte, wie sie auf die Worte der anderen Frau reagierte. Ihre Kehle schmerzte, und sie sehnte sich nach einer festeren Berührung.

»Du möchtest gerne kommen, nicht wahr?«

Bei diesen Worten drückte Nina ihren Daumen sanft auf das bebende Fleisch, und Wellen der Lust überfluteten Natalies Körper.

»Oh ... Oh, ja!« Natalie stieß einen langen Seufzer aus.

Nina lächelte leise, fast nachsichtig, während sie ihre Hand fest auf Natalies Bauch preßte und spürte, wie sich dort die Muskeln zusammenzogen, als sie ihren Druck auf die Klitoris verstärkte.

»Mach deine Beine breiter«, sagte sie leise und begann, den empfindlichen Knopf langsam und rhythmisch zu streicheln. »Stoß gegen meine Finger, Liebes ... ja ... laß es kommen ...«

Plötzlich ergriff sie die pochende Klitoris und drückte sie hart zwischen Daumen und Zeigefinger zusammen. Natalie schrie auf, halb vor Überraschung, halb vor Lust. Sie hob ihre Hüften Ninas nun grausam kneifenden Fingern entgegen und hieß den nadelscharfen Schmerz, der sie dem Orgasmus entgegentrieb, willkommen.

»Oh ... Oh, lieber Himmel!«, schrie sie, halb bewußtlos vor Lust. »Oh ... *ja, ja, ja!*«

Nina zog sie in die Arme und küßte sie leidenschaftlich auf den Mund, um ihr Keuchen und ihre Lustschreie zu ersticken. Natalie fühlte sich eingehüllt in Weichheit, umgeben von der ganzen Weiblichkeit der anderen Frau.

Es dauerte endlos lange, bis die seltsam kreisenden Gefühle sich verlangsamten und schließlich aufhörten. Nina hielt sie fest in den Armen. Natalie war schweißbedeckt, und ihr jetzt wieder weiches und entspanntes Geschlecht lag ruhig unter der Hand der anderen Frau.

Ein wenig nervös sah sie sie an. Ermutigt von Ninas nachsichtigem, leicht amüsiertem Lächeln, sprudelte sie hervor: »Ich wußte gar nicht ... ich hätte nie gedacht ...«

»Du warst noch nie mit einer Frau zusammen?« fragte Nina.

»Nein. Noch nie. Es wäre mir nicht im Traum eingefallen.«

»Und jetzt? Würdest du die Erfahrung gerne wiederholen?«

»Oh, ja. Aber ...« Natalie biß sich unsicher auf die Lippe.

»Was aber, Liebes?«

Schüchtern erwiderte Natalie: »Nächstes Mal würde ich gerne ... dich so berühren wie du mich.«

Nina lachte leise. »Das wirst du, Liebes, und noch viel, viel mehr. Ich werde es genießen, dir zu zeigen, was du bisher versäumt hast. Wenn ich mit dir fertig bin, wirst du die Härte eines Mannes nie mehr ohne die Weichheit einer Frau haben wollen.«

Es klang mehr wie eine Drohung als wie ein Versprechen, und Natalie durchlief ein kurzer Schauer. Dann wurde Nina auf einmal geschäftsmäßig, stieg aus dem Bett und strich ihr Kleid glatt.

»Du mußt dich jetzt anziehen – es ist Zeit zu gehen«, sagte sei streng.

Natalie starrte sie verständnislos an. »Zeit zu gehen? Aber ... aber ich dachte, ich sollte das Kleid anziehen, das hier für mich hängt, und mit Charlie zu Mittag essen ...« Sie schwieg, als sie sah, daß Nina den Kopf schüttelte.

»Das ist dieses Mal nicht nötig. Hast du Hunger, Liebes?« Ihr Ton wurde weicher, als sie Natalies enttäuschtes Gesicht sah. »Ich könnte dir etwas zu essen bringen lassen, bevor du gehst.«

Natalie hatte zwar Hunger, aber der bittere Geschmack ihrer Enttäuschung dämpfte ihren Appetit. »Nein. Es ... es ist schon in Ordnung.«

Nina sah ihr zu, während sie sich eilig anzog. Jetzt, wo sie merkte, daß sie hier nicht mehr erwünscht war, wollte sie auch so schnell wie möglich weg. Nina hatte anscheinend Mitleid mit ihr, umarmte sie und strich ihr zärtlich die Haare aus dem Gesicht.

»Schau nicht so traurig, Liebes. Es ist nicht so schlimm – du hast es sehr gut gemacht. Charlie wird bald wieder nach dir schicken, das weiß ich.«

Natalie sah aufrichtiges Mitgefühl in ihren braunen Augen. »Glaubst du?« fragte sie. Plötzlich erschien es ihr äußerst wichtig, daß die andere Frau recht hatte.

»Ich weiß es«, wiederholte Nina bestimmt. »Und jetzt komm – der Wagen wartet.«

Natalie wunderte sich kurz, woher der Fahrer wissen konnte, daß sie gehen sollte, dachte aber dann nicht mehr daran, als Nina sie zum Abschied kurz auf den Mund küßte und zur Tür hinausdrängte.

9

Rick – 1997

Rick blickte Angela an. Er konnte sein Glück kaum fassen. Wenn Natalie wirklich gemeint hatte, was er verstanden zu haben glaubte …

War das nicht buchstäblich die Lieblingsfantasie eines jeden Mannes – mit zwei Frauen zusammenzusein?

Vor allem, wenn sich die beiden Frauen so ähnlich sahen wie diese beiden … Er runzelte die Stirn, weil seine mißtrauische Natur sich meldete.

»Woher kommt es, daß ihr beide wie Schwestern ausseht?« fragte er.

Angela kicherte und schüttelte den Kopf. »Sei nicht albern, Liebling! Ich bin rothaarig von Natur aus – ist dir das nicht aufgefallen?«

»Ja, aber ihr habt beide die gleiche Frisur …«

»Haben das nicht viele Frauen?«

»Im Gesicht seht ihr euch ebenfalls sehr ähnlich«, beharrte er eigensinnig. »Selbst eure Körper sehen gleich aus. Ihr seid wie … wie zwei Erbsen in einer Schote. Tut mir leid, aber ich finde es eben komisch, daß ihr nicht miteinander verwandt seid.«

»Komisch?« Angela zog einen Schmollmund. »Das ist nicht besonders schmeichelhaft.«

»Was ist nicht besonders schmeichelhaft?« fragte Natalie, die gerade ins Zimmer kam.

Sie hielt eine Magnumflasche Champagner vor die Brust gepreßt, und Rick sah sofort, daß ihre Nippel durch den Kontakt mit der kalten Flasche hart und geschwollen waren.

Sein Schwanz reagierte sofort darauf, obwohl er erst vor kurzem noch in Aktion gewesen war.

»Rick findet, wir sehen uns ähnlich«, erwiderte Angela, »wie Schwestern.« Die beiden Frauen lächelten sich auf eine Art und Weise an, die Rick nur als verschwörerisch bezeichnen konnte. »Er findet das komisch.«

»Tatsächlich?« Natalie sah Rick schelmisch an. Sie stellte den Champagner und die Gläser ab, um eine CD einzulegen; gleich darauf erfüllten sanfte New-Age-Klänge den Raum. Dann schaltete sie drei Lampen ein, die gedämpftes Licht gaben, und das silberne Licht des Mondes wurde ausgetauscht durch einen warmen gelben Schein.

»Es tut mir leid, wenn es unhöflich geklungen hat. Es hat mich nur überrascht«, sagte Rick.

»Dann laßt uns auf die Unterschiede trinken«, schlug sie vor und sah Rick lange in die Augen. »Und vielleicht möchtest du ja auch mal genauer hinschauen, Rick?«

Sie blickte betont auf seine Erektion. Ohne hinzusehen spürte Rick die Nähe des anderen Mädchens auf dem Sofa neben sich, und obwohl sie sich noch nicht einmal berührten, wußte er, daß sie die Worte ihrer Freundin erregt hatten. Wahrscheinlich war sie genauso scharf wie er.

»Darauf trinke ich«, sagte er und hob sein Glas.

Die beiden Frauen hoben ebenfalls ihre Gläser, und alle seine Zweifel waren vergessen.

Natalie ließ sich zu seinen Füßen nieder, und Angela rückte so dicht an ihn heran, daß ihre immer noch feuchte Haut die seine berührte. Rick nippte an seinem Champagner und streichelte dabei über Natalies seidige Haare.

Sie sah ihn an und lächelte, während er mit der Fingerspitze ihre Kinnlinie entlangfuhr. Sie fühlte sich genauso an wie bei Angela, und wieder begann er zu überlegen. Als ob sie seine Gedanken erraten würde, drehte Natalie den Kopf, so daß sie seinen Daumen in den Mund nehmen konnte. Sie blickte ihm in die Augen, als sein Daumen zwischen ihre Lippen glitt, und er spürte, daß seine Vermutungen sie amüsierten.

Sein Schwanz wurde noch härter, als sie an seinem Daumen lutschte; Angela nahm ihn in die Hand und rieb ihn, und sein Verlangen erwachte erneut.

Rick sank zurück in die Kissen und genoß die unterschiedlichen Stimulationen. Die sanfte Musik hüllte ihn ein und versetzte ihn in ein Land, in dem nur noch Empfindungen eine Rolle spielten.

Mit geschlossenen Augen stellte er sich vor, wie sich die beiden Frauen nur auf ihn konzentrierten, und sein Puls begann schneller zu schlagen. Das konnte eine Nacht werden, an die er noch lange denken würde, eine Nacht, von der er noch seinen Enkeln erzählen konnte, wenn er alt war. Er lächelte bei dem Gedanken an Enkel.

Als Rick jedoch die Augen öffnete, merkte er, daß Natalie ihn keineswegs ansah. Sie lutschte zwar immer noch mit offensichtlichem Vergnügen an seinem Daumen, hatte aber ihren Blick fest auf Angela gerichtet. Rick schielte zu Angela hinüber, und auch sie hatte nur Augen für Natalie. Die Spannung zwischen ihnen beiden war unübersehbar, und ein Schauer der Erregung überlief Rick.

Es kam ihm so vor, als ob sich die Frauen *durch ihn* liebten, als ob er nur ein Mittel zum Zweck wäre. Rick sah den Ausdruck in ihren Augen, und es machte ihm nichts aus, so unwichtig zu sein. Die Frauen schufen eine Atmosphäre der Spannung, die auch zu seiner eigenen Erregung beitrug.

Langsam zog er seinen Daumen aus der heißen, feuchten Höhle von Natalies Mund. Sie sah ihn nicht an, schob sich aber so weit vorwärts, daß sie die Lippen auf

Angelas Finger drücken konnte, die immer noch Ricks Schwanz hielten. Mit der Zunge fuhr sie die Konturen der Finger nach und berührte dabei zwangsläufig auch Ricks Schwanz. Er erschauerte und wagte kaum zu atmen, als Angela die Hand von seinem Schwanz nahm, um Natalies Gesicht zu streicheln. Vielleicht würde sie ja seinen Schwanz in den Mund nehmen und ...

Rick stöhnte leise, als Angela vom Sofa glitt und sich vor Natalie hinkniete. Die beiden Frauen küßten sich und umarmten sich in einer Weise, die ihn zugleich ausschloß und erregte. Sein Schwanz pochte vor Verlangen, und seine Eier sehnten sich nach Erlösung, und doch schaute er gebannt auf das Bild, das sich ihm bot.

Sie waren ein attraktiver Anblick: die schlanken, ineinander verschlungenen Gliedmaßen, die braunen und die roten Haare, die zusammenflossen, ihre Gesichter, ihre Brüste und Bäuche so nah beieinander, daß sie fast wie sinnlicher Körper wirkten.

Rick sah das Spiel ihrer Zungen, als ihre Küsse tiefer und leidenschaftlicher wurden; langsam sanken sie auf den Teppich vor ihm. Mit verschlungenen Beinen preßten sich die beiden Frauen so fest aneinander, als wollten sie zu einer Person verschmelzen; er konnte kaum noch sagen, wo die eine anfing und die andere endete.

Rick wurde es heiß, als sei die Luft stickiger geworden, und es fiel ihm schwer zu atmen. Der Raum war erfüllt vom Stöhnen und Keuchen der beiden Frauen, die sich auf dem Teppich wälzten und einander streichelten. Fasziniert beobachtete Rick, wie Natalie mit Angelas Nippel spielte und ihn zwischen Daumen und Zeigefinger rollte, bis Angela vor Lust stöhnte. Sie nahm Natalies Brüste in die Hände, beugte sich darüber und nahm eine von Brustwarzen in den Mund, um hungrig daran zu saugen.

Natalie bog den Kopf zurück, und Rick konnte im weichen Schein der Lampen deutlich ihr Gesicht beobachten. Sie sah fantastisch aus, ihr Gesicht ein perfektes Oval mit symmetrischen Zügen. Die Augen waren geschlossen, und Rick konnte die zarten blauen Adern auf den Lidern pochen sehen. Ihre großzügigen, vollen Lippen waren zu einem stummen ›Oh‹ der Lust geformt, während Angela rhythmisch an ihrer Brust saugte.

Er sehnte sich danach, die feuchten, geschwollenen Lippen ihrer Möse zu sehen. Sicher waren sie schon ganz schlüpfrig. Als ob sie seine Gedanken lesen könnte, hob Angela den Kopf und schob sich an Natalies Körper hinunter, wobei sie zahllose kleine Küsse auf die Haut der anderen Frau drückte.

Rick konnte dem Drang nicht widerstehen, Teil des Ganzen zu sein. Leise glitt er vom Sofa und kniete sich neben Natalies Kopf, so daß er schauen konnte, wie Angela ihre Beine spreizte. Sie hatte nur ganz kurzes Schamhaar, als ob sie es sorgfältig rasierte, um ihre Schamlippen sichtbar zu machen. Auch jetzt konnte er sie sehen, tiefrot und glänzend vor Flüssigkeit.

Natalies Augen waren geschlossen, und ihr Gesicht zeigte den Ausdruck äußerster Konzentration. Ihre Lippen waren leicht geöffnet. Rick beugte sich so weit vor, bis er sich mit den Händen zu beiden Seiten ihrer Taille abstützen mußte, und sein erigierter Schwanz über ihrem Gesicht in der Luft hing.

Obwohl sie seiner Anwesenheit keine Beachtung schenkte, spürte er, daß sie nichts dagegen hatte. Ermutigt sah er zu, wie sie die Schamlippen öffnete, als entfaltete sie die taugetränkten Blütenblätter einer Blume. Er konnte den schweren Duft weiblicher Erregung und auch das unverwechselbare Aroma von frischem männlichem Samen riechen. Seine Augen weiteten sich, als Angela sich vorbeugte und genüßlich mit der Zunge an Natalies Geschlecht entlangfuhr.

Rick dachte an den Mann, den er im Flur getroffen hatte, und überlegte, daß er es wahrscheinlich erst vor einer Stunde mit Natalie getrieben haben mußte. Der Gedanke stieß ihn ab und erregte ihn zugleich; sein Drang zu ejakulieren verstärkte sich.

Angela leckte nun ihre Freundin, die leise, ermutigende und dankbare Laute von sich gab. Ihr Mund war offen, ihre rosafarbene Zunge schlängelte sich zwischen ihren Zähnen hindurch, und er reagierte sofort auf diesen visuellen Reiz.

Vorsichtig stupste er mit der Spitze seines Penis an ihren Mundwinkel. Wenn sie mit dem Kopf ausgewichen wäre, hätte er die Zurückweisung akzeptiert, aber das tat sie nicht. Statt dessen öffnete sie ihren Mund weit, so daß er seinen Schwanz hineinschieben konnte.

Innen war ihr Mund heiß und naß. Sie saugte begeistert an seinem Schwanz und stieß leise, zustimmende Laute aus, als er ihn tiefer hineinschob. Etwas an ihrer Geilheit, ihrer Verfügbarkeit löste eine seltsame Reaktion in Rick aus.

Er dachte an den anderen Mann, der seinen Samen in ihre Möse gespritzt hatte, und daran, daß Angela sie nun leckte, und er wurde von dem Bedürfnis überwältigt, die beiden Frauen zu beherrschen, ihnen eine männliche Überlegenheit aufzuzwingen.

Entschlossen zog er Angela nach oben, weg von Natalies Möse, und, während er immer weiter seinen Schwanz in Natalies Mund stieß, rammte er seine Zunge in Angelas Mund. Ihre Nippel wurden hart unter seinen drängenden Händen, die an ihrem schweißüberströmten Körper entlangglitten.

Er schob ihre Beine auseinander und rieb mit den Fingerspitzen über ihre Klitoris. Sie reagierte sofort und rutschte von ihm weg, als der Druck für sie zu stark wurde.

»Laß sie kommen«, keuchte Rick, der sich nicht mehr lange zurückhalten konnte. »Leg deine Möse an ihre.«

Angela gehorchte und schlang ihre Beine scherenförmig um Natalies Körper. Geschickt plazierte sie sich so, daß ihr Geschlecht sich gegen die Möse der anderen Frau drückte.

Rick sah zu, wie sich die Schamlippen berührten, sich küßten wie Münder, wie ihre Säfte sich vermischten und wie durch die Reibung Natalies Klitoris anschwoll und pulsierte. Dann spürte er, wie er selbst den Höhepunkt erreichte, und pumpte seinen Samen in Natalies heißen Mund.

Anschließend vergrub er sein Gesicht in den beiden ineinander verschlungenen Körpern und badete in dem Gemisch aus Geschmack, Geruch und Haut.

Dabei fiel es ihm plötzlich auf – zuerst bei Natalie, als sie ihre Beine während des Orgasmus weiter spreizte. Angela bewegte sich daraufhin leicht, und er sah daß sie an genau der gleichen Stelle das gleiche Zeichen trug. Es war wie ein Stempel, ein Brandzeichen, eine Besitzermarke – auf der Innenseite einer Pobacke war deutlich ein »C. E.« eintätowiert.

Rick löste sich von den beiden, rollte sich auf den Rücken und betrachtete die beiden identischen Körper mit den Gesichtern, die Spiegelbilder voneinander hätten sein können. Selbst das träge, befriedigte Lächeln der beiden ähnelte sich. Und nach und nach dämmerte ihm, daß dies hier keine gewöhnlichen Frauen waren, die er ›zufällig‹ kennengelernt hatte; diese beiden Mädchen waren irgendwie mit Charlie Evans verbunden – wahrscheinlich der Mann im Flur –, und Rick wußte instinktiv, daß er nun ein Problem hatte.

10

Natalie – 1995

In den nächsten Tagen nach ihrem Besuch in Charlies Haus erledigte Natalie ihre Pflichten als Kellnerin im Club mechanisch, wobei sie die ganze Zeit darauf hoffte und wartete, die nächste Aufforderung zu erhalten. Daß sie kommen würde, daran zweifelte sie nicht – hatte Nina es ihr nicht versprochen?

Nina. Natalie dachte immer wieder an die andere Frau. Was sie mit ihr gemacht hatte, die Gefühle, die sie dabei empfunden hatte ... Es war ein quälender Blick in eine neue Welt der Lust gewesen, eine Welt, die Natalie sich nie gewagt hätte zu erträumen. Es quälte sie, daran zurückzudenken, und sie war dadurch ständig erregt.

Auch jetzt, als sie sich eine kurze, wohlverdiente Pause im Personalraum gönnte, rutschte sie unruhig hin und her. Seit der ersten Begegnung mit Charlie hatte sie sich brav an seine Vorschrift gehalten, kein Höschen anzuziehen, und neuerdings war sie froh darüber. Der Gedanke an einen engen Baumwollzwickel, der über ihr geschwollenes Fleisch rieb, war ihr unerträglich.

Sie war allein im Personalraum, und ein Blick auf die Wanduhr sagte ihr, daß ihr noch fünf Minuten blieben. Der sexuelle Drang war unerträglich geworden, wenn sie sich doch nur ein bißchen erleichtern könnte ...

Mit einem Auge zur Tür schielend schob Natalie die Hand unter ihren kurzen Rock und berührte leicht ihre nackten Schamlippen. Sie waren feucht und geschwollen und öffneten sich sofort, als sie zart darüberstrich.

Sie seufzte auf und schloß die Augen. Vor sich sah

sie Ninas wunderschönes, lächelndes Gesicht, das sie ermutigte, sich selbst Lust zu bereiten.

Damit es schneller ging, konzentrierte sie sich auf die harten, drängenden Bilder, die ihre Lust entfachten: Bilder von Nina, die nackt und offen vor ihr lag und sie dazu aufforderte, sie mit Händen und Lippen zu erkunden.

Natalie fuhr mit dem Zeigefinger um ihre Klitoris und spürte, wie sie anschwoll und härter wurde, aus ihrer schützenden Hülle emporwuchs wie eine glänzende, glatte Knospe. Sie stellte sich den starken, weiblichen Geruch von Ninas Körper vor, richtete ihre Aufmerksamkeit auf das Zentrum ihres Verlangens und rieb ihre Klitoris so fest, bis sie vor Lust fast zerbarst.

Eine Million Funken sprühten durch ihren Bauch und nahmen ihr den Atem. Jeder Muskel in ihrem Körper schien sich zu verkrampfen, als sie den Höhepunkt erreichte. Dann entspannte sie sich und sank in ihren Stuhl zurück, während ihr Orgasmus langsam verebbte.

Es dauerte ein paar Minuten, bis sie sich wieder soweit erholt hatte, daß sie zurück an die Arbeit gehen konnte. Als sie aufstand, hatte sie ein dumpfes Gefühl im Kopf und konnte kaum ihre Bewegungen koordinieren. Sie ging rasch noch zur Damentoilette, wusch sich die Hände und spritzte kaltes Wasser ins Gesicht.

Der fleckige Spiegel zeigte ihr ihren leicht verträumten Gesichtsausdruck, und Natalie fragte sich, ob es möglich wäre, daß jemand *nicht* erraten könnte, wie sie ihre Pause verbracht hatte. Sie lächelte sich zu und dachte über ihre offensichtliche Unersättlichkeit nach. Tatsächlich, sie war wie geschaffen für diese sexuellen Spiele – hoffentlich ließ Charlie sie nicht zu lange warten.

Das tat er nicht. Als am nächsten Abend ihre Schicht vorbei war, nahm Annabelle, die Personalchefin, Natalie beiseite und sagte ihr, sie sei für die private Party am Samstag angefordert worden.

»Private Party?« fragte Natalie. »Was bedeutet das?«

Annabelle sah sie von Seite an. »Nichts anderes als das, was du jeden Abend machst – wenn du es willst. Mr. Evans hat ein paar Freunde eingeladen, um sich mit ihnen einen Film anzusehen, und er braucht eine Kellnerin, die Speisen und Getränke serviert. Bist du interessiert oder nicht?«

»Doch, natürlich«, antwortete Natalie rasch, um Annabelle nicht unnötig zu verärgern.

Nichts anderes als das, was du jeden Abend machst – wenn du es willst. Was sollte das heißen? Verlangen breitete sich in ihr aus, und ihre Fantasie ging mit ihr durch.

»Gut, keine Überstunden, aber du brauchst erst um Mitternacht da zu sein. Komm nicht zu spät.«

Annabelle wandte sich ab und ließ Natalie mit ihren Fragen allein. Niemand sonst schien gebeten worden zu sein, auf Charlies Party zu arbeiten – ob dies wohl die Anforderung war, auf die sie schon lange gehofft und gewartet hatte?

Wie es ihre Gewohnheit war, seit sie begonnen hatte, im *Limelight* zu arbeiten, schlief Natalie in der Wohnung, die sie sich immer noch mit Maria teilte, bis Mittag. Sie machte sich gerade Kaffee und Toast, als es an der Tür klopfte. Draußen stand eine Botin, von der sie zunächst annahm, sie brächte etwas für Maria. Als sie aber ihren eigenen Namen auf der Adresse las, war sie neugierig. Wer um alles in der Welt schickte ihr Geschenke durch einen Boten?

Natalie unterschrieb die Empfangsbestätigung und trug das lange, flache Paket zum Tisch. Die Schachtel war aus weißer Pappe und mit einem Seidenband zugebunden. Natalie schnürte es auf und hob den Deckel.

Der Inhalt war in Seidenpapier eingehüllt, das von

einem goldenen Siegel zusammengehalten wurde. Sie zögerte, bevor sie es aufbrach. Das Herz klopfte ihr bis zum Hals, und das Blut rauschte ihr in den Ohren. Aus einer Ecke des Seidenpapiers lugte eine weiße Karte, auf der stand:

»Trag das heute abend, Liebling. Wir sehen uns dort. Alles Liebe, Nina.«

Als sie sah, von wem das Päckchen war, riß Natalie mit ungeduldigen Fingern das Papier auseinander, um den Inhalt begutachten zu können. Sie hielt inne, als sie das weiche weiße Leder sah, und ihre Nasenflügel weiteten sich, als sie den würzigen Duft des Materials einatmete.

Es fühlte sich so weich wie dicke Seide an, als sie das Kleidungsstück aus der Packung hob. Auf den ersten Blick sah es wie ein Kleid aus, aber dann merkte Natalie, daß es ein Hot-pants-Anzug war, der direkt unter dem Po endete. Er hatte kurze Ärmel und war hochgeschlossen, so daß ihr Oberkörper vollständig bedeckt wäre, wenn sich auch das Leder an jede Kurve ihres Körpers eng anschmiegen würde.

Ihr blieb fast das Herz stehen und sie wagte kaum zu atmen, als sie die silbernen Reißverschlüsse betastete, die den Anzug unterteilten. Über jeder Brust saß einer, und ein weiterer lief senkrecht von der Taille zwischen den Beinen hindurch bis zum Ansatz des Pos. Als sie den Anzug umdrehte, sah sie, daß von dem senkrechten Reißverschluß zwei weitere horizontale abgingen, so daß jede Pobacke einzeln freigelegt werden konnte.

Der Zweck des Kleidungsstücks hätte nicht eindeutiger sein können, und der Grund für ihre Teilname an der Party lag auf der Hand. Das war ein Outfit für eine Frau, die als Sexspielzeug dienen sollte. Wenn sie es trug, würde sie damit ihre Bereitwilligkeit signalisieren – mit Worten brauchte sie dann nicht mehr zuzustimmen, ihre physische Erscheinung würde alles sagen.

»Was ist das denn?«

Natalie zuckte schuldbewußt zusammen, als Maria in die Küche kam, und hielt sich den Anzug wie einen Schild vor den Körper. »Das ... das ist ein Geschenk«, sagte sie.

»Ich verstehe.« Ein Blick in Marias Gesicht sagte Natalie, daß die andere Frau in der Tat verstand, was das bedeutete. »Ich habe mich schon gefragt, warum du angefordert worden bist. Weiß Tony das?«

Natalie legte den Anzug in die Schachtel zurück und klappte den Deckel zu. Unter Marias kritischen Blicken sah das exotische und kostbare Kleidungsstück auf einmal billig und schäbig aus, und sie schämte sich. »Tony und ich haben Schluß gemacht«, sagte sie leise.

Maria kniff die Augen zusammen. »Weiß Tony das auch?«

»Noch nicht. Ich ...«

»Dann solltest du es ihm vielleicht sagen, bevor er nächsten Monat extra einen Umweg fährt, um dich zu besuchen.«

»Natürlich ... Maria, ich weiß, daß Tony dein Vetter ist, aber ...«

»Ich möchte nicht, daß er von Charlie Evans' Kerlen zusammengeschlagen wird.«

»Ich auch nicht.« Natalie sah sie entsetzt an. »Charlie würde nie ... Maria, du glaubst doch nicht wirklich, daß Tony etwas zustoßen könnte?«

Marias Gesicht wurde hart. »Wenn nicht durch Charlie, dann durch dich. Natürlich wird er verletzt sein.« Sie drehte sich auf dem Absatz um und verließ das Zimmer. Natalie blieb unglücklich zurück. Sie wollte Tony nicht verletzen, aber sie wollte auch nicht, daß er auf Charlies Befehl zusammengeschlagen wurde. Natürlich mußte sie zugeben, daß an Marias Worten etwas dran war – Charlie war durchaus in der Lage, jemanden abzuservieren, der ihm in den Weg kam.

Seufzend setzte sie sich hin, um ihren mittlerweile kalten Toast aufzuessen. Es gab noch ein anderes Problem – Maria würde nicht wollen, daß sie noch länger hier wohnte, wenn sie nicht mit ihrem Vetter zusammen war. Morgen würde sie sich nach einer anderen Bleibe umsehen müssen.

11

Rick – 1997

Als Rick im Morgengrauen in sein Quartier zurückkehrte, war er körperlich zwar erschöpft, aber geistig noch hellwach. Er hatte Angelas Angebot abgelehnt, mit ihnen zu frühstücken, und die beiden Frauen, die sich aufs Sofa gekuschelt hatten wie zwei Katzen, verlassen.

Das Bild brachte ihn zum Lächeln. Katzenhafte Ähnlichkeit, das stimmte, dachte er. Wieder runzelte er die Stirn. Was störte ihn bloß daran? Irgend etwas schien falsch zu sein, und eigentlich müßte er auf der Stelle dahinterkommen.

Als er durch die Unterführung in der Nähe seiner Unterkunft ging, merkte er, eine Sekunde zu spät, daß er verfolgt wurde. Er spürte die Gefahr, und seine Nakkenhaare richteten sich auf. Jeder Muskel in seinem Körper spannte sich an

Sein jahrelanges Training kam ihm zugute, als er hörte, wie die Schritte hinter ihm schneller wurden. Es waren zwei, beide schwere Jungs, und sie waren hinter ihm her. Er drehte sich um und trat ihnen entgegen.

Sie erkannten ihn im gleichen Moment wie er sie.

»Morgen, Jungs«, sagte er betont gleichmütig. »Hat man euch geschickt, damit ich heil nach Hause komme?«

Die beiden Männer sahen einander an, und der Mann, mit dem er am Abend zuvor ein paar Worte gewechselt hatte, verzog das Gesicht. »Hab' gar nicht gemerkt, daß du das bist, Kumpel. Gott – was machen wir jetzt?«

Der zweite Mann grinste. »Na, ich werd' Charlie bestimmt nicht erzählen, daß er ein Freund von dir ist«, sagte er.

Das Knacken seiner Knöchel klang laut in dem Tunnel, wo es von den Wänden widerhallte. Da Rick sah, daß er von dieser Seite kein Mitleid erwarten konnte, und da er nicht in eine Auseinandersetzung verwickelt werden wollte, in der er nur verlieren konnte, nutzte er die kurzfristige Verwirrung und rannte davon. Sie stellten ihn am Ende der Unterführung.

»O nein, Sonnenschein, so nicht – du hast deinen Schwanz in was reingesteckt, wo er nicht hingehört. Du brauchst eine Lektion.«

Dabei rissen sie ihm die Arme nach hinten, und Rick keuchte auf, als eine Faust sich in seinen Magen bohrte.

»Tut mir leid, Kumpel – ist nicht persönlich gemeint«, sagte der freundliche Mann dicht an seinem Ohr. »Ich führe nur einen Befehl aus.«

»Befehl von wem?« keuchte Rick.

Seine Lippe platzte, als der Kerl ihm mitten ins Gesicht schlug. Blut tropfte auf sein Hemd.

»Das brauchst du nicht zu wissen«, meinte er und begutachtete fachmännisch seinen Schlag. »Vergreif dich ganz einfach nie wieder an Charlies Eigentum, wenn du willst, daß es dir gut geht.«

Er zielte auf Ricks Unterleib und schlug mit voller Kraft zu. Dann ließen die beiden seine Arme los und liefen davon. Rick kniete auf dem Pflaster, von seiner Lippe tropfte Blut, und er hielt sich mit beiden Armen den Bauch.

»Bastarde!« keuchte er. Seine Stimme war nur ein tonloses Flüstern, und er konzentrierte sich darauf, wieder zu Atem zu kommen.

Nach einer Weile erhob er sich mühsam und blickte prüfend an sich hinunter. Abgesehen von der geplatzten Lippe und ein paar Rippenprellungen war er ziemlich glimpflich davongekommen. Mit unsicheren Schritten schwankte er zu seiner Unterkunft, wobei er hoffte, daß noch niemand wach war, der ihn so sehen würde.

Er zweifelte nicht daran, daß Charlie Evans seine Gefolgsleute auf ihn gehetzt hatte; die Frage war nur, warum? Hatte er den zwei Männern den Auftrag gegeben, ihn zu überfallen, wenn er Angelas Wohnung verließ?

Rick fiel ein, daß das Mädchen dem Mann im Flur ausgewichen war und daß er ihm Grüße für sie ausgerichtet hatte. Charlie war gerade aus Natalies Wohnung gekommen – hatte er vermutet, daß sie sich Angela und Rick anschließen würde? Wenn das so war, dann mußte Charlie Evans sehr besitzergreifend sein, und nach Ricks Erfahrung waren eifersüchtige Männer gefährlich.

Je mehr er darüber nachdachte, desto seltsamer kam ihm die ganze Geschichte vor, und desto mehr fragte er sich, in was er da hineingeraten war. Er war ins *Limelight* gegangen, weil er mehr über den Ort herausfinden wollte, in dem Joanne Arbeit gefunden hatte. Vielleicht, so hatte er gedacht, würde er dort jemanden finden, der sich erinnerte, oder – schwache Hoffnung, aber durchaus möglich – er würde sie dort persönlich antreffen. Aber anstatt Augen und Ohren aufzusperren, hatte er sich von einem hübschen Gesicht ablenken lassen.

Er verzog schmerzerfüllt das Gesicht. Das sollte ihn lehren, nie dahin zu gehen, wohin sein Schwanz ihn führte! In Zukunft würde er wesentlich vorsichtiger sein müssen. Plötzlich fiel ihm die Tätowierung der beiden Mädchen wieder ein. C. E. Warum ließ Charlie Evans seine Initialen auf eine so intime Stelle tätowieren? Und warum hatten die Mädchen dem zugestimmt?

Völlig erschöpft schloß Rick die Tür zu seiner Unterkunft auf und kroch die Treppe zu seinem Zimmer hoch. Gottlob schienen alle im Haus noch zu schlafen; niemand rührte sich, als er seine Tür aufschloß. Er dagegen fuhr erschreckt zusammen, als er sah, daß in seinem Zimmer jemand auf ihn wartete.

»*Gemma?*«

»Hallo, Rick.«

Sie saß in einem weißen Nachthemd mit Spaghettiträgern im Bett, ihre weichen blonden Haare vom Schlaf zerzaust. Offensichtlich hatte sie geschlafen und war davon wach geworden, wie er den Schlüssel im Schloß umdrehte. Blinzelnd sah sie ihn an.

»Jesus, Rick – was ist mit dir passiert?« Sie sprang aus dem Bett und betastete fachmännisch sein Gesicht mit ihren kühlen Händen.

»Weiter nicht schlimm – ich hatte ein bißchen Ärger, das ist alles ...«

»Setz dich und laß mich dich ansehen.« Sie schaltete das Licht an, und er setzte sich gehorsam auf die Bettkante. Als sie seinen Kiefer betastete, zuckte er zusammen. »Tut das weh?«

»Ein bißchen«, gab er zu, insgeheim erfreut über ihre Fürsorge.

»Ich glaube nicht, daß er gebrochen ist. Tut es noch woanders weh?«

Bereitwillig zog er sein Hemd hoch und zuckte wieder zusammen, als sie seine Rippen abtastete.

»Nur Prellungen, glaube ich«, verkündete sie nach gründlicher Untersuchung. »Allerdings solltest du dich besser im Krankenhaus noch mal untersuchen lassen. Um Himmels willen, Rick, weißt du eigentlich, was du für ein Glück gehabt hast? Dein Kiefer hätte gebrochen, eine gebrochene Rippe hätte deine Lunge verletzen können – du hast ja keine Ahnung, wie oft wir im Krankenhaus mir solchen Idioten wie dir zu tun haben.«

Natürlich nahm sie an, daß er für seinen Zustand verantwortlich war, aber Rick erwiderte nichts. Er war sich nur allzusehr im Klaren darüber, daß sie seit Stunden auf ihn gewartet hatte; daß sich die Vorfreude, die sie empfunden hatte, nachdem sie in sein Bett gestiegen war, langsam in Enttäuschung und dann in Wut verwandelt hatte, als sie sich fragte, warum er nicht nach Hause kam. Er war dankbar dafür, daß ihre Sorge um ihn zumindest für den Augenblick ihr Mißtrauen überwog.

»Wie bist du hereingekommen?« fragte er neugierig, als sie sein Gesicht säuberte.

»Ich habe der Vermieterin gesagt, ich sei deine Frau.«

Ihre Wangen färbten sich rosa, und sie wich seinem Blick aus. Er schmunzelte.

»Du wirst doch nicht etwa rot?« neckte er sie.

»Werde ich nicht«, erwiderte sie heftig.

Ihre Berührungen wurden sofort weniger zärtlich, und Rick zuckte erneut zusammen.

»Was machst du hier eigentlich, Gem?« fragte er nach einer Weile.

»Ich wollte dich sehen. Sag besser nichts, während ich deine Lippe saubermache – sie blutet sonst wieder.«

Da Rick merkte, daß sie nicht darüber reden wollte, warum sie nach Manchester gekommen war, begnügte er sich damit, ihre zarten Berührungen zu genießen.

»Komm – laß uns ins Bett gehen«, sagte sie schließlich.

»Ich habe schon gedacht, du sagst das nie mehr!«

»Halt einfach den Mund und zieh dich aus«, entgegnete sie schroff.

Sie half ihm beim Ausziehen und bettete seinen zerschundenen Kopf auf ihre Brüste. Sie roch nach weiblicher Haut und Talkumpuder, und Rick seufzte tief und zufrieden auf. Überrascht stellte er fest, daß er froh war, sie hier zu haben. Darüber würde er irgendwann einmal nachdenken, aber im Moment war er einfach nur dankbar, sich an Gemmas warmen Körper kuscheln und schlafen zu können.

»So ist es richtig«, murmelte sie, »schlaf nur. Und morgen früh kannst du mir genau erzählen, was passiert ist – und wo du die ganze Nacht gesteckt hast.«

Im kalten Licht des Morgens war Gemma jedoch Ricks Verfassung gegenüber nicht mehr so mitfühlend.

»Also – wer war das?« fragte sie, als sie sich an einem Kunststofftisch in der schmierigen Bar, in die er mit ihr gegangen war, zum Frühstück gegenübersaßen. »Laß mich raten – ein eifersüchtiger Freund?«

»Natürlich nicht«, konterte Rick unbehaglich. »Was denkst du von mir, Gemma?«

Er versuchte, schmerzlich dreinzublicken, wobei der Gesichtsausdruck rasch echt wurde, weil seine verletzte Haut spannte. Gemmas Lippen kräuselten sich zu einem gefühllosen Lächeln.

»Ich kenne dich, Rick Daly.« Sie seufzte und blickte zur Seite. Einen Moment lang sah sie so aus, als laste das Gewicht der ganzen Welt auf ihren Schultern.

Dann sah sie ihm wieder direkt in die Augen. »Sieh mal, ich kenne dich, und ich habe nie über die Zukunft geredet, weil ich schon vor einiger Zeit gemerkt habe, daß du dich nicht binden willst – nein, laß mich ausreden«, sagte sie, als Rick sie unterbrechen wollte. Er schloß seinen Mund wieder und beobachtete aufmerksam, wie sie mit dem Finger über die Kratzspuren auf dem Tisch fuhr. »Du hast mich heute nacht gefragt, warum ich die weite Reise gemacht habe, um dich zu sehen. Nun, ich wollte herausfinden, wie es um uns beide steht. Ich muß es einfach wissen.«

Rick hatte das Gefühl, als gösse ihm jemand kaltes Wasser über den Rücken. »Warum gerade jetzt, Gemma?«

Er las die Wahrheit in ihren Augen, noch bevor sie den Mund öffnete, und ihre Worte bestätigten ihm nur, was er bereits wußte. »Ich glaube, ich bin schwanger.«

Jetzt war es heraus. Seltsam distanziert bemerkte Rick, wie sich ihre Miene aufhellte, als sei es das Schwerste gewesen, ihm das zu sagen. In seinem Kopf wirbelten die Gedanken umher. Krampfhaft suchte er nach der besten Antwort, wollte verzweifelt das Richtige tun oder sagen, wußte aber nicht, wo er beginnen sollte. Widerstreitende Gefühle kämpften in ihm: Panik, Erregung, Stolz, Panik, Liebe, Panik. Schließlich siegte die Panik, und als er endlich redete, wurden alle seine Hoffnungen, die Situation in den Griff zu bekommen, zunichte.

»Gott, *Gemma* – das kann nicht sein! Was meinst du damit – du *glaubst*, du bist schwanger? Weißt du es nicht genau?«

Es zerriß ihm das Herz, wie Gemmas Gesicht sich bei seinen Worten verschloß, aber er konnte nicht aufhören. Was um alles in der Welt erwartete sie von ihm?

»Ich bin ziemlich sicher, Rick«, erwiderte sie leise. »In ein oder zwei Tagen weiß ich es genau. Es tut mir leid, daß ich dich erschreckt habe. Es war zwar nicht geplant, aber wenn ich wirklich schwanger bin, werde ich nichts dagegen unternehmen, wenn du das meinst.«

»Nein, ich meine … Gemma, gib mir eine Chance, über den Schock hinwegzukommen. Wir haben doch immer aufgepaßt … Es wäre mir nie in den Sinn gekommen … Du mußt natürlich das tun, was du für richtig hältst, Liebes, natürlich mußt du das.«

»Ach ja?« Ihre Stimme klang nachdenklich, und Rick hatte das Gefühl, ständig nur das Falsche zu sagen und ganz unangemessen auf die Situation zu reagieren.

Plötzlich schob Gemma ihren Teller weg und stand entschlossen auf. »Ich fahre dann wieder«, sagte sie.

Rick starrte sie verständnislos an. »Du fährst wieder? Wie meinst du das?«

»Ich muß nach Hause. Wenn ich schwanger sein sollte, muß *ich* schließlich entscheiden, was *ich* mit *unserem* Kind mache, oder?«

Rick stöhnte. »Gemma – so habe ich es doch nicht gemeint! Natürlich sollst du nicht alleine damit fertigwerden.«

»Dann willst du mich also heiraten, Rick? Damit wir eine richtige Familie sind? Ich dachte, das wolltest du nicht.«

»Das ist nicht fair, Gem. Bitte setz dich wieder und laß uns in aller Ruhe darüber reden, ich ...«

»Nein, du hast bereits alles gesagt, was ich wissen muß. Wenn du deine Meinung änderst, Rick, wenn du dir klar darüber bist, ob du mich wirklich liebst, dann weißt du, wo du mich erreichen kannst. Wenn du das jedoch nicht willst, will ich dich nie wiedersehen. Mach's gut, Rick.«

Sie beugte sich zu ihm herunter und küßte ihn leicht auf die Wange.

»Gemma ...«, protestierte er, aber sie hatte sich schon auf dem Absatz umgedreht und verließ das Lokal.

Er hätte ihr wahrscheinlich nachlaufen und noch einmal alles mit ihr besprechen sollen, aber er war zu benommen und verwirrt. Wenn er ihr jetzt nachginge, würde er sein Leben lang in einer Ehe mit Kindern feststecken und ... Stöhnend stützte er den Kopf in die Hände. Sie konnte doch nicht von ihm verlangen, sie zu heiraten, ohne daß sie richtig darüber nachgedacht hatten. Das war zuviel, viel zuviel.

Er würde sich damit auseinandersetzen, wenn er seinen Fall abgeschlossen hatte. Gemma würde es schon verstehen, wenn sie sich erst einmal wieder beruhigt hatte. Schließlich konnte sie ihm doch nicht einfach einen solchen Schock versetzen und von ihm erwarten, daß er genauso reagierte, wie sie sich das vorstellte. Sie mußte ihm Zeit lassen, sich darauf einzustellen, alles zu überdenken und sich klar über sich selbst zu werden.

»Ja«, sagte er laut. So war es richtig. Warum fühlte er sich dann nur so jämmerlich?

12

Natalie – 1995

Ihre Haut war weich und rosig vom Bad. Die süßduftende Körpermilch, mit der sie sich eingerieben hatte, hinterließ einen leicht klebrigen Film auf ihrer Haut. Natalie puderte sich ein, und dann probierte sie den Anzug an.

Es war mühsam, das lederne Kleidungsstück über ihre üppigen Kurven zu ziehen, aber als sie es endlich geschafft hatte, genoß sie das einengende Gefühl.

Sie hatte sich die Haare gewaschen und nur teilweise getrocknet, so daß sie ihr jetzt wie ein feuchter Schleier über den Schultern lagen. Sorgfältig kämmte sie sie durch und steckte sie zu einem Knoten zusammen, damit das Leder nicht durch die Feuchtigkeit litt.

Dann sah sie in den Spiegel – und erkannte sich kaum wieder. Natalie überlief ein Schauer des Entzückens, als sie die Fremde im Spiegel ansah. Sie sah aus wie eine Puppe, die für ein ganz besonderes Spiel zurechtgemacht war. Das weiße Leder schimmerte geheimnisvoll und umschloß die Konturen ihres Körpers wie die Liebkosung eines Liebhabers.

Langsam fuhr sie mit den Handflächen über ihren flachen Bauch, dann hoch zu den runden Kugeln ihrer Brüste. Sie quollen aus dem enganliegenden Stoff hervor, und ihre harten Nippel zeichneten sich deutlich ab.

Ihre Finger spielten an den Reißverschlüssen, die verführerisch nahe an ihren Brustwarzen lagen. Wenn sie einen aufzog … Ihre Brustwarze leuchtete obszön rosafarben gegen das weiße Leder. Wie eine reife Frucht drängte sie sich durch den kleinen Spalt, den sie geöffnet hatte.

Sorgfältig schloß Natalie den Reißverschluß wieder und schob das hervorquellende Fleisch mit den Fingerspitzen der anderen Hand zurück. Ihre Kehle war trokken und eng geworden, und zwischen ihren Beinen pochte es drängend. Sie wußte, daß die fleckenlos weiße Seide im Anzug schon feucht geworden war, und heiße, köstliche Scham überflutete sie.

Daß Nina den Anzug ausgesucht hatte, trug noch zu Natalies Entzücken bei. Seit der ersten Begegnung hatte sie ständig an die andere Frau gedacht und sich nach der Ekstase gesehnt, die diese ihr geschenkt hatte. Warum hatte sie diese Gefühle nie zuvor entdeckt? Sie konnte sich nicht daran erinnern, daß eine andere Frau sie jemals zuvor sexuell so gereizt hatte. Warum gerade jetzt, wo sie von Charlie auserwählt worden war?

Weil Charlie wollte, daß sie Nina begehrte, sagte ihr ihre Intuition. Und für Charlie würde sie alles tun, dessen war sie sich sicher. Es war nicht mehr so wie früher, als sie gegen ihre Natur so sehr angekämpft hatte, daß sie weggelaufen war. Sie war jetzt älter und klüger, sie war selbst für sich verantwortlich. Niemand mußte sie überreden oder zwingen, sie hatte ihre Wahl getroffen, nach ihrer eigenen freien Entscheidung.

Entschlossen lächelte sie ihrem Spiegelbild zu. Sie erwartete nicht, daß das jemand anderer verstand – außer vielleicht Nina und Charlie und denen, die genauso waren wie sie. Ganz bestimmt unterlag auch Charlie seinen Wünschen, und sie hatte die Macht, sie ihm zu erfüllen, indem sie sich ihm unterwarf. Tief in ihrem Herzen wußte sie, daß die Machtspiele, die sie alle spielten, die Beherrschung des eigenen Willens durch einen anderen, nur eine Illusion waren. Sie hatte beschlossen, an dieser Party teilzunehmen, und deshalb war sie paradoxerweise diejenige, die alles kontrollierte, die eigentlich Dominante, die sich nur nach außen hin unterwarf.

Während sie ihr Spiegelbild betrachtete, war Natalie

völlig im Einklang mit sich selbst. Sie sah faszinierend aus, und wenn die Reißverschlüsse und das Aussehen sie erniedrigten, so freute sie sich an ihrer Erniedrigung.

Ein erwartungsvoller Schauer lief ihr über den Rükken, als sie daran dachte, welche Form der Erniedrigung es wohl sein mochte. Ihre Blicke wanderten langsam von den weißen hochhackigen Schuhen über ihre nackten Beine bis zu ihrem Geschlecht, das sich deutlich abzeichnete. Es war weich und schwer, wie eine reife Frucht. Die kühle, weiche Seide, mit der der Anzug gefüttert war, streichelte ihre zarte Haut. Sie betrachtete ihre schmale Taille und ihre schwellenden Brüste, die von dem weißen Leder verhüllt und doch betont wurden. Ihre bloßen Arme sahen weiß und zart aus und hingen passiv am Körper herunter. Schon jetzt spielte sie ihren Part.

Ihr Gesicht, eingerahmt von ein paar Strähnen, die sich aus dem Knoten gelöst hatten, sah annehmbar aus. Ihre rot geschminkten Lippen waren voll und feucht. Die Augen, die sie mit schwarzem Kholstift umrahmt hatte, waren verschleiert und verrieten ihre Erregung.

Wie würde sie sich in einem Raum voller Fremder bewegen? *Nina wird da sein,* dachte sie, *Nina wird mir helfen.* Es war Zeit zu gehen. Und als ob ihre Gedanken erraten worden wären, hörte sie in diesem Augenblick auch schon das Schnurren des Bentleys vor ihrem Fenster.

Wegen Maria warf Natalie sich einen langen Mantel über, als sie zur Wohnungstür ging. Die andere Frau blickte kaum auf; sie saß auf dem Sofa und blätterte in einer Zeitschrift. Natalie hatte das Gefühl, daß sie irgendwie Bescheid wußte, daß sie nichts vor Maria verbergen konnte. Einen Moment lang empfand sie Bedauern über das Ende ihrer Freundschaft – Maria war so freundlich zu ihr gewesen und hatte sie bei sich aufgenommen, als sie nicht wußte, wo sie hin sollte. Aber als sie unten an der Treppe angekommen war, hatte sie Maria bereits völlig aus ihrem Gedächtnis gestrichen und freute sich nur noch darauf, Nina wiederzusehen.

Nina wartete am Hintereingang des Clubs auf sie. Spannung lag in der Luft, als die andere Frau sie anerkennend von oben bis unten musterte, und Natalie verspürte ein seltsames Gefühl. Angst? Der Wunsch zu gefallen? Sie wußte es nicht. Dann lächelte Nina und streckte ihr die Arme entgegen, und der Moment war vorüber.

»Du siehst wunderschön aus, Darling«, murmelte sie und musterte Natalies Gesicht. »Laß mich deinen Mantel nehmen – oben ist es heiß.«

Natalie hielt den Atem an, als sie aus dem Mantel schlüpfte und Nina sie in dem Anzug sehen konnte. Sie reichte Nina den Mantel, ohne sie dabei anzuschauen, als Nina ihn jedoch nicht entgegennahm, hob sie verlegen den Blick. Die andere Frau lächelte sie an.

»Das ist schon besser«, sagte Nina leise.

Sie nahm den Mantel und hängte ihn in einen Schrank, dann ergriff sie Natalies Hand.

»Hier entlang«, sagte sie.

Natalie ging hinter Nina die schmale Treppe hoch und ließ sich wie ein Kind führen – oder wie ein Lamm zur Schlachtbank. Sie erschauerte, als sie sich zum erstenmal bewußt fragte, auf was sie sich eigentlich eingelassen hatte.

Durch die dicken Mauern des Gebäudes hörte sie gedämpft die Geräusche des Nachtclubs. Normalerweise wäre sie jetzt dort tätig, mit schmerzenden Füßen und ebenso schmerzenden Gesichtsmuskeln vom ständigen Lächeln. Die Gäste wären mittlerweile in der richtigen Stimmung, noch nicht zu betrunken, aber schon angesäuselt genug, um sich ungezwungen zu benehmen. Ein oder zwei hätten ihr bestimmt schon Anträge gemacht, und sie hätte sich, wie immer, geschmeichelt gefühlt, obwohl sie eigentlich das Ende des Abends herbeisehnte.

Einen flüchtigen Moment lang wünschte sich Natalie, es sei eine ganz gewöhnliche Nacht und sie würde ihre ganz normale Arbeit nebenan tun, statt diese endlose Treppe hochzusteigen und sich auf Gott weiß was einzulassen. Oben angekommen, öffnete Nina eine Tür, und sie standen in einem kleinen, verrauchten Raum, in dem ungefähr ein Dutzend Männer saßen, die tranken, Karten spielten und sich unterhielten. Ein oder zwei blickten auf, als die Tür sich öffnete, wandten aber sofort ihren Blick wieder ab, als ob sie sie erwartet hätten und ihr Erscheinen sie nicht besonders erregte.

Charlie hielt in einer Ecke des Zimmers hof, elegant wie immer in einem maßgeschneiderten Anzug, und verfolgte ihren Auftritt mit seinen kalten grauen Augen. Neben ihm saß bewegungslos eine schlanke, rothaarige Frau. Natalie war fasziniert von ihrer Schönheit, von ihrer alabasterweißen Haut, die in dem gedämpften Licht schimmerte. Als sie nähertrat, sah sie, daß die Frau sie lächelnd anblickte, und unerklärlicherweise machte ihr Herz einen Satz.

Charlie betrachtete sie kaum. Statt dessen hielt er ihr sein Glas entgegen. »Noch einen Whisky«, sagte er.

Kein Wort der Begrüßung, nur ein sanft vorgebrachter Befehl. Nina ließ Natalies Hand los und setzte sich neben ihn.

In der nächsten Stunde servierte Natalie Getränke und Snacks, bewegte sich unauffällig unter Charlies Gästen und bediente sie. Niemand schenkte ihr besonders viel Beachtung; sogar Nina schien nur mit Charlie beschäftigt zu sein und sah sie kaum an, so daß Natalie schon dachte, man habe sie nur hierhergeholt, damit sie die Getränke servierte. Sie war sich nicht sicher, ob sie darüber erleichtert oder enttäuscht sein sollte.

Gegen ein Uhr merkte sie, daß die Gespräche langsam einschliefen und daß auf einmal eine erwartungsvolle Spannung in der Luft lag, bei der ihr ein Schauer über den Rücken lief. Die Männer lehnten sich bequem in ihren Stühlen zurück und wandten die Köpfe zu einer Wand, die vollständig weiß gestrichen war.

Nina stand auf und überprüfte mit ihr zusammen, ob alle ein volles Glas hatten, dann nahm sie Natalie an der Hand und zog sie zu einer kleinen Holzbank, die an der Frontseite des Zimmers stand.

»Was ...?«

»Pst!« brachte Nina sie hastig zum Schweigen und setzte sich neben sie auf die Bank.

Als alles ruhig war, wurde ein Projektor eingeschaltet, und nach den ersten Bildern erkannte Natalie Charlies Haus. Der Film wurde so groß auf die Wand geworfen, daß er den ganzen Raum beherrschte und man die Augen angestrengt darauf einstellen mußte. Sie fühlte sich zunehmend unbehaglich, als sie beobachtete, wie der Bentley vor dem Tor hielt. Die Kamera hatte wohl der Sicherheitsmann am Tor versteckt bei sich getragen, denn jeder im Zimmer sah sie durch seine Augen hinten im Wagen sitzen.

Natalie dachte daran, wie der Mann sie mit seinen Blicken verschlungen hatte, und auch die Kamera vollführte diese Bewegung, fuhr über ihr Gesicht, glitt tiefer, verweilte auf der Rundung ihrer Brüste und auf ihren Händen und zeigte dann ihren Schoß und ihre Beine. Als sie wieder auf ihr Gesicht zurückschwenkte, konnte man deutlich an ihren geröteten Wangen und ihren Augen sehen, wie sehr sie sich schämte. Natalie hörte ein paar Männer kichern, weil sie auf dem Film so resolut nach vorne blickte und dem Wachmann nicht mehr in die Augen sah.

Nina drückte ihre Hand, und sie fühlte sich ein wenig beruhigt. Solange die andere Frau bei ihr war, fühlte sie sich sicher und beschützt, obwohl ihr eigentlich klar war, daß sie sich etwas vormachte. Charlie hatte sich diesen Test ausgedacht, um die Grenzen ihrer Scham zu prüfen. Sie begriff, daß er herausfinden wollte, wieviel man ihr zumuten konnte.

Ihr wurde leicht übel, als sie merkte, daß zwangsläufig auch im Schlafzimmer eine versteckte Kamera gewesen war. Hinter ihr ertönte ein Seufzen, als die Männer zusahen, wie sie sich bis auf die Unterwäsche auszog und ins Bett schlüpfte.

Selbst in ihren eigenen Augen verletzlich wirkte, wie sie schlafend im Bett lag. Natalie hielt den Atem an, als sie sah, wie Nina den Raum betrat und sie eine Weile betrachtete, bevor sie sie aufweckte. Dabei blickte sie lächelnd direkt in die Kamera.

Das gab Natalie einen Stich. Irgendwie hatte Nina durch diese kleine Geste gezeigt, daß sie mit demjenigen, der die Kamera bediente, zusammenarbeitete. Sie war nicht die hilfreiche Freundin, als die sie sie gesehen hatte, sondern eine von denen.

Wie erstarrt saß sie da, als Nina ihr den Arm um die Schultern legte. Lediglich ihre Finger spielten mit dem Reißverschluß über ihrer linken Brust, während sich die ganze Szene überlebensgroß noch einmal vor ihr abspielte.

Es gab keine Geräusche, nur Bilder, und irgendwie wurde dadurch Ninas Verrat noch schlimmer. Jetzt konnte Natalie deutlich sehen, daß jede Bewegung bewußt für die versteckten Kameras ausgeführt worden war. Nina stand nie im Bild und war immer darauf bedacht, daß Natalie möglichst vorteilhaft zu sehen war. Der Magen krampfte sich ihr zusammen, als sie daran dachte, wie es weiterging. Ihre Kehle wurde eng und ihr Mund trocken.

Im Badezimmer war ebenfalls eine Kamera gewesen. Die Männer im Zimmer murmelten anerkennend, als Natalies Körper sorgfältig gewaschen wurde. Gegen ihren Willen wurde Natalie feucht, als sie zusah, wie Nina sie mit seifigen Fingern zwischen den Beinen rieb.

»Das war ein schönes Gefühl, nicht wahr?« flüsterte Nina ihr zu. »Du warst so naß und geil ... So weit offen ...« Langsam zog sie den Reißverschluß über Natalies Brust auf.

Natalie fiel das Atmen schwer, als Nina das schwellende Fleisch durch den Spalt streichelte. Ihre Zunge drückte sich in Natalies Ohr, während sie mit ihrem langen Fingernagel leicht um die Brustwarze kreiste. Natalie überliefen Schauer der Erregung.

Jetzt, wo sie diese Gefühle wieder verspürte, kam es ihr nicht mehr so schlimm vor, daß ein Dutzend Männer zusah, wie sie von Nina verführt wurde. Sie sahen zwar den Film, konnten jedoch diese stilleren, privateren Liebkosungen nicht erkennen. Noch nicht einmal Charlie wußte davon. Der Gedanke gab ihr Trost.

Fasziniert vom Anblick ihres eigenen nackten Körpers, wie sie sich aus der Wanne erhob, wobei das Wasser in Bächen an ihr herunterrann, während sie darauf wartete, daß Nina sie abtrocknete, seufzte Natalie und lehnte sich an die Frau neben ihr. Ninas Reaktion bestand darin, daß sie ihre heiße, nasse Zunge in Natalies Ohr schob, während sie mit der Hand über ihre linke Brust streichelte.

Sie würde sie doch bestimmt nicht *da* berühren, nicht, während all diese Männer sich den Film ansahen ... Doch Ninas Finger strichen bereits über das Leder, das eng an ihrem Bauch anlag, und Natalie schluckte. Alle blickten nach vorne, zur Wand, und davor stand die Bank, auch mit dem Blick nach vorne. Solange sie sich nicht zu heftig bewegte, konnte es niemand sehen.

Sie biß sich auf die Lippe, als Nina mit der anderen Hand den Reißverschluß zwischen ihren Beinen öffnete. Automatisch hob sie ihren Po leicht an, damit die andere Frau den Reißverschluß weiter öffnen und so auch ihre Pospalte freilegen konnte. Sie war naß, ihre Schamlippen geschwollen und empfindlich, aber auf das intensive Gefühl, das sie durchzuckte, als Ninas Finger die Falten berührten, war sie nicht vorbereitet.

»Oh!« seufzte sie und spreizte automatisch die Beine.

Auf der Wand vor ihnen sah sie sich auf dem Bett liegen und ebenfalls die Beine spreizen. Die Kamera richtete sich auf den geröteten Spalt zwischen ihren Beinen und fuhr dabei so nahe heran, daß ihre Möse fast die ganze Wand ausfüllte. Jeder konnte den Tau ihrer Erregung glitzern sehen, und als die Kamera noch näher heranging, verweilten alle Blicke auf ihrer offenen, erwartungsvollen Vagina.

Die Atmosphäre im Raum war schwer und schwül geworden, und der Geruch männlicher Erregung hing in der Luft. Natalie dachte, daß jeder Mann im Zimmer sich wahrscheinlich vorstellte, wie er seine Finger oder seinen Schwanz in ihre wartende Möse schob, und ihre Klitoris begann zu zucken.

Als die Kamera zeigte, wie Natalies Schamhaare entfernt wurden, rieb Nina mit den Fingern um ihr Geschlecht herum und brachte sie damit an den Rand des Orgasmus, ohne sie jedoch wirklich kommen zu lassen.

Zustimmendes Gemurmel wurde laut, als Ninas Finger ins Bild kamen und Natalies Möse streichelten, öffneten und stimulierten. Der Moment, in dem sie kam, war deutlich zu erkennen: die kleine, harte Knospe ihrer Klitoris pulsierte sichtbar, und das Fleisch wurde tiefrot, fast purpurfarben. Die Kamera wanderte zu ihrem Gesicht, und Natalie beobachtete fasziniert, wie ihre Züge weich und verschwommen wurden, bevor Nina begann, sie zu küssen.

Sie war jetzt kurz vor dem Orgasmus, und langsam machte es sie wütend, daß Nina sie nur neckte. Vor lauter Ungeduld vergaß sie ihr Vorhaben, diskret zu sein, und hob ihre Hüften Ninas Fingern entgegen. Nina legte ihre freie Hand unter ihren Hintern und schob ihre Hüften so weit vor, daß ihre Möse vollkommen ungeschützt war.

In diesem Augenblick war der Film zu Ende, und ein anderes Bild wurde auf die Wand projiziert. Im ersten Moment erfaßte Natalie nicht, was sie da sah. Sie spreizte die Beine noch weiter und konzentrierte sich auf ihre Klitoris, bis das erste Pulsieren des Orgasmus begann.

Der Anblick ihrer Möse, weit offen und naß, ihrer Hüften, die hektisch Ninas Fingern entgegenstießen, füllte den Bildschirm. Hinter ihr wurde es unruhig, und sie spürte, daß die Männer aufstanden und sich um die Bank scharten, während sie gleichzeitig ihrem Treiben auf dem Bildschirm zusahen.

Sie hatten sie gefilmt! Die ganze Zeit über, in der der Film lief, war eine Kamera auf sie und Nina gerichtet gewesen. Und alle diese Männer, die gebannt dem Film zugesehen und sich vorgestellt hatten, ihre Schwänze in ihre Möse zu stecken, beobachteten sie jetzt und wußten genau, daß sie ihnen zur Verfügung stand.

Der Gedanke war schockierend, obszön, angsterregend. Schrecklich erregend. Und in diesem Moment kam sie so heftig, daß sie von der Bank zu Boden glitt.

Mit ihren heißen, gierigen Körpern stellten sie sich um sie herum, so nahe, daß sie fast ihren Atem spüren und ihren Schweiß riechen konnte. Sie öffnete die Augen. Ein Dutzend Gesichter war über ihr, mit feuchten Lippen, gierigen Augen, geil. Und doch berührte sie niemand, sie sahen sie einfach nur an.

Natalie spürte, daß sie eher aus Respekt vor Charlie als vor ihr abwarteten. Für sie war sie nicht mehr als ein Gefäß für ihre Lust, ein Spielzeug, das man gebrauchte und dann vergaß. Zitternd atmete sie aus.

Wo war Nina? Sie konnte die andere Frau nirgendwo entdecken, spürte aber, daß sie in der Nähe war. Nina würde sie – konnte sie – jetzt nicht allein lassen. Natalie fühlte sich heiß und schwach, die zarte, entblößte Stelle zwischen ihren Beinen war feucht und bereit. Bereit für alles.

»Ich nehme ihren Mund«, sagte jemand dicht an ihrem Ohr.

Sein Kumpel gluckste. »Ich will ihren Po – hübsch und eng«, sagte er. »Ihre Möse ist viel zu naß für meinen Geschmack.«

Natalie erschauerte. Sie redeten über sie, als ob sie ein Objekt wäre, ein Stück Fleisch. Hatte Charlie vor, sie von *allen* nehmen zu lassen?

Da kam er in ihr Blickfeld und stand mit undurchdringlichem Gesichtsausdruck über ihr. Seine Augen jedoch blickten geil und besitzergreifend, während sie über ihren Körper glitten, und Natalie empfand tiefe Lust darüber, daß sie ihm gefallen hatte. Nur das wollte sie: Charlie gefallen. Er war jetzt ihr Herr, sein Wille war ihr Wille, seine Wünsche ihre Wünsche.

Sie erstarrte, als er neben ihr in die Hocke ging. »Sie sind scharf auf dich, Mädchen«, sagte er so leise, daß nur sie ihn hören konnte. »Ich lasse sie alle antreten, und dann werde ich hier sitzen und zusehen, wie sie dich nehmen, einer nach dem anderen.«

Er zog den Reißverschluß über ihrer rechten Brust herunter, so daß nun beide Brustwarzen freilagen. Natalie zog den Atem ein, als er den schmerzenden Nippel zwischen Daumen und Zeigefinger nahm und ihn so fest zusammendrückte, als wolle er sie melken. »Es sei denn, natürlich, du würdest lieber nach Hause gehen«, sagte er und sah sie scharf an.

Natalie erwiderte seinen Blick. Ein Teil von ihr wollte ihm sofort zeigen, wie sehr sie sich völlig in seine Hand gab, aber auf der anderen Seite hatte sie Angst.

»Ich habe Angst, Charlie«, gab sie flüsternd zu.

Er lächelte und fuhr so zärtlich mit der Fingerspitze an ihrer Unterlippe entlang, daß sie augenblicklich nach mehr begehrte. »Sie sind alle sauber – niemand würde dich berühren, von dem du dir etwas einfangen könntest.«

Natalie blinzelte. Irgendwie fand sie seine prosaische Antwort etwas unpassend, auch wenn sie ihm dankbar für seine Umsichtigkeit war.

»Ich werde nicht zulassen, daß dir jemand weh tut«, fuhr er fort. »Ich werde die ganze Zeit hiersein, ebenso wie Nina und Angela.«

Also das war der Name der wunderschönen Frau. Natalie blickte an Charlie vorbei und sah, daß jetzt Nina und Angela auf der Bank saßen. Angela hatte den Arm um Nina gelegt und spielte gedankenverloren mit ihrer Brust. Nina lächelte ihr ermutigend zu, und Nina spürte, wie sich etwas in ihr zusammenzog. Sie würden sie mit all diesen Männern beobachten, sie und Charlie würden dasitzen und zusehen, wie sie von allen benutzt wurde, und sie würden das Schauspiel genießen.

»Wie du willst, Charlie«, murmelte sie. »Ich möchte dir nur gefallen.«

Ein seltsames Glimmen trat in seine Augen, und er beugte sich über sie, um sie auf die Lippen zu küssen. Es war ein seltsam leidenschaftsloser Kuß, aber Natalie kam er vor wie Liebe.

»Braves Mädchen«, sagte er und lächelte sie an. Dann befahl er ihr, aufzustehen und sich auszuziehen.

Die Männer standen da und sahen ihr zu. Zwei brachten eine weiche Matte und ein paar Kissen, damit sie es bequem hatte, und die übrigen scharten sich im Kreis um sie herum. Ein oder zwei hatten bereits die Reißverschlüsse an ihren Hosen aufgezogen, als könnten sie es kaum abwarten, an die Reihe zu kommen. Der Geruch nach Sex und Schweiß hing schwer in der Luft, und man konnte die Erregung fast fühlen.

Über der ganzen Szene lag eine traumähnliche, surreale Atmosphäre, und sie hatte das Gefühl zu schweben. Sie wußte, daß sie jetzt nicht mehr nein sagen durfte. Sie hatte allen Rechten an ihrem Körper abgeschworen und sich ganz in Charlies Hände gegeben. Konnte sie ihm wirklich vertrauen? Kannte sie ihn gut genug, um sich ihm so hinzugeben?

Sie spürte, daß sein Blick auf ihr ruhte, und bewegte sich ganz bewußt so, daß sie ihm gefiel. Ob er sie später wohl selber ficken würde? Die Vorstellung brachte sie fast zum Orgasmus.

»Wer ist der erste?« fragte er, ohne den Blick von Natalie abzuwenden.

»Ich.«

Ein Mann trat vor: jung, guter Haarschnitt, arrogant. Unter seinem Blick wurde ihr heiß, und sie begann zu zittern.

»Wie willst du sie?« fragte Charlie.

»Auf dem Rücken.«

Charlie nickte Natalie zu, und sie legte sich gehorsam auf die Matte. Der Mann trat vor und schob ihr zwei Kissen unter die Hüften, so daß sie ihm ihr Geschlecht entgegenreckte. Dann kniete er sich zwischen ihre Beine und drang rasch und gekonnt in sie ein. Er hielt sich mit den Händen an ihren Knien fest und stieß sie unter dem zustimmenden Gemurmel der umstehenden Männer.

Natalie keuchte auf, als er dreimal tief in sie hineinstieß; dann kam er, und sie spürte seinen heißen Samen. Rasch zog er sich zurück und machte Platz für den nächsten Mann, der sich sofort daranmachte, sie wie wild zu bearbeiten. Er war größer als der erste Mann und sein Schwanz war dicker.

Ein weiterer Mann trat vor und begann, mit ihren Brüsten zu spielen. Er knetete und streichelte das warme, nachgiebige Fleisch, bis es so hart wurde und anschwoll, daß sie das Gefühl hatte, sie müsse von innen heraus platzen. Auch ihre Klitoris, die durch Ninas

Liebkosungen bereits vorbereitet worden war, reagierte lustvoll, als sich der Schwanz des Mannes an ihr rieb.

Sie dachte schon, er käme nie mehr. Der Mann, der mit ihren Brüsten spielte, wurde ungeduldig, preßte sie zusammen und stieß mit seinem Penis in diesen Spalt. Vor und zurück, vor und zurück, während seine Eier ihr übers Gesicht strichen. Mit einem befriedigten Grunzen kam er und ergoß seinen heißen Samen auf ihren Bauch.

Der Mann zwischen ihren Beinen folgte seinem Beispiel und stieß dabei einen lauten, triumphierenden Seufzer aus. Natalie setzte sich auf, und man reichte ihr ein Glas kühler, süßer Limonade. Dankbar trank sie es aus und streckte ihre schmerzenden Glieder.

Sobald sie ausgetrunken hatte, mußte sie sich auf Händen und Knien niederlassen. Zwei Männer traten vor, einer von hinten und einer von vorne. Alle sahen gespannt zu, als er mit der Spitze seines Penis ihren Mundwinkel berührte. Natalie blickte aus den Augenwinkeln zu Charlie hinüber und sah, daß er sie voller Stolz betrachtete. Da wußte sie, daß sie ihm gefiel, und ein warmes Gefühl breitete sich in ihrem ganzen Körper aus. Im Bewußtsein, daß er sie beobachtete, öffnete sie den Mund und nahm den Schwanz des Mannes darin auf.

Sein Schwanz war glatt und schlank – nicht besonders groß, aber mit einem interessanten Aufwärtsschwung, wodurch seine Eichel sie jedesmal, wenn er in sie hineinstieß, am Gaumen kitzelte. Der zweite Mann streichelte ihren Hintern und beobachtete seinen Freund. Dabei gab er murmelnd Laute der Zustimmung von sich, als sich ihre Wangen rhythmisch nach innen zogen, während sie saugte.

Natalie versank in einer Art von sexueller Trance. In diesem Moment *war sie nur Körper* – sonst gab es nichts. Keinen Gedanken, keine Emotion, nur das reine physische Empfinden. Es war genug, aber sie begehrte noch mehr. Als der Schwanz des zweiten Mannes in ihre nasse Möse glitt, wimmerte sie vor Lust.

Sie war nur noch ein Gefäß der Lust für die beiden Männer, eine Schale für ihr Sperma. Beide kamen gleichzeitig und spritzten ihr heißes Sperma in ihren Mund und in ihre Möse.

Natalie wußte kaum noch, wie ihr geschah, als sofort zwei weitere Männer die gleiche Stellung einnahmen.

Erregtes Gemurmel wurde laut unter den Zuschauern, die noch nicht an der Reihe gewesen waren. Als auch diese beiden Männer kamen, war die allgemeine Erregung so spürbar, daß sie sich ganz schwach fühlte, aber dabei doch mächtig. All diese Männer waren verrückt vor Lust nach ihr!

Natalie blickte Charlie stolz an und sah, daß er, Angela und Nina sie zustimmend betrachteten. All drei waren sichtlich animiert von dem Schauspiel, das sie ihnen geboten hatte.

Das war es, was sie wollte, wofür sie geschaffen war. Sie war ein Körper, der Lust geben und empfangen wollte – sonst nichts! Nie wieder würde sie genug bekommen von dieser ganz besonderen Art des Vergnügens! Dies war ihr Paradies, von dem sie am liebsten nie wieder auf die Erde zurückgekommen wäre.

13

Rick – 1997

Immer noch erschöpft von Gemmas Besuch, wurde Ricks Laune noch schlechter, als er Melissas Stimme auf seinem Handy hörte.

»Was ist los?« nörgelte sie. »Sie wollten mich auf dem laufenden halten.«

»Das werde ich auch, sobald ich etwas zu berichten habe. Im übrigen gilt das gegenseitig, Melissa – sie müssen mich wirklich über alles unterrichten, wenn ich eine Chance haben soll, Joanne zu finden.«

Am anderen Ende der Leitung herrschte Schweigen, und Rick spürte, daß Melissa mit sich rang.

»In Ordnung«, sagte sie schließlich. »Ich erzähle ihnen alles. Aber nicht am Telefon.«

Rick fuhr sich durch die Haare. »Sie können wohl kaum von mir erwarten, daß ich Sie jetzt besuchen komme.«

»Ich rede nicht mit Ihnen am Telefon«, beharrte sie. »Hier geht es um schwierige Familienangelegenheiten. Außerdem – schulde ich Ihnen nicht noch eine Vorauszahlung?«

Vor Ricks geistigem Auge erschien das lebhafte Bild, wie sie vor ihm kniete und ihm einen blies. Sein Körper reagierte sofort, auch wenn sein Verstand wach blieb. »Ja, ganz richtig. Das ist nett von Ihnen, Melissa, aber Geld würde mir im Moment mehr nützen.«

Er hörte sie seufzen. »Sie wissen doch, daß ich keins habe, solange sie nichts über Joanne erfahren. Ich will nicht noch fünf Jahre warten, bis ich sie bei Gericht für tot erklären lassen kann, um an das Geld heranzukommen. Und Ihnen ist doch klar, Darling, daß Sie ohne Geld dastehen, wenn Sie nichts herausfinden.«

»Hören Sie, das haben wir nicht ...«

»Aber ich bin ganz sicher, *daß* Sie den Fall lösen werden, Rick. Ich sage Ihnen was: Zusätzlich zu den Fakten, auf die Sie so wild sind, verschaffe ich Ihnen einen Fick, der Sie um den Verstand bringt.«

»Melissa ...«

»Stellen Sie sich vor, Rick – Sie könnten hierher kommen, oder in ein nettes, anonymes Hotel, wenn Ihnen das lieber ist, und ich ziehe mir etwas ganz Besonderes für Sie an. Rotes Leder. Das würde Ihnen doch gefallen, Darling, oder?«

Ihre Stimme war eine Oktave tiefer geworden. Obwohl er wütend auf sie war, wurde Rick hart, und ein Schauer der Lust durchlief ihn. Er setzte sich auf die Bettkante und hörte ihr zu, als sie fortfuhr.

»Ich liebe es, Leder zu tragen – das hat etwas mit dem Geruch zu tun, mit dem Gefühl ... Mögen Sie Leder auch, Rick?«

»Ja«, antwortete er zögernd. »Ich mag Leder.«

Sie kicherte leise. »Das habe ich mir gedacht. Ich besitze ein enges Korsett, das so fest geschnürt ist, daß meine Titten daraus hervorquellen. Oh, ich werde ganz geil, wenn ich nur daran denke! Schließen Sie die Augen, Rick, und stellen Sie sich vor, wie ich in dem Lederkorsett auf Sie wirke ... können Sie mich sehen?«

Obwohl er wußte, daß er offen manipuliert wurde, tat Rick, was sie sagte, und die Bilder entstanden überlebensgroß und erregend vor seinem inneren Auge.

»Ich kann Sie sehen«, murmelte er, den Hörer fest ans Ohr gepreßt.

»Ich kann Sie auch sehen, Rick«, sagte sie mit verführerisch leiser Stimme. »Ich kann Sie sehen, wie Sie splitterfasernackt auf dem Rücken in meinem Bett liegen. Ich habe ein wunderbares Bett, Darling, mit Eisenstäben und Spitzenbezügen. Und ich möchte sie mit roten Seidenschals an allen vier Ecken des Bettes festbinden.«

Rick schluckte. Es kam ihm vor, als sei er dort, als sei die Szene, die sie ihm beschrieb, Wirklichkeit geworden.

»Möchten Sie das gerne, Rick? Nackt, mit gespreizten Armen und Beinen, hilflos auf meinem Bett liegen?«

»Ja«, antwortete er, doch seine Stimme schien von weither zu kommen, und er hörte sie wie durch einen Nebel. Ohne zu merken, was er tat, streckte Rick sich auf seinem Bett aus und spreizte die Beine. Wie mochte es sich wohl anfühlen, so der Gnade einer Frau ausgeliefert zu sein?

Als ob sie seine Gedanken lesen könnte, schnurrte Melissa: »Ich möchte, daß Sie jetzt das Handy einen Moment lang aus der Hand legen, damit Sie sich ausziehen können.«

»Was ...?«

»Tu es, Rick! Tu es für mich – ich bin so geil, so naß. Ich ziehe mich auch aus, Darling – ich möchte mich selbst berühren ...«

Wie ferngesteuert tat Rick, was sie sagte, zog in fieberhafter Eile seine Kleider aus und warf sie achtlos auf den Fußboden. Halb befürchtete er, sie habe aufgelegt, als er das Handy wieder nahm – er traute ihr nicht über den Weg. Da er sich an ihr kühles Verhalten beim letztenmal erinnerte, fragte Rick sich, ob ihre Erregung wohl gespielt war, vorgetäuscht, um ihn ruhigzustellen, damit er das tat, was sie von ihm wollte, auch ohne Bezahlung. Aber dann beschloß er, daß es ihm egal war, wenn sie einfach nur weitermachte, und legte sich mit gespreizten Armen und Beinen aufs Bett.

»Ja?« hauchte er, begierig auf die Fortsetzung.

Melissas leises Glucksen am anderen Ende der Leitung erregte ihn.

»Du hast es wirklich gemacht, nicht wahr, Darling? Und dabei führst du dich wie ein solcher Macho auf!«

Rick biß die Zähne zusammen. Er wollte ihren Spott gerne ertragen, wenn sie nur da weitermachte, wo sie aufgehört hatte. Irgendwie steigerte ihre Verachtung noch seine Lust, und er fühlte sich seltsam geil, ruhelos und unbeherrscht.

»Liegst du auf dem Bett?« fragte sie ihn.

»Ja.«

»Bist du hart für mich, Darling?«

Rick blickte auf seinen Schwanz, der wie ein Stab über seinem Bauch emporragte, und grinste. »O ja, ich bin hart genug. Wenn du das Ding sehen könntest ...«

»Halt den Mund.«

Ricks Unterkiefer fiel herunter, aber er sagte nichts mehr.

»Ich will kein Wort über deinen dicken Schwanz oder deine Fähigkeiten bei Frauen hören – das ist jetzt nicht gefragt. Verstanden? Das Traurige ist, daß du es nicht einmal merkst. Du weißt gar nicht, was du bist; du hast nicht die leiseste Ahnung von deiner armseligen Sexualität, nicht wahr?«

»Ähm ... habe ich nicht?«

Melissa fluchte heftig. »Halt den Mund und hör mir zu, oder ich lege auf. Willst du, daß ich auflege, Rick?«

Er blinzelte. Auflegen? Das wollte er ganz bestimmt nicht. Er hätte sich in diesem Moment auf alles eingelassen, nur damit sie ihm weiter diese süßen Beleidigungen ins Ohr zischte. »Bitte nicht, Melissa«, flehte er.

»Oh, bitte nicht, Melissa«, ahmte sie ihn grausam nach. »Na gut, du armes Würstchen. Ich gebe dir, was du haben willst. Aber nur, wenn du sehr, sehr brav bist. Kannst du sehr, sehr brav sein, Rick, Baby?«

»Ich ... ich kann es versuchen.«

»Natürlich kannst du das. Und jetzt schließt du deine Augen und stellst dir vor, daß ich bei dir im Zimmer bin. Kannst du das?«

»Hmm ...«

Hinter seinen geschlossenen Lidern konnte Rick ihren schlanken Körper in dem roten Lederkorsett sehen, das sie beschrieben hatte. Ihre runden, üppigen Brüste quollen aus dem Ausschnitt heraus, dicht vor seinem Gesicht hingen ihre Nippel. Fast konnte er ihre Anwesenheit spüren, ihr Parfüm riechen; er war jetzt so erregt, als sei sie leibhaftig bei ihm hier in seinem Zimmer.

Die Umgebung spielte nicht mehr länger eine Rolle. Zeit und Entfernung verloren ihre Bedeutung. In Ricks Welt gab es nur noch seinen Körper und Melissas verführerische Worte in seinem Ohr.

»Leg ein Kissen neben deinen Kopf, damit du dein Handy darauf ablegen kannst«, wies sie ihn an. »Hast du das gemacht?«

»Ja.«

»Jetzt spreiz deine Beine und streck deine Arme über deinen Kopf. Hast du ein Kopfteil, an dem du dich festhalten kannst?«

Es gab eins – aus schäbigem goldfarbenem Velours, der an seinen Händen kratzte, als er Melissas Anweisungen befolgte.

»Ich kann dich sehen, Rick – ich *weiß*, wie sehr du das willst. Du atmest schwer, und dein Herz schlägt heftig. Ein Schweißfilm glitzert auf deiner Haut, während du dir vorstellst, was ich wohl mit dir machen werde. Habe ich nicht recht, Darling?«

»Ja«, krächzte er. Seine Kehle war auf einmal ganz trocken. »Du hast recht.«

Das hatte sie wirklich. Irgendwie hatte sie Kontrolle über ihn gewonnen, er war nur noch der passive Empfänger ihrer Fantasien.

»Ich stehe jetzt über dir, Rick. Die scharfen Absätze meiner Stilettos drücken sich zu beiden Seiten deiner Taille in die Matratze. Sie sind gefährlich nahe und berühren bereits deine zarte Haut ...«

Rick erschauerte, als er sich das Szenario, das sie beschrieben hatte, vorstellte.

»Ich bin nackt, abgesehen von den nadelscharfen Stilettos und dem Korsett. Du kannst von unten auf meine Möse blicken. Sie ist so rosa und voll, das Fleisch glitzert von meinem Saft. Kannst du sie sehen, Rick?«

Ob er sie sehen konnte? Er konnte sie sehen, riechen und schmecken.

»Du bist so schön«, hauchte er ins Telefon.

Sie lachte leise. »Kannst du sehen, was ich in meiner Hand halte, Darling?«

Rick runzelte die Stirn.

»Ich habe einen kurzen Stock in der Hand, und am Ende dieses Stocks sind ungefähr ein Dutzend weiche Lederbänder. Sie kitzeln deine Haut, wenn ich damit über deinen Bauch fahre – ganz leicht ... und doch so gefährlich!«

Rick hielt den Atem an. Ein Teil von ihm hätte am liebsten diese verrückte Fantasie sofort beendet. Wie konnte sie es wagen zu glauben, daß es ihn anmachen würde, sich vorzustellen, er würde von einer Domina in rotem Leder gefesselt und ausgepeitscht? Aber er konnte es nicht beenden, weil sein Körper das nicht zuließ. Er wollte es, in der Fantasie, in der Wirklichkeit – bei Gott, er *wollte* es!

»Sei nicht enttäuscht über diese weichen Lederriemen, Rick, Baby – sie schmerzen, auch wenn sie nur deinen Bauch küssen ...«

Seine Bauchmuskeln zogen sich bei ihren Worten zusammen, und sein Schwanz wurde immer härter.

»Das tut weh, nicht wahr, Darling? Aber es ist so ein *schöner* Schmerz! Soll ich die zarte Haut an der Innenseite deiner Schenkel auspeitschen ... und dir die Lederriemen über die Brustwarzen ziehen, bis du dich windest und an deinen Fesseln zerrst? Mmm, Baby, ich werde ganz naß, wenn ich daran denke, wie du gefesselt und hilflos vor mir liegst! Wir müssen das eines Tages wirklich mal machen ... Dein Schwanz sieht so hart aus, deine Eier sind ganz prall. Ist das für mich? Ich streichle jetzt meine Muschi und spüre, wie mein Honig aus mir rinnt, mir über die Finger läuft ...«

Rick stöhnte, als ein saugendes Geräusch durch die Leitung kam, und er stellte sich vor, wie sie an ihren Fingern lutschte, die noch einen Moment zuvor in ihrer Möse gewesen waren.

»Es schmeckt so süß, so gut ... Faß dich an, Rick ... Reib dich für mich.«

Wie hypnotisiert umfaßte Rick seinen steifen Schwanz und begann, ihn zu reiben. Vor seinem inneren Auge sah er Melissa immer noch über sich stehen mit ihrer roten Lederkorsage und der teuflischen kleinen Peitsche in der Hand, die sie beschrieben hatte. Er konnte ihre Spalte sehen, rosa und geschwollen, das dunklere Rosa ihrer Vagina.

In seiner Fantasie zerrte er an seinen Fesseln, wie sie es beschrieben hatte, und stöhnte. Seine Eier wurden immer schwerer und sein Schwanz wuchs unter seiner Hand. Er war nahe daranzu kommen.

»Oh, Darling, kannst du spüren, wie der Höhepunkt naht?«

»Ja«, keuchte er, »jetzt gleich ...«

»Noch nicht!« unterbrach sie ihn scharf. »Es ist noch nicht soweit. Zuerst will ich noch hören, wie du dich selbst mißbrauchst.«

»Mich selbst mißbrauchen?« wiederholte er dümmlich.

»Genau. Ich will, daß du dich auf den Bauch schlägst – jetzt.«

Rick kam sich unglaublich albern vor, tat aber, was sie sagte. Zu seiner Überraschung durchrann ihn ein dunkles Gefühl der Lust, als er zuschlug.

»Noch einmal«, sagte sie, und er merkte, daß ihre

Stimme schwer vor Erregung war, daß sie offenbar genauso viel davon hatte wie er.

Er schlug sich noch einmal und dann noch einmal auf die Innenseite seiner Schenkel. Seine Lust wuchs, als er die Heftigkeit seiner Schläge variierte, sanfter um seinen Penis und seine Eier und kräftiger auf seine Schenkel und seinen Bauch. Gleichzeitig hörte er Melissa schwer atmen, und sie stieß kleine Lustschreie aus.

»Ich komme!« schrie sie plötzlich in sein Ohr. »Komm jetzt, Rick, spritz ab für mich!«

Er brauchte keine zweite Aufforderung. Sein Samen spritzte in heißen Stößen aus ihm heraus und landete auf seinem geröteten Bauch und seinen Schenkeln. Die Sehnen in seinem Hals strafften sich, sein Herz pochte heftig, als er den Rücken durchbog.

Viel zu schnell war alles vorbei – er hätte ewig so weitermachen können. Zögernd öffnete er die Augen. Der Schweißfilm auf seiner Haut trocknete rasch und ließ ihn frieren. Seine Hand war naß von seinem eigenen Samen, und er fühlte sich leer und einsam. Es war ein unangenehmes, unvertrautes Gefühl.

»Danke, Rick – das war toll!« Ihre Stimme war jetzt wieder kühl, vollkommen beherrscht und leicht spöttisch. »War es auch für dich gut?«

Es dauerte einen Moment, bis Rick die Sprache wiederfand.

»Ja«, gab er schließlich zu, »es war ziemlich gut.«

Melissa gluckste wissend. »Das wußte ich. Ich rufe dich bald wieder an, um zu hören, ob es Neuigkeiten gibt.«

Sie legte auf, und er war endgültig allein. Als er später unter der Dusche stand, merkte Rick, daß sie ihn wieder einmal erfolgreich davon abgehalten hatte, peinliche Fragen zu stellen. Er war also mit der komplizierten Geschichte der Familie Davies immer noch nicht weitergekommen, und auch seine Bezahlung war noch nicht nähergerückt. Nicht zum erstenmal verfluchte er seinen Schwanz. Nächstes Mal, gelobte er sich. Beim nächstenmal würde er sich nicht so leicht ablenken lassen.

14

Natalie – 1995

Charlie faßte sie nicht an. Zuerst war Natalie enttäuscht hatte sie ihm nicht gefallen? Hatte sie nicht alles getan, was er gesagt hatte, und war sie nicht so gut gewesen, daß sie seine Aufmerksamkeit verdient hatte? Aber dann nahmen sich Nina und Angela ihrer an, und ihre Enttäuschung verflog.

Sie brachten sie nach oben in die privaten Räume über dem Club und führten sie in ein prächtiges Badezimmer.

»Du warst wundervoll, Liebling«, murmelte Nina ihr ins Ohr, als sie in das warme, parfümierte Wasser sank. »Ich wußte es schon vorher.«

Natalie verspürte ein warmes, zufriedenes Gefühl, das sich in ihrem ganzen Körper ausbreitete. Zwar schmerzten ihre Arme und Beine, ihre Brüste pochten und ihr Geschlecht war geschwollen und wund, aber sie wurde immer noch von der Euphorie getragen, die über das Körperliche hinausgegangen war.

Im warmen Wasser entspannten sich ihre schmerzenden Gliedmaßen, und die klebrigen Säfte auf ihrer Haut wurden hinweggespült. Als sie aus der Wanne stieg, fühlte sie sich neu belebt.

Nina und Angela hüllten sie in warme Badetücher.

»Du hast Angela ja schon kennengelernt, nicht wahr?« fragte Nina, während sie sie abtrockneten.

»Charlie hat uns einander vorgestellt, aber wir hatten noch keine Gelegenheit, miteinander zu sprechen.« Angelas Stimme war kühl und wohlerzogen, das Lächeln jedoch, das sie Natalie schenkte, war warm und herzlich.

»Magst du sie?« fragte Nina mit einem mutwilligen Lächeln.

Angela fuhr mit der Hand leicht über Natalies nackten Körper und streichelte die badewarme Haut mit den Fingerspitzen.

»O ja«, murmelte sie und blickte Natalie mit ihren leicht mandelförmigen blauen Augen an. »Sehr!«

Nina lachte entzückt. »Ich habe sie gut ausgesucht, nicht wahr?«

Sie führten sie ins Schlafzimmer, und Natalie blickte sich interessiert um. Der Raum war groß und rechteckig, beherrscht von einem riesigen Bett. Es hatte zwar ein eisernes, mit Ornamenten verziertes Kopfende, jedoch kein Fußende – und man hatte einen freien Blick auf die Kameras, die am Ende des Bettes aufgebaut waren.

Nina sah, wohin Natalie blickte und drückte den Zeigefinger an die Lippen. Natalie begriff, daß sie nichts über die Kameras sagen sollte und ließ sich bereitwillig zu Bett bringen.

Zu ihrer Überraschung legten sich die beiden Frauen zwar neben sie, zogen sich jedoch nicht aus. Als ob sie ihre Gedanken lesen könnte, sagte Nina: »Schlaf jetzt, mein Liebes.« Sie begann, Natalie über die Haare zu streichen, eine sinnliche Berührung, die jedoch nichts Sexuelles hatte, sondern einfach nur beruhigend war. Natalie entspannte sich zum erstenmal an diesem Tag wirklich. Sie wußte zwar nicht, wie spät es war, nahm aber an, daß draußen noch finstere Nacht herrschte. Auf der anderen Seite neben ihr streichelte Angela über ihren bloßen Arm, und beide Frauen murmelten beruhigend auf sie ein. »Schließ deine Augen ... Entspann dich ...«

»Du warst so gut. Wir sind stolz auf dich.«

»Charlie ist ganz angetan von dir.«

»Schlaf, Liebling, schlaf jetzt.«

»Du bist jetzt eine von uns.«

»Ja, eine von uns.«

Eine von uns. Diese drei kleinen Wörter schienen ein Versprechen zu enthalten, und doch wirkten sie auch bedrohlich. Natalie wollte sie fragen, was sie bedeuteten, aber ihre Augenlider wurden schwer, und sie spürte, wie die Müdigkeit nach ihr griff. Nach einer Weile gab sie den ungleichen Kampf auf und gab sich dem süßen Vergessen des Schlafs hin.

Als Natalie aufwachte, brauchte sie einen Moment lang, bevor sie die Geräusche einordnen konnte, die sie im Schlaf gestört hatten. Das rötlichweiße Licht der Morgendämmerung kroch durch die Vorhänge und verlieh dem Zimmer eine noch intimere Atmosphäre.

Die Matratze unter ihr bewegte sich, und als sie den Kopf wandte, sah sie, daß Nina und Angela beide nackt und ganz versunken in ihr Liebesspiel waren. Natalie blinzelte sich den Schlaf aus den Augen und sah ihnen zu, wobei sie aus Angst, sie zu stören, kaum zu atmen wagte. Sie hatte sich nie vorstellen können, wie zwei Frauen miteinander Liebe machten, und sie fand den Anblick so überwältigend schön, daß es ihr den Atem raubte.

Beide waren nackt, und sie lagen mit verschlungenen Gliedern neben Natalie im Bett. Beide hatten den Kopf zwischen den Beinen der anderen vergraben und an den Geräuschen und erstickten Lauten, die sie von sich gaben, merkte Natalie, daß diese Position äußerst befriedigend sein mußte. Sie drehte sich auf die Seite und betrachtete Angelas lange rote Haare, die wie ein Schleier über Ninas Hüften lagen.

Angela war größer und schlanker als die peruanische Frau, deshalb lag sie leicht gekrümmt da, was Natalie einen freien Blick auf den Ansatz ihrer Oberschenkel gewährte. Ihre Haut war sehr weiß und weich, sie sah fast wächsern aus, und ihre Weißheit wurde durch Ninas Bräune noch verstärkt. Die Arme um die Beine der jeweils anderen geschlungen, erforschten die Finger den dunklen Spalt zwischen den Pobacken. Beide hatten Natalie vergessen, die sie gierig beobachtete.

Sie hatte noch nie etwas so Schönes gesehen; es war überhaupt nicht zu vergleichen mit ihren bisherigen sexuellen Erfahrungen. Abgesehen von ihrer Verführung durch Nina in Charlies Haus war Sex für Natalie bisher immer mit einem gewissen Maß an Aggression verbunden gewesen, die sich entweder durch das Stoßen und Stöhnen der Männer äußerte oder auch durch einen leichten Schmerz, an dem Lust zu empfinden sie sich antrainiert hatte.

Was Nina und Angela jedoch miteinander taten, wirkte irgendwie viel sanfter und liebevoller, und sie wurde feucht und geil, während sie ihnen zusah.

Ihnen zusah. Instinktiv blickte Natalie zu den Kameras. Ein rotes Licht an jeder Kamera zeigte an, daß die Szene aufgenommen wurde.

Weder Angela noch Nina schien das im geringsten zu stören, obwohl sie es sicher bemerkt hatten. Filmte Charlie denn jede Bewegung?

Du bist jetzt eine von uns. Ninas Worte fielen ihr wieder ein, und sie fragte sich, ob zu diesem exklusiven kleinen Club zu gehören wohl bedeutete, daß auch sie sich würde daran gewöhnen müssen, daß jeder ihrer Schritte überwacht wurde. In Charlies Haus, fiel ihr ein, war selbst im Badezimmer eine Kamera gewesen. Sie erschauerte, als sie sich vorstellte, daß Charlie sie sogar in ihren intimsten Momenten beobachtete und sich die Filme gemeinsam mit seinen Freunden ansah …

Die beiden Frauen neben ihr spannten sich an, und sie wandte ihnen wieder ihre Aufmerksamkeit zu.

Fasziniert beobachtete sie, wie Ninas Haut sich rötete, als sie dem Orgasmus näherkam. Daß sie gleich kommen würde, sah man auch daran, wie sie die Beine und den Rücken anspannte und begann, das Geschlecht der anderen heftiger zu lecken, als wolle sie, daß sie gleichzeitig mit ihr den Höhepunkt erreichen.

Aber anscheinend war Angela fest entschlossen, Nina alleine einen Orgasmus zu bescheren. Sanft zog sie sich von Ninas Mund zurück und ersetzte ihren Mund und ihre Zunge durch ihre Finger, so daß sie Ninas Gesicht sehen konnte, während sie kam.

Auch Natalie sah verzaubert zu, wie sich ein Ausdruck reinster Freude auf Ninas Zügen ausbreitete. Ihre Augen, die im Dämmerlicht funkelten, weiteten sich, und ihre Haut färbte sich leuchtend rot. Ihre Beine preßten sich um Angelas kreisende Finger und hielten sie in den Falten des Geschlechts gefangen, als die Wellen des Orgasmus über sie hereinbrachen.

Auch Natalies Körper regte sich, so sehr nahm die Ekstase der anderen Frau sie mit. Ninas volle weiche Lippen verzogen sich zu einem Lächeln, und sie stieß einen Seufzer aus, der in Natalies Kopf widerhallte und sie erschauern ließ.

In diesem Augenblick blickte Angela auf, und bei dem Ausdruck in ihren Augen stockte Natalie der Atem. Angelas klare blaue Augen strahlten vor reiner, schamloser Lust. Die Kameras, Ninas kleine Schreie der Befriedigung, nichts spielte mehr eine Rolle. Es gab nichts mehr außer Natalie und dieser außergewöhnlichen Frau, deren Blick ihr signalisierte, daß sie sie begehrte. Und Natalie wußte auf einmal mit untrüglicher Klarheit, daß nur sie ihr Befriedigung schenken konnte.

Langsam streckte sie die Hand nach Angela aus und legte sie ihr, unter Ninas zustimmendem Blick, auf die Schulter.

Zögernd zunächst, dann aber immer mutiger legte sie die Hand auf Angels Brust. Zum ersten Mal in ihrem

Leben berührte sie einen anderen weiblichen Körper, und sie tat es mit einer Faszination, die an Anbetung grenzte.

Als ob sie spürte, wie neu diese Erfahrung für sie war, kniete Angela sich auf das Bett und erlaubte ihr, sie zu erforschen. Ihre Passivität ermutigte Natalie zu größerer Kühnheit, und bald war sie vollkommen versunken darin, den Körper der anderen Frau zu berühren und zu streicheln.

Ihre Haut war straff und seidenweich und reagierte sofort auf ihre Liebkosungen. Die tief rosafarbenen Höfe waren bereits erregt, zogen sich aber noch mehr zusammen, als Natalie mit den Fingerspitzen darüberstrich; verlangend umschloß sie die Brüste mit den Händen, um die harten Brustwarzen auf der Handfläche zu spüren. Ein Gefühl, das Gänsehaut bei Natalie verursachte. Sie merkte, daß auch ihre Brustwarzen sich aufrichteten, und biß sich auf die Unterlippe. Wie schön wäre es gewesen, wenn Angela auch sie berührt hätte, sie wußte aber nicht, wie sie sie darum bitten sollte.

Nina löste das Dilemma für sie. Sie wand sich unter den beiden hervor, küßte Natalie leicht auf die Wange und murmelte: »Arme Angela – sie ist noch nicht gekommen. Glaubst du, daß du ihr helfen kannst, Natalie?«

Natalie, die spürte, daß Angela sie mit ihren kühlen blauen Augen ständig beobachtete, errötete wie ein Schulmädchen.

»Ich ... ich weiß nicht ... ich bin nicht sicher«, stammelte sie.

»Ich helfe dir. Du vertraust mir doch, Liebling, oder?«

Natalie nickte schweigend. Nichts auf der Welt wollte sie lieber, als Angelas schönen Körper zu berühren und zu liebkosen, ihr solche Lust zu verschaffen, wie Angela sie kurz vorher Nina geschenkt hatte. Ihre Finger prickelten vor Verlangen, und ihre Möse regte sich und wurde feucht. Sie wußte nur nicht, wo oder wie sie beginnen sollte.

Nina küßte sie sanft und fuhr ihr mit der Zungenspitze über die Lippen. Sie schmeckte süß, wie Erdbeeren, und Natalie erwiderte ihren Kuß bereitwillig.

Beinahe zögernd zog Nina sich von ihr zurück, lächelte sie jedoch an.

»Nicht ich, Liebling – Angela braucht dich jetzt.«

Angela wandte sich wieder der Rothaarigen zu, die geduldig wartend auf dem Bett lag, und lächelte sie schüchtern an. »Ich habe das noch nie gemacht«, gab sie verlegen zu.

Angela schaute sie an – und ein langsames, breites Lächeln erhellte ihr ganzes Gesicht.

»Süß«, sagte sie, lehnte sich bequem gegen die Kissen und arrangierte ihren Körper kunstvoll. »Warum liege ich nicht einfach ganz still und lasse dich *erfühlen*, wie du es am besten machst?«

Langsam zog sie ein Knie hoch und ermöglichte ihr dadurch einen verführerischen Blick auf ihre feuchte rosa Spalte inmitten ihrer rotgoldenen Schamhaare. Natalie erschauerte und warf einen nervösen Blick auf Nina, faßte jedoch Mut, als diese ihr aufmunternd zunickte.

Sie kniete sich neben Angelas Körper. Ganz langsam ließ sie ihren Blick über das perfekte Oval ihres hübschen Gesichts und ihren langen, geschwungenen Hals zu ihren Brüsten hinunterwandern. Sie waren nicht groß, aber vollkommen geformt, jede gekrönt von einem kirschgroßen Nippel, dessen tiefes Rosa einen köstlichen Kontrast zu ihrer milchweißen Haut bildete.

Ihr Oberkörper war glatt und perfekt geformt, und die Hüften gingen in lange, schlanke Oberschenkel über. Sie hatte hübsche Knie und Unterschenkel, und die gepflegten Füße wiesen winzige, perlmuttschimmernde Fußnägel auf.

Natalie beschloß, bei diesen hübschen Füßen anzufangen. Sie glitt ans Ende des Bettes und fuhr die Form jedes einzelnen Zehs nach, bevor sie sich darüberbeugte und sie küßte. Angelas Haut war unglaublich weich und roch leicht nach Veilchen. Mit der Zungenspitze leckte sie um die Spitze des großen Zehs, dann nahm sie ihn in den Mund und saugte daran. Die andere Frau keuchte auf.

Angelas Reaktion entzückte und ermutigte sie, auch weiterhin ihren Instinkten zu folgen. Nina war vom Bett geglitten und hatte sich neben sie gesetzt. Von Zeit zu Zeit gab sie ihr einen Schubs, und Natalie merkte, daß sie vorsichtig dafür sorgte, daß sie ein gutes Bild für die Kameras hinter ihr abgab.

Es war Natalie egal, daß sie gefilmt wurde und daß jemand sie beobachtete. Sie wußte nur, daß es ihr Vergnügen machte, Angelas Haut zu schmecken und zu spüren, und daß sie sich auf die weiteren neuen Entdekkungen freute.

Nach einer Weile begann sie, um Angelas Knöchel zu lecken und bewegte sich dann langsam über ihre Waden aufwärts bis zu ihren Knien.

»Sie ist wunderschön, nicht wahr?« murmelte Nina dicht an ihrem Ohr.

»Mmm«, war alles, was Natalie sagen konnte. Alle ihre Sinne waren erfüllt von der Frau, die passiv vor ihr lag, wie ein Festmahl auf einem Tisch. Am liebsten hätte sie die feine Haut an der Innenseite ihrer Oberschenkel bis zur Quelle ihrer Weiblichkeit geleckt, aber noch hielt sie sich zurück, entschlossen, jeden Moment zu genießen und sich das Beste bis zuletzt aufzusparen.

Sie ergriff eine ihrer Hände und küßte und leckte sie zwischen den Fingern, wobei sie jeden Finger einzeln in den Mund nahm. Angela seufzte leise, als sie am Daumen lutschte, bevor sie sich daranmachte, Küsse über den Arm bis hin zur Achselhöhle zu hauchen.

Dort war ihre Haut warm und feucht, und Natalie sog den Geruch frischen, weiblichen Schweißes tief ein, bevor sie über den Hals an das Gesicht gelangte.

Bei Nina war Natalie die ganze Zeit über passiv geblieben. Obwohl sie sich danach gesehnt hatte, die andere Frau zu küssen und zu liebkosen, war dazu weder Zeit noch Gelegenheit gewesen. Jetzt blickte sie in Angelas schönes Gesicht und kam sich vor wie im Paradies. Leicht fuhr sie mit ihren Lippen über Angelas Mund, der sich ihrer Zunge bereitwillig öffnete.

Der Mund der anderen Frau war weich und feucht und so hingebungsvoll, daß Natalie seufzte, als sie begann, sie zu küssen. Es war anders als bei einem Mann: Hier gab es keine Härte, keinen Kampf um Vorherrschaft, nur ein schmerzlich süßes Geben und Nehmen.

Mit den Fingerspitzen fuhr Natalie die Züge Angelas nach, streichelte ihre Wangen, ihre Augenbrauen, die Wölbung ihrer Stirn. Angelas Augenlider flatterten, als Natalie die Augenwinkel küßte und über die geschlossenen Augenlider leckte.

Dann glitten ihre Hände über den Hals zu den Brüsten, die sie so knetete und berührte, wie sie es selbst gerne hatte. Angelas Reaktion entzückte sie, und sie hielt kurz inne, um Nina zuzulächeln, die ihnen nun ruhig von der Bettkante aus zusah.

Angelas Bauch bebte, als Natalies Hände tiefer glitten. Sie begann, ihre Brüste zu küssen, zog die Nippel nacheinander in den Mund und reizte sie mit der Zunge. Dann glitt sie, ungeduldig geworden, mit Lippen und Zunge zu der zarten Grube ihres Nabels hinunter.

Bald konnte sie den warmen, salzigen Duft ihres Geschlechts riechen, und sie wußte, wenn sie ihr endlich die milchweißen Schenkel auseinanderbog, würde sie naß und offen für sie sein. In Natalie wuchs ein Sehnen, das sie noch nie verspürt hatte, und sie empfand tiefe Freude darüber, daß sie es jetzt befriedigen konnte.

Langsam schob sie ihre Beine auseinander und enthüllte das glitzernde Juwel ihres Geschlechts.

»Ist sie nicht wunderschön?« schnurrte Nina, die sich geräuschlos an Angelas andere Seite gesetzt hatte. »Versuch doch mal, wie weich sie sich anfühlt ...«

Natalie brauchte keine zweite Einladung. Mit ihren Fingerspitzen fuhr sie über die schlüpfrige Haut und genoß die Hitze und Zartheit ihres Geschlechts. Angela zog scharf die Luft ein. Ihr Atem kam jetzt stoßweise, und ihr Herz klopfte heftiger. Langsam schob Natalie die Schamlippen Angelas auseinander. Sie konnte ihre Klitoris sehen, deren Spitze unter der schützenden Hülle sichtbar wurde, und vor Natalies fasziniertem Blick stieg sie aus der Hülle empor wie ein Penis. Anbetend beugte sie sich darüber und hauchte einen Kuß darauf.

Die Wirkung war erstaunlich. Angela erschauerte, und das winzige pochende Herz in den Falten ihres Geschlechts schwoll an und wurde hart und glänzend. Instinktiv umkreiste Natalie es mit ihrer Zunge und drückte immer wieder fest dagegen.

Innerhalb weniger Minuten kam Angela zum Höhepunkt. Natalie spürte, wie sich ihr Geschlecht zusammenzog und wie die Klitoris heftig gegen ihre Zunge pulsierte. Ihre Lippen schmeckten die salzig-süßen Säfte aus dem Körper der anderen Frau und sie saugte sie gierig auf, wobei sie mit ihrer Zunge tief in die Grotte der Vagina eindrang.

Schließlich merkte sie, daß Angela keuchte und daß der verzauberte Moment vorüber war. Zögernd hob sie den Kopf. Als sie den Ausdruck auf Angelas Gesicht sah, schwoll ihr Herz vor Stolz. Sie war es, die das zustandegebracht hatte, sie hatte ihr Lust verschafft.

Es war ein wunderbares Gefühl, und sie wußte, daß sie diese Erfahrung wiederholen wollte. Und nach Ninas Gesichtsausdruck zu urteilen, würde es nicht lange dauern, bis sie wieder Gelegenheit dazu hatte.

15

Rick – 1997

Rick saß auf einer Parkbank und kaute an seinem Bleistift. Er hatte beschlossen, daß es an der Zeit war, endlich den Fall zu lösen und sich nicht dauernd von Frauen ablenken zu lassen.

Auch das Telefongespräch mit Gemma heute morgen hatte dazu beigetragen, daß er endlich wieder klar denken konnte. Sie war zwar kühl gewesen, aber wenigstens hatte sie mit ihm geredet, und es hatte ihn überrascht, welche Erleichterung er darüber verspürt hatte. Der Gedanke daran, sie zu verlieren, sie *wirklich* zu verlieren, hatte ihm klar gemacht, wieviel sie ihm bedeutete. Und wenn sie schwanger war ... Nun, es erschien Rick wenig sinnvoll, ein Kind ohne Vater aufwachsen zu lassen, wenn die Eltern sich liebten.

Ich werde langsam ein Weichei, hatte er sich gesagt, als er sich an diesem Morgen rasierte. Aber irgendwie kam seine übliche Machohaltung auch nicht mehr an. Gemma schien das genauso zu empfinden – sonst wäre sie ja wohl kaum nach Manchester gekommen, um ihm die Neuigkeit zu erzählen –, also schien es unter diesen Umständen auch nicht unvernünftig von ihr, ihn mit einem Ultimatum zu konfrontieren.

Wenn er sie jedoch heiratete, würde er zusehen müssen, daß er mit *Marlowe's* Geld verdiente. Gemma hatte recht – bisher hatte er nur gespielt, Detektiv zu sein, und sich damit einen Kindheitstraum erfüllt. Wenn er aber bald Frau und Kind ernähren mußte, dann sollte er sich jetzt besser daranmachen und Joanne Davies finden, damit er sein Honorar bekam.

Frau und Kind. Entschlossen ignorierte er den Schauer, der ihm dabei über den Rücken lief, zog sein Notizbuch hervor und begann, sich Notizen zu machen.

Was wußte er bis jetzt? Er wußte, daß Joanne ihre Mutter in Stockport besucht hatte, bevor sie nach Manchester ging, und dann noch einmal, nachdem sie schon angefangen hatte, im *Limelight* zu arbeiten. Aber er wußte immer noch nicht, warum sie so heimlich und Hals über Kopf aus ihrem Elternhaus verschwunden war. Und er wußte auch nicht, wie lange sie in dem Nachtclub gearbeitet hatte – oder ob sie vielleicht noch dort war.

Angela und die Nacht, die er mit ihr und ihrer Freundin Natalie verbracht hatte, fiel ihm ein. Sofort reagierte sein Körper, und er runzelte die Stirn. War er so schwach, daß er nicht einmal an eine Frau denken konnte, ohne daß ihm dabei gleich Sex einfiel? Es war schlimm genug, daß es hinsichtlich seiner Nachforschungen vergeudete Zeit gewesen war, da Angela ihn, kaum daß er in den Club gekommen war, mit Beschlag belegt hatte. Und er hatte bisher nichts anderes erreicht, als daß die örtliche Gangstermafia auf ihn aufmerksam geworden war.

Ganz oben auf seine Seite im Notizbuch schrieb er:

1. CHARLIE EVANS

Wenn er auch nur einen Funken Verstand hätte, wäre es ihm gelungen, Einblick in die Personalbücher des Clubs zu bekommen. Statt dessen hatte er mit der Freundin des Nachtclubbesitzers geschlafen und dessen Aufmerksamkeit auf sich gezogen, wo doch ein guter Detektiv immer inkognito bleiben sollte. Unbewußt griff er sich an die Seite. Seine Rippen schmerzten immer noch von der Lektion, die ihm Charlie Evans' Leute verpaßt hatten. Der Mann hatte ihn jetzt auf dem Kieker, er würde sich kaum auf ein paar harmlose Fragen einlassen.

2. *Limelight* – Angela. Gäste. Andere Angestellte.

3. Michael und Vanessa Davies.

Er mußte mehr über Michaels Selbstmord herausfinden. Melissa hatte angedeutet, daß sie bereit war, darüber zu reden, aber er hatte keine Lust, jetzt schon wieder nach Hause zu fahren. Nein, Vanessa war wahrscheinlich die bessere Alternative – sie wohnte ganz in der Nähe, und sie wußte offensichtlich mehr, als sie ihm gesagt hatte.

Als er an sein letztes Gespräch mit Joannes Mutter dachte, verlor Rick allerdings den Mut. Offenbar stand sie unter Drogen, und er wußte aus Erfahrung, daß solche Leute selten verläßliche Quellen waren. Aber irgend etwas mußte er unternehmen,

Zum Schluß schrieb er noch auf:

4. Natalie

Nachdenklich unterstrich er den Namen von Angelas Freundin. Er erschauerte, als er daran dachte, wie wissend sie ihn angesehen hatte, aber dieses Mal hatte die Reaktion nichts mit sexueller Erregung zu tun. Charlie Evans war gerade aus ihrem Zimmer gekommen; sie wußte doch wahrscheinlich eine ganze Menge über ihn? Ja, Natalie war bestimmt eine gute Informationsquelle, er sollte mit ihr reden. Und dieses Mal meinte er auch »reden«. Er mußte einen Zeitpunkt wählen, zu dem sie ihm nicht nackt gegenübertreten würde – oder mit Charlie Evans in ihrem Bett!

Rick las seine Notizen noch einmal durch und kam zu dem Schluß, daß das *Limelight* auf jeden Fall der Angelpunkt seiner Nachforschungen blieb, auch wenn er sich dort unglücklich eingeführt hatte.

Er trug Joannes Tagebuch bei sich und holte es jetzt heraus. Obwohl er bereits jedes Wort gelesen hatte, blätterte er es noch einmal durch und las einzelne Passagen in der ordentlichen Handschrift des Mädchens, das er zwar nie kennengelernt hatte, aber mittlerweile ganz gut zu kennen glaubte.

Abgesehen von den Sexszenen, die ihm anfangs so sehr zu schaffen gemacht hatten, bestand das Tagebuch aus Eintragungen über Joannes alltägliches Leben. In der Hauptsache handelte es von Examensarbeiten, Kleidern und Musik ... aber nicht von Freunden.

Rick runzelte die Stirn. Die meisten siebzehnjährigen Mädchen schrieben doch bestimmt über Freunde in ihrem Tagebuch? Oder zumindest über Jungen, die sie anhimmelten ... Aber das hier war schließlich kein gewöhnlicher Teenager, rief er sich ins Gedächtnis. Dieses Mädchen war in eine schwere, sadomasochistische Beziehung zu einem namenlosen Geliebten verwickelt, jemand, der so große emotionale Macht über sie hatte, daß sie sich gezwungen sah, vor ihm davonzulaufen.

Warum hatte sie die Sache nicht einfach beendet? Wäre es nicht zu einem natürlichen Bruch gekommen, wenn sie auf die Universität gegangen wäre? Nachdenklich steckte Rick das Tagebuch wieder in die Tasche.

Heute abend würde er noch einmal ins *Limelight* gehen und das tun, was er schon beim erstenmal hätte tun sollen – er würde das Personal befragen. Bis dahin hatte er noch einen langen Tag vor sich, also war es das Naheliegendste, erneut zu Joannes Mutter zu fahren.

Aber zuerst wollte er noch bei Natalie vorbeischauen – zehn Uhr morgens war doch eine angemessene Zeit, und sie war bestimmt schon aufgestanden und angezogen. Nach dem Telefonat mit Melissa fühlte er sich sexuell ausgelaugt, vor allem da er es nach dem anstrengenden Gespräch mit Gemma und nach der Nacht mit den beiden Frauen geführt hatte. Er würde bestimmt jeder Versuchung widerstehen können, auch wenn Natalie sich ihm auf dem Silbertablett präsentieren sollte.

»Ich werde es verdammt noch mal müssen!« murmelte er, was ihm einen erstaunten Blick von einem Rentner eintrug, der gerade die Enten fütterte.

Da er die Stadt nicht kannte, dauerte es länger als ihm lieb war, bis er das Haus wiederfand, in dem Angela und Natalie wohnten. Es gab keine Namen auf den Klingelschildern, also wählte er einfach einen nach dem Zufallsprinzip aus.

»Ja?«

Er hatte die richtige Wahl getroffen.

»Natalie? Ich bin's, Rick. Wir haben uns gestern nacht kennengelernt ...«

»Rick? Oh, hallo! Komm rauf.«

Sie öffnete die Tür, als er gerade davorstand. Heute trug sie enggeschnittene, vanillefarbene Jerseyhosen und ein winziges braunes Top, das an ihren Brüsten klebte und ihren glatten, gebräunten Bauch freiließ. Und sah hinreißend darin aus. Ihr langes, glattes Haar wirkte im Tageslicht heller und umrahmte ihr hübsches Gesicht. Ihre vollen Lippen kräuselten sich in einem Lächeln, das die Beine jedes Mannes augenblicklich weich werden ließ und seinen Schwanz in Stahl verwandelte.

»Rick! Wie nett – ich habe gerade eine Flasche Champagner aufgemacht.«

Champagner – um halb zwölf vormittags? War diese Frau verrückt.

»Das ist, ähm ... toll«, sagte er und folgte ihr durch einen luxuriös eingerichteten Wohnraum, »aber ich hätte lieber einen Kaffee.«

»Kaffee?« Sie schenkte ihm einen Blick, als hätte sie noch nie von diesem profanen Getränk gehört. Dann lächelte sie. »Okay, ich kann dir einen Kaffee machen. Aber du hast doch hoffentlich nichts dagegen, wenn ich einen Schluck Champagner trinke, oder? Jetzt ist die Flasche schon mal geöffnet, und er verliert sonst sein Prickeln – das wäre doch Verschwendung, meinst du nicht?«

Rick grinste. Zum Teufel, »Na gut, du hast mich überredet. Ich trinke auch Champagner.«

Natalie lächelte ihn an, als sei seine Kapitulation ihr persönlicher Sieg. Sie füllte zwei Champagnerflöten und reichte ihm eine. Dabei streiften ihre Finger seine Hand, und kleine Schauer der Erregung rannen über seinen Rücken. Rick zuckte zurück, als sei er gestochen worden, was ihm einen fragenden, amüsierten Blick eintrug, als er sich auf dem rosafarbenen Ledersofa niederließ.

»So, welchem Umstand verdanke ich das Vergnügen?« schnurrte Natalie, als sie sich neben ihn setzte.

Rick räusperte sich. Er mußte einen klaren Kopf behalten, obwohl ihre Nähe ihm den Verstand raubte. Sie verwendete ein wunderbares Parfüm, blumig mit einer schwachen Moschusnote. Ihre Augen glichen zwei tiefen Seen, und er wäre am liebsten darin versunken. Sie sah ihn an, und ihre weichen Lippen zitterten leicht, als sein Blick zu ihrem Mund wanderte.

Entschlossen wandte er die Augen ab und versuchte, zum Geschäft zu kommen. »Charlie Evans schien etwas dagegen zu haben, daß ich dich kennengelernt habe«, sagte er betont lässig.

Natalie sah ihn mitleidig an und streichelte mit den Augen die blauen Flecke an seinem Kinn. »War das Charlie?« fragte sie.

Sie klang vollkommen schockiert, aber Rick war sich ganz sicher, daß ein gewisser Stolz in ihrer Stimme mitschwang, als ob sie enttäuscht gewesen wäre, wenn ihr Partner nicht so eifersüchtig reagiert hätte.

»Nicht persönlich, nein ...«

»Wahrscheinlich Buzz und John. Oh, mein Lieber!«

Und bevor ihm ihre Absicht klar wurde, beugte sie sich vor und küßte ihn auf den Mundwinkel. »Armer Rick«, murmelte sie.

»Du hättest mich ja warnen können«, protestierte er. Schließlich hatte sie gewußt, daß er zu Schaden kommen konnte, nachdem er mit ihr zusammen gewesen war.

Sie zuckte nur mit den Schultern. »Wärst du dann nach Hause gelaufen?«

Er überlegte einen Moment lang, dann grinste er. »Wahrscheinlich nicht ...«

»Na also. Charlie ist leider sehr eifersüchtig.«

»Hat er deshalb seine Initialen bei euch eintätowieren lassen?« fragte Rick.

Natalie fixierte ihn mit eisigem Blick. »Ich wollte tätowiert werden«, informierte sie ihn. »Niemand hat mich dazu gezwungen, wenn du das meinst.«

»Nein, natürlich nicht. Ich finde es nur faszinierend, das ist alles. Zwei schöne Frauen, wie Angela und du ...« Er schwieg, weil er nicht mehr wußte, was er sagen sollte.

Dafür schien Natalie es zu wissen. »Unser ... *Arrangement* mit Charlie gefällt Angela und mir sehr gut«, sagte sie. »Allerdings – es war ungezogen von Angela, dich nicht zu warnen, daß unsere gemeinsame Nacht ihren Preis hatte. Aber jetzt kennst du ja die Risiken. Vielleicht willst du uns trotzdem noch einmal besuchen? Schließlich kann ein großer, starker Junge wie du selbst auf sich aufpassen, oder nicht?« Sie lächelte ihn an, und Rick spürte, wie seine Entschlußkraft zu bröckeln begann.

»Vielleicht. Ich werde allerdings nicht mehr allzu lange in der Stadt sein.«

»Oh ... Bist du geschäftlich hier?«

»Ja.«

Rick biß die Zähne zusammen, als sie näher an ihn heranrückte und ihm leicht mit der Hand über den Oberschenkel fuhr. Sein Schwanz regte sich sofort, und sie drückte auf die Beule in seiner Hose.

»Was machst du?« fragte sie, und so, wie sie ihn dabei ansah, als sei er der einzige Mann auf der Welt, hatte er das Gefühl, es interessiere sie wirklich.

»Ich bin Privatdetektiv.«

Sah er da Vorsicht in ihren Augen aufblitzen? Er war

sich nicht sicher, er merkte nur, daß seine Antwort sie überrascht hatte.

»Wirklich? Arbeitest du hier in Manchester an einem Fall?«

Er nickte und versuchte, sich wieder unter Kontrolle zu bringen. Schließlich war das die ideale Gelegenheit, um sie nach dem *Limelight* zu fragen.

»Ein Mord?« erkundigte sie sich eifrig.

Er lachte. »Nein. Eine vermißte Person.«

»Oh?«

Natalie hörte auf, ihn zu streicheln, und füllte sein Glas erneut mit Champagner. Er hatte gar nicht gemerkt, daß er das erste bereits ausgetrunken hatte. Er würde sich beherrschen müssen, sonst verlor er noch einen Tag.

»Ja. Deshalb bin ich auch ins *Limelight* gekommen. Bis dorthin habe ich die Spur des Mädchens, das ich suche, verfolgt, aber weiter bin ich noch nicht gekommen.«

»Ein Mädchen wird also vermißt?«

Sie sah ihn jetzt aufmerksam an. Er bemerkte, daß sie die beiläufige Untersuchung seines Hoseninhalts nicht wieder aufgenommen hatte; wahrscheinlich sollte er dankbar dafür sein. Ihre Nähe war gefährlich, und wenn sie brav am anderen Ende des Sofas saß, konnte er zumindest klar denken.

»Ja. Sie hatte wahrscheinlich einen Job im *Limelight*, als sie nach Manchester kam. Ich hatte gehofft, daß sich jemand an sie erinnert oder weiß, wo sie jetzt ist.«

»Ich kenne die meisten Mädchen im Club. Wie heißt sie?«

»Joanne. Joanne Davies.«

Nachdenklich sah sie ihn einen Moment lang an, dann schüttelte sie den Kopf, wobei ihre Haare wie ein seidiger Wasserfall um ihre Schultern schwangen. »Ich kann mich nicht erinnern. Hast du ein Foto von ihr?«

»Nein – es wäre viel einfacher, wenn ich eins hätte, schließlich könnte sie ihren Namen geändert haben.«

»Wer hat dich engagiert, nach ihr zu suchen?« fragte Natalie neugierig.

»Das darf ich dir leider nicht sagen.«

»Was hat sie denn gemacht?«

Rick schüttelte den Kopf.

»Nichts – soweit ich weiß, hat sie nichts gemacht. Es ist einer dieser Fälle, wo ich ihr ein paar Informationen zu ihrem Vorteil geben könnte, wie man so sagt. Wenn du dich also an jemanden namens Joanne erinnerst, wäre sie dir bestimmt dankbar. Ich gebe dir die Adresse meines Hotels und meine Handynummer, damit du mich anrufen kannst.«

Natalie sah ihm zu, wie er eine Seite aus seinem Notizbuch riß und ihr alles aufschrieb.

»Wie lange wird sie schon vermißt?« fragte sie.

»Seit zwei Jahren. Sie müßte jetzt zwanzig sein.« Er reichte ihr den Zettel.

»Hast du sonst noch jemanden nach ihr gefragt? Angela?«

»Nein, noch nicht. Angela hat ... hat mich abgelenkt, als ich sie kennengelernt habe.«

Natalie lächelte schwach. »Ja, Angela hat eine solche Wirkung auf andere Leute. Nun, es war nett, dich zu sehen, Rick«, sagte sie. Dann stand sie auf und nahm ihm sein halbvolles Glas weg. »Aber jetzt will ich dich nicht von deinen Nachforschungen abhalten.«

Rick erhob sich ebenfalls. Offensichtlich war er entlassen, und ihr abruptes Verhalten verwirrte ihn.

»Natürlich. Danke für den Champagner, Natalie.«

Er küßte sie auf die Wange. Sie war kühl und glatt, und die Haut war makellos, sogar ohne Make-up. Halb erwartete er, sie würde das Gesicht drehen und ihn auf den Mund küssen, aber das tat sie nicht, und der Blick, mit dem sie ihn ansah, war seltsam ausdruckslos. Beinahe frostig. Verstört über ihre Kühle nach dem überschwenglichen Empfang verabschiedete er sich.

Vielleicht hatte seine Enthüllung, daß er Privatdetektiv war, ihr die Laune verdorben. Manchmal hatte sein Beruf diese Wirkung auf andere Leute. Wenn er zugab, Privatdetektiv zu sein, war das oft so, als sagte er, er sei Finanzbeamter oder Versicherungsangestellter.

Er blickte zu ihrem Fenster hoch und sah, wie der Vorhang sich bewegte, als ob sie ihm nachgeschaut hätte. Verblüfft runzelte er die Stirn. Seltsames Mädchen. Ob sie ihn wohl nie wiedersehen wollte? Hoffentlich nicht.

Aber jetzt konnte er sich keine Gedanken mehr über Natalies Verhalten machen – er mußte an seinem Fall arbeiten, und als nächstes mußte er nach Stockport.

Während er zum Bahnhof fuhr, dachte Rick, daß er einen entscheidenden Schritt weitergekommen war – und wenn es nur der gewesen wäre, seine Gedanken zu ordnen. Vielleicht hatte er bis heute abend weitere Teile des Puzzles zusammengesetzt und war von der Lösung des Falls nicht mehr allzuweit entfernt.

Wie beim erstenmal wurde auch heute die Tür wieder von Vanessas Hausgenossen Jeff geöffnet. Der Mann musterte ihn finster unter buschigen Augenbrauen. »Was, zum Teufel, wollen Sie?«

»Dasselbe wie beim letztenmal, Jeff«, erwiderte Rick freundlich. »Mit Vanessa reden.«

»Hauen Sie ab.«

»Warten Sie.« Gerade noch rechtzeitig schob Rick seinen Fuß in die Tür, bevor Jeff sie ihm vor der Nase zuknallte. »Ist Vanessa da?«

Jeff sah ihn so giftig an, daß Ricks Nackenhaare sich sträubten.

»Sie ist nicht da«, erwiderte Jeff mürrisch, als er merkte, daß Rick den Fuß erst wieder aus der Tür nehmen würde, wenn er eine Antwort bekam.

»Wann kommt sie denn wieder?«

Jetzt blitzte ihm echte Bösartigkeit entgegen. »Sie kommt nicht mehr zurück.«

Rick starrte ihn an. Er gab sowieso schon viel zu wenig Spuren in diesem Fall, und jetzt sollte er diese hier auch noch verlieren? Hoffentlich nicht. »Okay, Jeff – spucken Sie's aus. Was ist los?«

Der Mann zuckte mit seinen massigen Schultern. »Vielleicht können Sie's mir erzählen. Nachdem Sie hier waren, ist sie abgehauen.«

»Abgehauen? Wie meinen Sie das?«

»Einen Tag nach Ihrem Besuch hat sie ihre Koffer gepackt und ist gegangen. Ich habe sie seitdem nicht mehr gesehen. Und jetzt frage ich mich, was Sie zu ihr gesagt haben, daß sie das getan hat.«

»Wohin ist sie gegangen? Hat sie irgendwas gesagt? Überhaupt irgend etwas?«

»Irgendwas darüber, daß sie Joanne besuchen will. Und jetzt nehmen Sie ihren Fuß aus meiner Tür, oder ich breche Ihnen die Zehen.«

Rick zog gerade noch rechtzeitig seinen Fuß zurück, bevor Jeff die Tür mit Vehemenz zuknallte.

Er hatte also recht gehabt – Vanessa wußte mehr, als sie ihm bei ihrer ersten Begegnung gesagt hatte. Sie wußte, wo Joanne war, und sie war nach Manchester gefahren, um sie zu suchen. Wahrscheinlich waren die beiden jetzt zusammen, während er sich in Stockport herumtrieb.

Wild fluchend drehte Rick sich auf dem Absatz um und ging wieder zum Bahnhof.

16

Natalie – 1995

Es dauerte ein paar Wochen, bevor Natalie klar wurde, was es für sie hieß, zu Charlies kleinem Harem zu gehören. Das erste, womit sie konfrontiert wurde, war das Tattoo.

»Tut es weh?« fragte sie Nina.

»Nur ein bißchen«, beruhigte die andere Frau sie. Aber als sie Natalies Gesichtsausdruck sah, nahm sie sie tröstend in die Arme. »Es ist ein Zeichen deiner Bindung an Charlie und Angela«, erklärte sie. »Du weißt doch, daß ich bald nicht mehr hier sein werde.«

Natalie wußte, daß Ninas Abreise in ihr Heimatland Peru bevorstand, und der Gedanke machte sie traurig. Da Nina das aufgefallen war, hatte sie Natalies Freundschaft zu Angela gefördert, damit die beiden einander unterstützen konnten, wenn sie nicht mehr da war.

»Wirst du uns nicht vermissen?« fragte Natalie jetzt.

Nina lachte leise. »Natürlich werde ich euch vermissen, Liebes. Aber mein Visum läuft bald ab, und ich muß mich in Lima um meine Angelegenheiten kümmern.«

»Könnte es sein, daß du jemals zurückkommst?«

Sehnsüchtig sah sie die andere Frau einen Moment lang an. »Ich glaube nicht«, erwiderte sie schließlich. »Aber ich möchte nicht, daß du traurig bist. Wir haben doch schließlich schöne Erinnerungen aneinander, nicht wahr?«

Natalie nickte getröstet, sie wußte jetzt, daß sie für die kleine dunkelhaarige Peruanerin mehr als nur eine kleine Affäre gewesen war.

Angela trat ins Zimmer, ein breites Lächeln auf dem Gesicht. »Bereit?« fragte sie.

»Bereit wie immer«, erwiderte Natalie. Dann holte sie tief Luft und ging mit den beiden Frauen, um sich Charlies Zeichen eintätowieren zu lassen.

Nachdem Angela und Natalie Nina zum Flughafen gebracht hatten, gingen sie zurück in die Privaträume des Clubs, wo sie beide wohnten. Sie waren sehr niedergeschlagen.

»Kanntest du Nina schon lange?« fragte Natalie ihre Freundin, als sie die Treppe hochstiegen.

Angela zuckte mit den Schultern. »Schon eine ganze Weile. Sie hat mir Charlie vorgestellt.«

»Wie mir auch.«

Angela schenkte ihr einen seltsamen Blick, den sie nicht deuten konnte. »Wahrscheinlich«, sagte sie.

Natalie wollte gerade weiterfragen, als sie die Wohnung betraten, aber zu ihrer Überraschung wartete Charlie im Wohnzimmer auf sie. Er hatte sich die Krawatte gelöst und saß entspannt da; vor ihm in einem Eiskübel stand eine Flasche Champagner. Noch nie zuvor hatte sie Charlie so gesehen. Ihr Herz machte einen Satz.

»Charlie!« Angela erholte sich als erste von der Überraschung, ihn zu sehen. Sie ließ ihre Tasche fallen, rannte zu ihm, kniete sich vor ihm hin und ließ ihren Kopf auf seinen Schoß sinken. Natalie, die noch nicht so vertraut mit ihm war, blieb verlegen auf der Türschwelle stehen, ein unsicheres Lächeln auf den Lippen.

»Natalie?« sagte er und streckte ihr die Hand entgegen.

Nervös lächelnd trat Natalie auf ihn zu und ergriff seine Hand. Sie war kühl und trocken, als ob sie blutleer wäre. Wie es wohl sein mochte, wenn diese Hände über ihre nackte Haut strichen? Der Gedanke brachte sie zum Erschauern. Charlie hob fragend die Augenbrauen. Einen Moment lang dachte Natalie, er würde irgend etwas über ihr offensichtliches Unbehagen sagen, und sie war unendlich erleichtert, als er sie statt dessen nur bat, den Champagner zu öffnen.

»Wir wollen unsere Gläser auf die reizende Nina erheben«, sagte er. Als beide Mädchen neben ihm auf dem Sofa saßen und ebenfalls ihre Gläser in den Händen hielten, fuhr er fort: »Wir werden sie sehr vermissen. Auf Nina, mein reizendes Mädchen.«

Natalie traten Tränen in die Augen bei dem Gedanken, Nina niemals wiederzusehen, und sie stürzte ihren Champagner hinunter, um das Schluchzen zu ersticken, das ihr in der Kehle saß. Charlie bemerkte ihren Kummer. Er legte ihr den Arm um die Schultern und zog sie eng an sich, so daß ihre Wange an seiner Brust ruhte.

Es war eine so zärtliche Geste, fast väterlich, und einen Moment lang mußte sie an Michael denken … Aber sie wollte nicht an ihn denken, an gar nichts, was mit der Vergangenheit zu tun hatte, als sie noch Joanne gewesen war. Das lag alles so lange zurück, dieses andere Leben … Ihr kam es vor, als sei sie neu geboren worden, als sie sich eine neue Identität gegeben hatte.

Sie schloß die Augen und entspannte sich in der tröstenden Umarmung. In diesem Moment fühlte sie sich so sicher, so *geliebt* – und sie wußte genau, daß sie die richtige Entscheidung getroffen hatte.

Nach einer Weile beugte Charlie sich vor, um ihre Gläser erneut zu füllen. Er wartete, bis bei beiden Mädchen der Champagner seine Wirkung tat, bevor er die Bombe platzen ließ.

»Wir werden sie alle vermissen«, wiederholte er, »also reden wir besser nicht mehr über Nina.«

Natalie blickte überrascht auf. Wie meinte er das?

»Aber Charlie …«, begann Angela, doch er brachte sie mit einer Handbewegung zum Schweigen.

»Ich will nichts mehr hören. Wir haben sie geliebt,

und sie hat uns geliebt. Sie hat uns so sehr geliebt, daß sie uns alle zusammengebracht hat, so daß wir eine Familie sein können. Eine kleine, glückliche Familie.« Charlie strahlte sie beide an. »Und jetzt habe ich eine Mega-Überraschung für euch beide. Holt eure Jacken – wir gehen aus.«

Natalie und Angela warfen sich fragende Blicke zu, aber sie taten, was er sagte. Der Bentley wartete vor dem Haus, und schweigend fuhren sie durch Manchester zu einem Bereich in der Innenstadt, der erst kürzlich saniert worden war. Es waren hübsche Häuser gebaut worden mit Portiers vor den Türen und ausgefeilten Sicherheitsanlagen. Als sie vor einem der neuen Gebäude anhielten, sahen sich die beiden Mädchen überrascht an.

Charlie schien seinen Spaß zu haben, sagte aber nichts, als sie aus dem Wagen ausstiegen. Er hakte sie beide unter und ging mit ihnen zur Tür. Wie durch Zauberei erschien der Portier, der Charlie natürlich erkannte und mit einer Verbeugung die Tür öffnete. Charlie hatte oft diese Wirkung auf andere Leute, und Angela und Natalie tauschten einen amüsierten Blick aus.

»Mr. Evans – schön, Sie wieder zu sehen, Sir. Meine Damen – hier entlang bitte.«

Diensteifrig führte er sie zum Lift und drückte auf den Knopf. Als sich die Türen schlossen, stand er immer noch beflissen lächelnd da, und Natalie mußte ein Kichern unterdrücken.

»Guter Mann«, kommentierte Charlie lakonisch, was Angela noch mehr zum Lachen brachte.

»Schade, daß zu seiner Uniform keine Mütze gehört, dann hätte er sie ziehen können«, sagte Angela.

»Hm. Ich rede mit der Verwaltung, mal sehen, was wir machen können«, sagte Charlie, als sei es ihm ganz ernst.

Angela und Natalie lachten immer noch, als der Aufzug im obersten Stockwerk hielt. Sie traten in einen kleinen, mit Teppich ausgelegten Flur. Gegenüber der zweiten Tür war ein riesiges, üppig dekoriertes Panoramafenster angebracht, von dem aus man einen fantastischen Blick über die Stadt hatte. Beide Frauen liefen sofort dorthin.

»Wow – ist das nicht toll?« rief Natalie.

»Ja – wer wohnt hier, Charlie?«

Charlie, der sie nachsichtig lächelnd beobachtet hatte, holte zwei Schlüssel aus der Tasche. »Ihr«, sagte er.

Natalie und Angela starrten verständnislos auf die Schlüssel.

Charlie schmunzelte. »Ich habe mir gedacht, du könntest hier wohnen, Natalie«, sagte er und schloß die Tür am Ende des Korridors auf, »und du, Angela, könntest diese Wohnung nehmen.«

Er öffnete auch die zweite Tür und drehte sich dann zu ihnen um. »Nun?«

Natalie nahm den Schlüssel zu ihrer Wohnung entgegen und ging, mit einem ungläubigen Blick auf Angela, hinein.

»Ich bin gleich bei dir!« rief Charlie hinter ihr her und folgte Angela in ihre Wohnung.

Natalie konnte es gar nicht fassen. Charlie schenkte ihr diese Wohnung? So etwas passierte doch sonst nur im Märchen! Aber hier waren die Schlüssel, fest und kalt lagen sie in ihrer Hand.

Durch die Eingangstür gelangte man in einen kleinen Flur. Gegenüber war ein großer Schrank, also wandte sich Natalie zuerst einmal nach links. Das Schlafzimmer war groß, mit einem angeschlossenen luxuriösen Badezimmer. Natalie starrte auf die goldenen Armaturen, die vor den strahlend weißen Fliesen funkelten, und blinzelte verwirrt. Sogar der Teppich war weiß, der Flor lang und weich wie Pelz.

Mitten im Schlafzimmer stand ein großes Doppelbett mit weißgestrichenem eisernem Kopf- und Fußteil. Sie fuhr mit den Fingern über das Muster am Fußende und fragte sich, wo wohl die Kameras installiert waren. Daß Kameras da waren, daran hatte sie keinen Zweifel – es waren immer Kameras da, die sie beobachteten und jede ihrer Bewegungen aufzeichneten. Sie waren ein Teil ihres Lebens geworden, und sie dachte kaum noch darüber nach. Schließlich *beobachteten* sie nur; sie hatte nie das Gefühl, nicht sagen zu können, was sie wollte. Belauscht zu werden, kam ihr schlimmer vor, irgendwie wäre das ein größerer Eingriff in ihre Privatsphäre gewesen, und sie wußte nicht, ob sie das hätte tolerieren können.

An der Decke über dem Bett war ein großer, rechteckiger Spiegel angebracht, und an jeder seiner Ecken befand sich ein elektronisches Auge. Sie lächelte. Es war schon seltsam, wie sehr sie sich daran gewöhnt hatte, beobachtet zu werden, und mittlerweile fühlte sie sich sogar sicherer durch die Überwachung.

Sie verdrängte die Gedanken, wie sie es mit allem machte, was ihr Leben in Frage stellte. Sie wollte nichts verderben, jetzt, wo sie so glücklich war. Wenn nur diese Gedanken nicht immer von selbst an die Oberfläche kommen würden …

Wieder im Flur trat sie durch eine weitere Tür. Das Wohnzimmer war hell und luftig, mit deckenhohen Fenstern an einer Seite, die auf einen Balkon führten. Weiße Musselinvorhänge bauschten sich im Wind, der durch die offenen Türen drang und ihr über das Gesicht strich, als sie hinausging, um die Aussicht zu genießen.

Direkt unter ihr floß der Fluß, und so wie es aussah, hatten die Stadtplaner sogar dafür gesorgt, daß er zumindest hier sauberer war. Eine Entenfamilie schwamm vorbei, und am gegenüberliegenden Ufer ging ein Pärchen Arm in Arm spazieren.

Sie ging wieder hinein und wanderte durch die offene Küche und das Eßzimmer. Hier konnte sie sogar *ko-*

chen, wenn sie Lust dazu hatte! Bei dem Gedanken daran mußte sie lächeln – seitdem sie mit Angela in der Privatwohnung über dem Club wohnte, hatte sie keinen Handstreich mehr tun müssen; es wurde für alles gesorgt, sie mußte kaum an die Erfordernisse des täglichen Lebens denken.

»Na, was hältst du davon?«

Sie drehte sich um, als sie Charlies Stimme hörte. »Darf ich hier wirklich wohnen?«

»Mehr als das, Prinzessin – es gehört dir. Es ist deine Versicherung – deine und Angelas. Wenn man sich sicher fühlt, ist man glücklich. Und ich habe es gerne, wenn meine Frauen glücklich sind.«

Natalie trat zu ihm und küßte ihn auf die Wange. Es war das erstemal, daß sie ihn spontan berührte, und sie wurde verlegen, aber ihr fiel nichts anderes ein, womit sie ihm ihre Dankbarkeit hätte beweisen können. Auch Charlie schien sich bei der Geste unbehaglich zu fühlen und trat rasch auf den Balkon hinaus.

»Du solltest dir Tisch und Stühle und vielleicht noch eine Liege zum Sonnen hier draußen hinstellen«, sagte er. »Gib soviel Geld aus, wie du brauchst, hol dir Dekorateure und richte die Wohnung so ein, wie du es gerne hättest. Sie gehört dir, und du kannst damit machen, was du willst. Nimm das hier.«

Er reichte ihr eine Kreditkarte, auf der ihr Name stand. Natalie starrte sie sprachlos an.

»Du bekommst jeden Monat einen bestimmten Betrag auf dein Konto – mehr als genug, damit du deine Ausgaben bestreiten kannst.«

»Oh, Charlie … Ich … *Danke*«, sagte sie.

Er zuckte nur mit den Schultern, obwohl Natalie merkte, daß ihm ihre Reaktion gefiel. Jeden Tag erfuhr sie mehr über den Mann, der ihr erwählter Herr und Meister war.

»Die Wohnung ist bezahlt«, sagte er, »und alle laufenden Kosten werden beglichen, ohne daß du damit behelligt wirst. Ich gehe jetzt, damit ihr beiden euch gründlich umschauen könnt. In ungefähr einer Stunde schicke ich den Fahrer. Viel Spaß!«

Er grinste sie vergnügt an, was selten vorkam, und war verschwunden, bevor sie ihm noch einmal danken konnte.

»Kannst du das glauben?« Angela erschien auf dem Balkon und legte den Arm um Natalie. »Die Wohnung nebenan sieht genauso aus, nur seitenverkehrt. Hat er dir auch eine Kreditkarte gegeben? Na, wir werden schon Gebrauch davon machen!« Sie lachte sorglos. Natalie überlegte, warum eigentlich es ihr unangenehm war, das Geschenk so uneingeschränkt anzunehmen.

»Was will er wohl als Gegenleistung dafür haben?« fragte sie leise.

Angela zuckte mit den Schultern. »Was spielt das schon für eine Rolle? Das hier ist alles wert, oder nicht?«

»Vielleicht. Ich ... ich möchte es einfach nur wissen.«

Der Blick, den Angela ihr zuwarf, ließ sie erschauern, und zwar nicht angenehm. Doch als sie Natalies Gesichtsausdruck sah, lächelte Angela. »Schau nicht so grimmig, Liebling – was auch immer Charlie von uns will, wir werden es bezahlen können. Nina hat uns sorgfältig ausgesucht. Glaubst du nicht, daß ich recht habe?«

»Wahrscheinlich«, erwiderte Natalie, aber sie wurde dennoch den nagenden leisen Zweifel nicht los, der ihre Freude an Charlies Großzügigkeit trübte.

Vielleicht lag es auch an der Größe des Geschenks. Schließlich, jemandem so einfach eine Wohnung zu kaufen ...

»Charlie schwimmt in Geld, Liebling. Er kann sich das leisten. Wir müssen ihn nur bei Laune halten, und dann gehört uns all das hier auf immer und ewig. Du nimmst es doch an, Natalie, oder?«

Angela riß ihre blauen Augen auf, als zöge sie zum erstenmal die Möglichkeit in Betracht, daß Natalie den Preis für das Geschenk zu hoch finden könnte. »Ich brauche dich, Natalie. Alleine schaffe ich es nicht.«

Natalie schüttelte den Kopf. »Natürlich helfe ich dir, Schätzchen. Hör mir einfach nicht zu, ich rede Unsinn. Ich würde dich nie allein lassen, das weißt du doch.«

Sie blickten einander tief in die Augen und merkten beide, daß sich die Stille auf einmal spürbar elektrisch aufgeladen hatte.

Es hatte nicht lange gedauert, bis aus der ersten Anziehung zwischen ihnen etwas viel Stärkeres und Dauerhafteres geworden war. Natalie war klar, daß Nina das von vorneherein beabsichtigt hatte; als ob sie immer schon gewußt hätte, daß sie nicht bleiben konnte, hatte sie Natalie eine andere Frau zugedacht, die ihre Zuneigung erwiderte.

Natalie war froh darüber, daß Charlie ihre neuentdeckte Bisexualität gefiel. Obwohl sie beide unzweifelhaft seine Frauen waren, hatte er offenbar nichts dagegen, daß sie auch untereinander eine Liebesbeziehung eingegangen waren. Er ermutigte sie sogar dazu, und Natalie war ihm dankbar dafür, daß er ihnen nebeneinanderliegende Wohnungen gekauft hatte.

Jetzt versanken sie in einer Umarmung, die eher liebevoll als lustvoll war, mehr wie Schwestern denn wie ein Liebespaar. Sie waren gleich groß und hatten die gleiche Frisur, nur waren Angelas Haare rot und die von Natalie goldblond. Als sie das Gesicht ihrer Freundin betrachtete, dachte sie, wie ähnlich sie sich doch waren – Charlie bevorzugte offensichtlich immer den gleichen Typ Frauen.

»Ich zeige dir meine, wenn du mir deine zeigst«, sagte Angela.

Bereitwillig machte Natalie mit ihr eine Wohnungsführung.

»Glaubst du, Charlie hat es ernst gemeint, als er gesagt hat, wir könnten sie so einrichten, wie wir wollen?« fragte sie, als sie in Angelas Wohnung gingen.

Angela grinste sie an. »Charlie meint immer, was er sagt. Komm – wir planen schon mal ein bißchen, bevor uns der Wagen abholt.«

Die nächsten Wochen, in denen Angela und Natalie sich um die Einrichtung kümmerten, vergingen wie im Flug. Es war ungeheuer befriedigend, zuzusehen, wie aus zwei leeren, identischen Wohnungen nach und nach zwei ganz unterschiedliche, äußerst individuelle Zuhause wurden.

Ihr Geschmack war völlig unterschiedlich. Während Natalie ihre Wohnung mit Farbe und üppigen Polstermöbeln einrichtete, bevorzugte Angela klare Linien und Einfarbigkeit. Schwarze Ledersofas standen auf dem weißgestrichenen Holzfußboden. Der große Teppich in der Mitte des Raumes hatte ein geometrisches Muster mit einem riesigen roten Farbfeld in der Mitte. Das und die roten Kissen auf dem Boden waren die einzigen Farbkleckse im Zimmer.

Obwohl Natalie den modernen Geschmack Angelas bewunderte, mochte sie ihre Wohnung lieber. Wie Angela hatte auch sie sich ein Ledersofa angeschafft, aber ihres war rosafarben, voller spitzengesäumter Kissen und mit einem dunkelroten Chenille-Überwurf. Der Teppich zeigte ein Blumenmuster, und die in einem warmen Pinkton gestrichenen Wände hingen voller Bilder, Spiegel und Kerzenhalter.

Die Kaminumrandung bestand aus hellem Pinienholz, und auf dem Sims stand allerlei Krimskrams – kleine Porzellanfiguren, Kerzenleuchter, getrocknete Blumen, alles, was ihr ins Auge gefallen war.

Es war wundervoll, so nach Belieben eine Wohnung einrichten zu können, ohne aufs Geld achten oder jemanden um Erlaubnis bitten zu müssen. Natalie hatte alles in ihrer Wohnung ganz allein ausgesucht, und als sie eingezogen war, fühlte sie sich sehr schnell heimisch und betrachtete die Wohnung als ihr Eigentum.

Charlie stimmte offenbar allem zu, was die beiden Frauen machten, und wenn sie ihm stolz ihre Neuerwerbungen vorführten, zeigte er soviel Interesse und blickte sie mit soviel Genugtuung an, daß es beinahe onkelhaft wirkte. Die meiste Zeit, während sie einrichteten, war er allerdings geschäftlich unterwegs, so daß sie sich völlig ihren Wohnungen – und einander – widmen konnten.

»Was Charlie wohl macht, wenn wir nicht da sind?« fragte Natalie, während sie nach einem besonders befriedigenden ›Mittagsschlaf‹ in Angelas Bett lagen.

Angela zuckte mit den Schultern. »Ich weiß nicht«, erwiderte sie gleichmütig.

Es faszinierte Natalie immer wieder, wie gelassen Angela ihre Rolle in Charlies Leben akzeptierte. Sie stellte keine Forderungen, hatte anscheinend nie Launen, wirkte immer glücklich mit dem, was sie bekam, und stand Charlie stets zur Verfügung, wenn er Lust auf sie hatte. Könnte sie doch auch so sein, dachte Natalie, statt ständig nach vorne zu sehen und sich zu überlegen, was die Zukunft wohl bringen würde – dann wäre sie sicher zufriedener.

Allerdings, unglücklich war sie auch nicht gerade, dachte sie und kuschelte sich dichter an Angelas nackten, warmen Körper unter der dünnen Bettdecke.

»Wahrscheinlich managed er«, sagte Angela. »Vielleicht sieht er sich auch die Videos an.« Sie warf einen Kuß in Richtung der Kamera und lachte, als das rote Licht rhythmisch aufblinkte, ein Zeichen dafür, daß auch ihr vorhergegangenes Liebesspiel aufgezeichnet worden war.

»Angela!« Natalie kicherte.

»Was? Ich will nicht, daß er sich ausgeschlossen fühlt!«

»Ausgeschlossen wovon?«

Beide Frauen quietschten auf, als Charlie auf einmal in der Tür stand. »Charlie!« riefen sie beide gleichzeitig, dann sprang Angela aus dem Bett, umschlang ihn und bedeckte sein Gesicht mit Küssen.

»Wann bist du zurückgekommen?« fragte sie.

»Gerade eben – geh wieder ins Bett, Angela, du benimmst dich wie ein zu groß geratener Welpe!«

Das klang eher nach einer Feststellung als nach einer Zurechtweisung, und Angela gehorchte lachend.

»Und wie geht es dir, Natalie?« fragte er, wobei sein Blick über ihre geröteten Wangen und schlaftrunkenen Augen glitt.

»Danke, gut, Charlie«, erwiderte sie. Sie fühlte sich in seiner Gegenwart immer noch befangen.

»Sie ist unersättlich, Charlie!« sagte Angela, und Natalie wurde glühend rot. »Ich kann sie noch sooft zum Orgasmus bringen, sie will immer noch mehr! Ich habe sie heute schon so oft zum Höhepunkt gebracht, daß ihre Klitoris walnußgroß ist, aber ich wette, sie könnte schon wieder kommen.«

Obwohl Natalie die Bemerkungen ihrer Freundin peinlich waren, wußte sie, daß sie recht hatte – sie konnte nie genug bekommen. Charlies Augen funkelten, und er sah sie langsam von oben bis unten an. Dann schob er sich einen Stuhl ans Fußende des Bettes und stützte sich mit den Armen auf dem Fußteil ab.

»Zeig es mir«, sagte er.

Natalie zog sich der Magen zusammen, und zugleich begann es zwischen ihren Beinen zu pulsieren. Sie blickte Angela unsicher an und fragte sich, wie sie wohl am besten reagieren sollte. Angela betrachtete sie mit einem Funkeln in den Augen, das Natalie kannte und auf das sie immer reagierte. Obwohl sie sich gerade erst geliebt hatten, wurde ihr Geschlecht weich und schwoll an. Sie legte sich in die Kissen zurück und bereitete sich darauf vor, sich zu unterwerfen.

Als sie auf dem Rücken lag, zog Angela die Decke weg und enthüllte ihren nackten Körper.

»Sehr schön«, murmelte Charlie, wobei er den Blick nicht von Natalies Gesicht abwandte. Er genoß ihre Passivität. »Wirklich sehr hübsch.«

»Ich hab' sie eben mit Babyöl massiert«, sagte Angela und ließ ihre Augen besitzergreifend über Natalies Körper wandern. »Fühl nur, wie weich und zart ihre Haut jetzt ist.«

Charlie folgte der Aufforderung und fuhr mit den Fingerspitzen leicht über Natalies Schienbein bis zum Knöchel. Bei seiner Berührung keuchte sie.

»Da siehst du, wie geil sie ist, Charlie«, schnurrte Angela, und ihre verführerische, heisere Stimme hüllte Natalie ein wie ein Seidentuch.

»Zeig es mir«, flüsterte er wieder.

Angela fuhr mit der Hand langsam über Natalies Körper. Als sie ihre Brüste berührte, richteten sich die Nippel sofort auf. Natalie hielt den Atem an.

»Oooh ...«, hauchte sie, als ihre Freundin sie mit kreisenden Bewegungen leicht am Bauch kitzelte und dabei den glänzenden Löckchen ihres Schamhaars immer näher kam.

Ihre Beine zitterten, und sie kniff die Schenkel fest zusammen, da sie wußte, daß sie warten mußte. Angela bestimmte das Tempo. Charlie beobachtete sie mit einem Gesichtsausdruck, der sein Verlangen kaum verbarg, und dieses seltene Anzeichen dafür, daß er sie begehrte, erhöhte noch Natalies Lust.

Sie hätte schon immer alles dafür getan, um diesen Ausdruck auf seinem Gesicht zu sehen. Vielleicht würde er ja dieses Mal ihre Geduld belohnen ...

Angelas weiche Hände glitten jetzt über ihre Hüften. Sie streichelte das helle Vlies ihres Schamhaars, und Natalie seufzte auf vor Entzücken. Langsam, quälend langsam schob Angela ihre Oberschenkel auseinander.

Natalie zog die Beine vollständig unter der Decke hervor. Obwohl sie die Augen geschlossen hatte, stellte sie sich vor, wie Charlies Blicke über ihre intimsten Stellen glitten, und sie wußte, daß er die Spuren ihres lustvollen Nachmittags mit Angela genau sehen konnte.

Er beschloß, sie zu demütigen, indem er sagte: »Du hattest recht, Angela, sie ist eine geile kleine Schlampe!« Natalie öffnete die Augen, und er lachte leise, als sie ihn ansah.

Er war aufgestanden, und die Erektion in seiner Hose wurde deutlich sichtbar.

»Öffne sie für mich«, sagte er.

Natalie hielt den Atem an, als Angela ihre Schamlippen auseinanderzog, und ihre Klitoris und ihren Spalt Charlies lüsternem Blick präsentierte. Ob er in sie eindringen wollte?

Als er jedoch keine Anstalten machte, war ihre Enttäuschung so groß, daß sie am liebsten geweint hätte.

»So naß«, murmelte er und fuhr mit dem Finger über ihre Möse, »so geil.«

Unvermittelt schob er zwei Finger in sie hinein, und einen Moment lang stockte ihr der Atem. Dann zog er seine Finger ganz langsam wieder heraus und leckte sie genüßlich ab.

Natalie spürte die ersten Zuckungen ihres Orgasmus, hütete sich aber, um mehr zu bitten – Charlie gab ihr nur, was er wollte und wann er es wollte. Sie konnte nur akzeptieren und sich unterwerfen – fordern durfte sie nicht.

»Angela.«

Natalies Herz begann rascher zu schlagen, als sie merkte, was er vorhatte.

»Charlie ...«

»Halt den Mund.«

Natalie biß sich auf die Lippe, ärgerlich über sich selbst, weil sie die einzige Regel in ihrer seltsamen Beziehung gebrochen hatte, die Regel des absoluten Gehorsams. Charlie schien jedoch nicht allzu verärgert zu sein. Er sah zu, wie Angela seine Hose öffnete und seinen Penis herausholte.

Charlie hatte einen fantastischen Penis. Er war zwar nicht besonders lang oder groß, aber er war dick, so dick, daß Angela ihn kaum mit einer Hand umfassen konnte. Natalie lag immer noch mit weit gespreizten Beinen da, ihr Geschlecht pochte verlangend, aber sie zwang sich zuzusehen, wie Angela ihre Lippen um Charlies Schwanzspitze schloß.

Sie wollte, daß Charlie sie berührte, aber sie wollte auch an Angelas Stelle sein, ihn lecken, ihm gefallen ...

Ein kleiner, frustrierter Aufschrei entrang sich ihr, und Charlie sah sie an. Sein Blick glitt über ihre Klitoris, und er lächelte.

»Berühr dich selbst, Natalie ... Bring dich zum Höhepunkt.«

Nein! hätte sie am liebsten geschrien, hielt sich aber zurück. Statt dessen begann sie gehorsam zu masturbieren. Zu ihrem Entsetzen glitt Charlie aus Angelas Mund und wies sie an, sich auf das Fußende des Bettes zu knien.

Natalie schob sich etwas höher, so daß sie saß, als Angela sich auf allen vieren hinkniete und Charlie einladend ihren runden Hintern entgegenstreckte. Besitzergreifend streichelte er ihre Pobacken.

»Sie ist wunderschön, nicht wahr, Natalie?«

»Ja«, stimmte sie bereitwillig zu, wobei sie ihre Hand ruhen ließ.

»Reib weiter!« befahl er scharf.

Sie fühlte sich so geil, ihre Klitoris war von den vorhergegangenen Aktivitäten so geschwollen, daß über der Lust ein leichter Schmerz lag, der sie daran hinderte, den Höhepunkt zu erreichen.

»Sie ist vollkommen«, sagte Charlie und knetete Angelas Brüste, die weich herunterhingen. »Ich habe sie vollkommen gemacht – nicht wahr, Angela?«

»Ja, Charlie«, erwiderte Angela, und ihre Stimme klang belegt vor Lust.

»Weißt du, Natalie, als ich Angela kennenlernte, war sie eher so wie du. Sehr hübsch, jede Menge Potential. Und ich habe ihr geholfen, dieses Potential zu verwirklichen; ich habe sie zu der wunderschönen Frau gemacht, die du heute vor dir siehst. Sie ist meine Schöpfung – mein Meisterwerk.«

Er stieg hinter ihr aufs Bett und drang mit seinem Penis langsam von hinten in sie ein. »Aah!« seufzte er voller Behagen. »Das ist wunderbar. Wie eine Samtröhre.«

Dann lächelte er Natalie zu. »Ich könnte auch dich umformen, Natalie ... Auch du könntest meine Schöpfung sein. Reib deine Klit fester, Prinzessin. Laß mich sehen, wie du kommst.«

Natalie versuchte, ihm zu gehorchen, aber sie konnte sich nicht so weit gehenlassen, um den Höhepunkt zu erreichen. Nach ein paar Minuten bekam Angela Mitleid mit ihr.

»Darf ich ihr helfen, Charlie?« fragte sie.

Zu Natalies Erleichterung zog sich Charlie aus Angela zurück und erlaubte ihr, sich so umzudrehen, daß ihr Gesicht zwischen Natalies Beinen vergraben war.

»Wir werden mit den Brüsten anfangen«, sagte er versonnen und musterte sie kühl. »Dann die Nase und das Kinn ... Auch du wirst vollkommen sein, Natalie, mein Liebes. Wäre das nicht wunderbar?«

Obwohl seine Worte sie erschreckten, ließen sie sie auch auf lustvolle Weise erschauern. Charlie wollte eine weitere Angela aus ihr machen ... einen Zwilling ...

»Oh!« schrie sie, als ihre Freundin begann, an ihren Schamlippen zu knabbern und langsam auf die Klitoris zuglitt. Sie fühlte sich an, als sei sie überdimensional angeschwollen und führe ein eigenes Leben, so sehr pochte und zuckte sie.

Charlie drang wieder in Angela ein, aber sein Blick blieb weiter auf Natalie geheftet, als sie kam. Trotz der Farben und Gefühle, die mit dem Orgasmus in ihrem Kopf explodierten, hörte Natalie immer noch Charlies Worte.

Sie würde vollkommen sein. *Vollkommen.* Charlies Geschöpf. Charlies Frau. Angelas Zwillingsschwester.

»Ja!« schrie sie auf, »ja, Charlie – bitte …«

Und so begann alles.

17

Natalie – 1997

Natalie stand nackt vor ihrem deckenhohen Badezimmerspiegel und musterte leidenschaftslos ihren Körper. Der Chirurg hatte hervorragende Arbeit geleistet. Das mußte man Charlie lassen – seine Forderungen mochten seltsam, ja manchmal sogar krank sein, aber als geizig konnte man ihn nicht bezeichnen. Ihre Figur war perfekt; kein Makel trübte die weichen, weiblichen Linien ihres Körpers.

Sie hatte den Ausdruck auf Ricks Gesicht bemerkt, als er sie zum ersten Mal sah. Er hatte irgendeinen Verdacht geschöpft. Warum war sie nicht gleich darauf gekommen, daß er mehr als nur persönliches Interesse an ihr hatte, daß es kein Zufall war, daß sie sich kennengelernt hatten?

Weil sie, wie immer, ihrer Libido das Denken überlassen hatte, gestand sie sich selbst ein und verzog das Gesicht.

Sie schlüpfte in eine bequeme Hose mit weiten Beinen und ein Top, dann bürstete sie ihre Haare so lange, bis sie seidig und weich auf ihre Schultern fielen. Aber sie machte das alles automatisch, ohne wirklich auf das zu achten, was sie tat.

Wer bezahlte Rick dafür, Joanne zu finden? Sie lächelte wehmütig, als sie merkte, daß sie an sich in der dritten Person dachte. Nun ja, sie hatte sich sehr verändert in den Jahren, in denen sie in Manchester lebte – und nicht nur physisch. Sie war glücklich mit ihrem Leben, mehr als zufrieden damit, eine von Charlies Frauen und Angelas Geliebte zu sein.

Wenn Rick herausbekam, wer sie war, würde die

Vergangenheit sie unweigerlich einholen. Sie überlegte, ob sie es Charlie erzählen und es ihm überlassen sollte, mit Rick fertigzuwerden, oder ob es besser wäre zu schweigen und darauf zu hoffen, daß Rick aufgab und wieder verschwand. Schließlich wußte Charlie nichts über ihr früheres Leben; für ihn war sie ein unbeschriebenes Blatt, auf das er sich nach seinem Gutdünken verewigt hatte. Vielleicht wollte er nicht, daß sein Werk bedroht wurde.

Außerdem mochte sie Rick. Da sie wußte, was ihn erwartete, wenn sie Charlie alles erzählte, beschloß sie, nicht zum Hörer zu greifen. Nein, sie wartete besser ab, blieb wachsam und sah zu, was Rick als nächstes machte. Vielleicht erriet er ja die Wahrheit gar nicht – aber wenn doch, konnte sie Angela bitten, ihr zu helfen. Angela würde sie nicht im Stich lassen.

Sie lächelte ihrem Spiegelbild noch einmal zu und ging ins Wohnzimmer, um ihre Freundin anzurufen.

18

Rick – 1997

Zum Glück waren Buzz und John, die Männer, die Rick nach seinem letzten Besuch im *Limelight* zusammengeschlagen hatten, nicht im Dienst. So kam er als gewöhnlicher Gast am Türsteher vorbei, gab seinen Mantel ab und ging nach oben.

Er hatte seinen Besuch absichtlich so geplant, daß er ankam, kurz bevor die Pubs schlossen, damit er unter den anderen Nachtschwärmern nicht auffiel, es aber zugleich noch nicht so voll war, daß das Personal keine Zeit hatte, mit ihm zu reden.

»Ein Bier bitte«, sagte er zu der Frau an der Bar, wobei er schreien mußte, um sich verständlich zu machen.

Aus dem Saal hinter der Bar drang lauter Jubel, gefolgt von Frauenlachen.

»Was ist denn da los?« fragte Rick die Bardame, als sie ihm sein Bier hinstellte.

Sie lächelte erschöpft. »Frauennacht. Ein männlicher Stripper tritt auf – das verursacht immer Tumult.«

Rick lachte. Die Bardame war wohl so Mitte Vierzig sein und von jener verblühten Schönheit, die von einem harten Leben zeugte. Da sie unmöglich die Frau sein konnte, nach der er suchte, beschloß Rick, sich mit ihr zu unterhalten, um ihr vielleicht irgendeine Information zu entlocken. »Ich weiß nicht, wie diese Typen das fertigbringen – ich hätte es nicht gerne, wenn ein ganzer Saal voll kreischender Frauen auf meinen nackten Körper schaut!«

Die Bardame musterte ihn anzüglich von oben bis unten. »Ach? Sie haben wohl was zu verbergen?«

Rick lachte. »Nein – aber ich konzentriere mich eben gerne auf nur eine Frau, wenn Sie wissen, was ich meine.« Er blickte ihr tief in die Augen.

»Ja, ich weiß *genau,* was Sie meinen«, versetzte sie bitter. »Das macht mein Alter auch – betrügt mich immer nur mit einer Frau. So wie er es sieht, ist er dadurch nur ein bißchen untreu.«

Rick sah sie beleidigt an.

»Hey, so habe ich es nicht gemeint. Wenn Sie mich geheiratet hätten, wäre ich dauernd nur auf eine Frau abonniert.«

»Schmeichler.« Sie lächelte ihn an, offenbar froh über die Ablenkung von ihrem langweiligen Job. Rick wartete ab, während sie einen anderen Kunden bediente; er vertraute darauf, daß sie sich weiter mit ihm unterhalten wollte. Und das tat sie auch.

»Ich heiße Marilyn.«

»Rick. Nett, Sie kennenzulernen, Marilyn.«

Er ergriff ihre Hand und schüttelte sie. Ihre Haut war glatt, aber ihr Alter konnte sie nicht verbergen.

Als ob sie sich dessen bewußt wäre, zog sie die Hand verlegen zurück. Um ihre Verlegenheit zu überspielen, sagte sie: »Sie sind nicht von hier, oder?«

»Nein – ich wickle nur ein paar Geschäfte ab«, improvisierte er, »und da dachte ich, ich schaue mal vorbei, um eine alte Freundin zu besuchen.«

»Ach ja? Jemand, der hier arbeitet?«

»Ich glaube schon. Ihr Name ist Joanne – Joanne Davies. Ist sie heute abend hier?«

Marilyn dachte einen Moment lang nach, dann schüttelte sie den Kopf. »Hier heißt niemand Joanne, Schätzchen – sind Sie sicher, daß Sie hier richtig sind?«

Rick zuckte mit den Schultern, blickte sie unter gesenkten Wimpern an und tat sein Bestes, um den kleinen Jungen zu spielen. Normalerweise wirkte das bei solchen Frauen wie Marilyn.

»Ehrlich gesagt habe ich sie seit anderthalb Jahren nicht mehr gesehen, seit sie in den Norden umgezogen ist.«

»Woher wissen Sie dann, daß sie im *Limelight* gelandet ist?«

»Wir hatten noch Kontakt zueinander, als sie hierhergezogen ist. Sie hat ein paarmal geschrieben, und ich kann mich erinnern, daß sie dieses Lokal hier erwähnt hat, aber ... Na ja, Sie wissen ja, wie das ist.«

»Sie haben ihr nie geantwortet?«

»So ungefähr.«

»Arme Kleine. Und wie kommen Sie auf die Idee, daß sie sich freut, Sie hier zu sehen?«

Rick grinste und schraubte seinen Charme auf die höchste Stufe. »Glückliche Erinnerungen«, meinte er.

»Dann sind Sie also wohl ziemlich unvergeßlich, was?«

Er lachte wieder. »Wann endet Ihre Schicht?«

Marilyn zog die Augenbrauen hoch, aber sie beugte sich trotzdem über die Bar und flüsterte ihm ins Ohr: »Viel zu spät, um Ihnen irgendwas zu nützen.«

Rick lachte und prostete ihr mit seinem Bier zu. »Seien Sie da nur nicht so sicher! Um noch mal auf Joanne zurückzukommen: Gibt es denn jemanden, der schon seit ein paar Jahren hier arbeitet und sich vielleicht an sie erinnert?«

»*Ich* arbeite hier, seit der Laden '91 aufgemacht hat. Soweit ich mich erinnere, hat es hier nie eine Joanne Davies gegeben.«

»Okay. Vielleicht sehen wir uns ja noch«, verabschiedete er sich.

»Ja – *vielleicht*«, gab sie gutmütig zurück, bevor sie ihre Aufmerksamkeit dem nächsten Kunden zuwandte.

Kaum hatte sie sich abgewandt, erlosch Ricks Lächeln, und er fluchte im stillen. Hatte sie jemals hier gearbeitet, hatte sie offensichtlich einen anderen Namen angenommen. Und was sollte er jetzt machen?

»Sie können hier nicht hinein, Sir – heute abend sind nur Damen zugelassen. Falls man diese Menge als Damen bezeichnen kann!«

Rick zuckte zusammen, als ihm ein großer junger Schwarzer, dessen Schultern fast seinen Smoking sprengten, den Weg versperrte. Als er merkte, daß er beinahe in die Frauennacht hineingeraten wäre, verzog Rick das Gesicht. »Tut mir leid, Kumpel, ich war in Gedanken woanders.«

»Ich wette, der Kerl da wünscht sich im Moment auch, woanders zu sein!« entgegnete der Schwarze glucksend.

Rick folgte seinem Blick und sah eine Gruppe von Frauen auf der Bühne, die sich darum rissen, den fast vollständig nackten Stripper zu berühren. Zwei seiner Kollegen kamen aus der Kulisse, um ihn zu befreien, und da sah Rick sie.

»Oh, Shit!« stöhnte er.

»Was ist los, Mann? Du siehst aus, als hättest du ’nen Geist gesehen.«

»Diese Frau ...«

Der Ordner blickte ebenfalls auf die Bühne, wo Vanessa Davies vor dem Stripper kniete und ihm den Tanga mit den Zähnen herunterzog. Er lachte.

»Das gehört zur Vorstellung – wahrscheinlich das Aufregendste, was der alten Schachtel seit Jahren passiert ist.«

»Wie heißt du?« fragte Rick, während sein Gehirn auf Hochtouren arbeitete. Er mußte einen Weg finden, um Vanessa aus dem Saal herauszuholen, damit er mit ihr reden konnte.

»Stefan – warum?«

»Nun, Stefan, du könntest mir vielleicht einen Gefallen tun.«

Der Junge sah ihn mißtrauisch an. »Ja? Warum sollte ich dir einen Gefallen tun wollen, Mann? Ich kenne dich ja gar nicht.«

Rick zog seine Brieftasche hervor und holte eine neue Zwanzigpfundnote heraus. Der Schein raschelte verführerisch, als er dem Mann damit vor dem Gesicht herumwedelte.

»Das gehört dir, wenn du die Frau von der Bühne holst und an meinen Tisch im Restaurant bringst, ohne Aufmerksamkeit zu erregen.«

Stefan beäugte den Geldschein, und Rick konnte sehen, daß er in Versuchung geriet. Sein Mißtrauen hielt ihn jedoch davon ab, die Gelegenheit sofort beim Schopf zu ergreifen. »Und wozu soll das gut sein?«

Rick seufzte. »Mußt du das unbedingt wissen?«

Stefan verschränkte die Arme. »Ja, ich glaube schon.«

»Es ist ein bißchen peinlich. Okay, aber halt den Mund. Nur zwischen uns beiden: Die ›alte Schachtel‹ ist meine Mutter. Würdest du nicht auch schnell und ohne allzu viel Aufsehen eingreifen wollen, wenn deine Mutter sich zum Gespött machte?«

Stefan lachte dröhnend, was ihm zahlreiche neugierige Blicke eintrug.

»Pst! Ich habe gesagt, diskret, Stefan – tust du es jetzt, oder muß ich selbst hineingehen?«

»Nein, natürlich nicht! Bestell schon mal einen Tisch für zwei!«

Stefan ging los, immer noch lachend, und Rick machte sich auf den Weg ins Restaurant.

Das Restaurant füllte sich gerade erst mit späten Gästen, und Rick hatte das Glück, einen Tisch zu finden, der ein wenig abseits stand und nicht von allen eingesehen werden konnte. Als Vanessa kam und laut protestierte, Stefan sei verrückt, sie habe gar keinen Sohn, konnte Rick das Interesse der anderen Gäste abblocken, indem er sie in die Ecke plazierte und seinen eigenen Stuhl so stellte, daß sie ihm nicht so leicht entwischen konnte.

»Sie!« sagte sie hitzig, offenbar nicht im geringsten erfreut, ihn zu sehen.

Rick drückte Stefan das Geld in die Hand und murmelte, daß Vanessa Probleme habe.

»Hey, Mann, ich würde sagen, *du* hast Probleme. Wenn ich so eine Mutter hätte, würde ich das nie in der Öffentlichkeit zugeben – ich will dich ja nicht beleidigen, aber du weißt schon, was ich meine, oder?« Er steckte den Geldschein ein und ging kopfschüttelnd und grinsend davon.

»Was tun Sie hier, Vanessa?«

»Ich habe gerade eine äußerst interessante Erfahrung gemacht, bevor ihr bezahlter Muskelprotz mich von der Bühne geholt hat«, entgegnete sie gereizt.

Rick seufzte. Er merkte, daß er Kopfschmerzen bekam und rieb sich bei dem Versuch, sie zu lindern, mit Daumen und Zeigefinger über den Nasenrücken. »Es tut mir leid, Vanessa. Aber würden Sie mir jetzt bitte sagen, was Sie tatsächlich hier tun?«

Sie sah ihn zornig an. »Das Gleiche wie Sie, vermutlich. Ich suche nach meiner Tochter.«

»Dann haben Sie sie noch nicht gefunden?«

»Was glauben Sie?«

Rick war enttäuscht. Nach Joanne zu suchen glich der sprichwörtlichen Suche nach der Nadel im Heuhaufen. »Warum wollen Sie sie denn finden?«

Sie zuckte mit den Schultern und wich seinem Blick aus.

»Kommen Sie schon, Vanessa – hat es etwas mit meinem Besuch zu tun?«

Eine Kellnerin trat an den Tisch, und Vanessa blickte ihn hoffnungsvoll an.

»Betrachten Sie sich als eingeladen«, sagte er müde.

»Wir können ebenso gut essen, während wir uns unterhalten.«

»Können wir nicht nur das erstere tun?« fragte Vanessa, allerdings ohne allzuviel Hoffnung.

»Machen Sie keine Witze. Kommen Sie, wir bestellen uns was, und dann helfen Sie mir, Sinn in das Ganze zu bekommen.«

Er lächelte die Kellnerin an und nahm die beiden Speisekarten entgegen.

»Danke, Maria«, sagte Vanessa und nickte der Frau freundlich zu.

»Kennen Sie sich?« fragte Rick alarmiert.

»Eigentlich nicht«, entgegnete die Kellnerin.

»Dieser Herr hier sucht auch nach Joanne. Ich bin überrascht, daß er Sie noch nicht soweit gebracht hat, ihm Informationen zu geben.«

»Haben Sie denn irgendwelche Informationen, die ich aus Ihnen herausholen kann?« fragte Rick.

Maria lächelte ihn kühl an. »Bilden Sie sich bloß nichts ein«, sagte sie.

Rick streckte in gespielter Abwehr die Hände aus, und sie nahm ihre Bestellung entgegen. Als sie ging, bemerkte Rick den Blick, den die beiden Frauen wechselten. Er war sich ziemlich sicher, daß Vanessa nicht ganz aufrichtig mit ihm war.

»Glauben Sie nicht, daß Joanne mit mir reden wollte, wenn sie wüßte, daß ich nach ihr suche?« fragte er.

Vanessa sah ihn an. Ihre Augen waren wesentlich klarer als bei seinem ersten Besuch. »Halten Sie mich für geistig so verwirrt, daß ich nicht weiß, was Sie von ihr wollen? Sie haben sich geirrt, Junge, wenn Sie glauben, mich aushorchen zu können – ich bin weg von Alkohol und Tabletten. Fast clean«, fügte sie hinzu, nahm sich eine Zigarette und zündete sie an.

Sie sah tatsächlich besser aus. Ihre Haut wirkte gesünder, und sie hatte ihre Haare zu einem ordentlichen

Knoten im Nacken geschlungen. Obwohl er am liebsten alles aus ihr herausgeschüttelt hätte, hielt Rick es für klüger, behutsam vorzugehen.

»Ich versuche nicht, Sie auszuhorchen, Vanessa. Und Sie sehen sehr gut aus«, erwiderte er aufrichtig.

Vanessa lehnte sich in ihrem Stuhl zurück und beobachtete ihn wachsam. »Ich war nicht immer so, wissen Sie. Sie haben ja keine Ahnung, was ich durchmachen mußte.«

Der Weinkellner brachte eine Flasche Claret, und Rick füllte Vanessas Glas.

»Erzählen Sie mir, wie es war, Vanessa. Ich möchte es gerne verstehen.«

Zuerst zögerte sie noch, aber als sie erst einmal angefangen hatte zu reden, kamen die Worte wie von selbst aus ihr herausgesprudelt. Rick hörte geduldig zu. Sie erzählte von einer ersten, glücklichen Ehe, die abrupt durch einen tragischen Autounfall endete.

»Es war schwer für mich, allein mit Joanne zu sein, aber irgendwie habe ich es geschafft. Sie war fünfzehn, als ich Michael heiratete. Es schien ideal zu sein – Melissa war ungefähr genauso alt wie Joanne, und Michael war nett zu ihr. Natürlich habe ich damals noch nicht gewußt, was ich heute weiß …«

Rick wartete, bis sie etwas gegessen hatte, bevor er sie drängte, fortzufahren. »Was ist schiefgelaufen, Vanessa?«

Sie zuckte mit den Schultern. »Zwischen Michael und mir ist es nie so gut gelaufen, wissen Sie … im Bett. Er hatte gewisse … Vorlieben, die ich nicht teilte, er mochte Sachen, von denen ich erst erfuhr, nachdem ich ihn geheiratet hatte.«

Rick spürte, wie eine eisige Hand nach ihm griff. »Was für Sachen, Vanessa?«

Sie warf ihm rasch einen Blick zu und sah dann auf ihren Teller.

»Er hat mich nie gewollt«, sagte sie leise, fast als redete sie mit sich selbst. »Er wollte Joanne, vom ersten Moment an, seit er sie gesehen hatte. Vielleicht sah er etwas … erkannte er etwas in ihr … Aber er war schlau! Er wartete ab, bis sie alt genug war, und dann zog er sie wie eine Fliege in sein Netz.«

Rick zweifelte mittlerweile nicht mehr daran, daß der namenlose Mann in Joannes Tagebuch ihr Stiefvater Michael war, aber er mußte es von Vanessa selbst hören. »Er hat sie verführt?«

Sie schenkte ihm ein hartes Lächeln. »Mit allem, was dazugehört! Er hat sich noch nicht einmal die Mühe gemacht, es geheim zu halten. Ich habe versucht, sie zu warnen, aber die meisten Teenager hören nicht auf ihre Mütter. Sie wußte, daß es falsch war, aber für sie war es wie eine Droge – sie war ihm hörig. Und ich – ich konnte es nicht ertragen, ihnen zuzusehen. Mein Mann und meine Tochter! Deshalb bin ich gegangen. Oh, ich weiß, Jeff war kein besonders guter Fang, aber auf seine Art war er nett zu mir, und die Tabletten machten ihm nichts aus. Also ging ich weg und überließ Joanne ihrem Schicksal.«

Sie begann, leise zu weinen. Rick reichte ihr eine Papierserviette, und sie putzte sich geräuschvoll die Nase. »Um Joannes willen hätte ich bleiben sollen, wirklich, ich hätte bleiben sollen.«

»Vielleicht, aber man kann Ihnen keinen Vorwurf daraus machen, daß Sie gegangen sind. Es muß eine unmögliche Situation für Sie gewesen sein.«

»Ja, das war es.«

Rick dachte an das, was Joanne in ihr Tagebuch geschrieben hatte, und er konnte die Mutter nur allzu gut verstehen. Wie schwer mußte es gewesen sein zu wissen, daß der eigene Ehemann die Tochter verführt hatte. Und dann noch auf diese Art und Weise.

»Wußte Melissa, was vor sich ging?«

»Natürlich. Deshalb haßte sie Joanne ja so sehr.«

»Sie haßte sie?«

Vanessa schwieg, betupfte ihre Augen mit der Serviette und trank einen Schluck Wein, um sich zu beruhigen.

»Vanessa, warum hat Michael Ihrer Meinung nach Selbstmord begangen? Lag es daran, daß Ihre Ehe zerbrochen war?«

Vanessa lachte auf. Es war ein häßliches Lachen. »Nein, deswegen sicher nicht.«

»Weswegen dann?«

»Weil Joanne ihn verlassen hat. Was er mit ihr gemacht hat, mag ja falsch gewesen sein, aber er liebte sie wirklich. Und sie lief ihm einfach davon, mitten in der Nacht. Er konnte sie nicht finden. Er hat sogar mit mir Kontakt aufgenommen, weil er dachte, sie sei vielleicht zu mir gekommen. Er war völlig außer sich vor Angst und Schuldgefühlen ... Deshalb hat Michael sich umgebracht – weil Joanne ihm weggelaufen ist. Daß ich gegangen bin, hat ihn nicht weiter berührt.«

Rick empfand Mitleid mit ihr und drückte ihre Hand. »Was werden Sie jetzt tun? Werden Sie zu Jeff zurückgehen?«

Vanessa schüttelte den Kopf. »Nein, ich will wieder zu mir selbst finden. Ein neues Leben anfangen und es mir schön machen. Ich hatte gerade damit angefangen, als Sie mich gefunden haben.« Sie grinste, und ihr Gesicht wirkte auf einmal wieder jung.

Rick empfand fast so etwas wie Zärtlichkeit ihr gegenüber. »Sie werden es sicher schaffen, Vanessa.«

»Das glaube ich auch.«

Sie lächelten einander an.

»Sie sind entschlossen, sie zu finden, nicht wahr?«

»Joanne? Natürlich. Melissa hat mir ganz deutlich gesagt, daß ich mein Geld nur bekomme, wenn ich sie finde.«

Vanessa lachte grimmig. »Typisch! Wahrscheinlich würde es nichts nützen, wenn ich Sie bitte, die Finger davon zu lassen?«

Rick runzelte die Stirn. »Warum sollten Sie das tun?«

Vanessa seufzte. Dann beschloß sie, ihm alles zu erzählen, was sie wußte. »Die Frau, die uns bedient hat, Maria. Bei ihr hat Joanne gewohnt, als sie nach Manchester kam. Sie kannte sie allerdings nicht als Joanne Davies. Offenbar hat sie ihren Namen geändert. Wenn Sie mit meiner Tochter reden wollen, Mr. Daly, dann müssen Sie nach Natalie Talamoran suchen.«

»Natalie?«

»Ja.«

Rick starrte Vanessa einen Moment lang verständnislos an. Konnte es sein, daß er Joanne schon gefunden hatte, daß sie buchstäblich die ganze Zeit vor seiner Nase gesessen war? Er erinnerte sich an ihre seltsame Reaktion, als er ihr gegenüber heute früh seinen Auftrag erwähnt hatte, und sein Herz begann heftiger zu schlagen – Natalie war Joanne!

»Danke, Vanessa – wahrscheinlich haben Sie gerade meinen Fall für mich gelöst.«

»Tatsächlich?« Sie lächelte ihn unsicher an.

»Ja, ich ...«

»Mr. Daly?«

Rick drehte sich um. Hinter ihm standen Buzz und John.

John, der Ex-Soldat, hatte seinen Namen gesagt, Buzz stand nur dabei und starrte ihn finster an. Ricks Herz sank.

»Hallo, Jungs – was kann ich für euch tun?«

»Wenn Sie bitte mitkommen würden? Mr. Evans möchte mit Ihnen in seinem Büro sprechen.«

Rick hatte keine andere Wahl, als mitzugehen. Er winkte nach der Rechnung.

»Darum brauchen Sie sich nicht zu kümmern«, sagte John.

»Das geht aufs Haus«, ergänzte Buzz, und seine Worte klangen wie eine Drohung.

Vanessa verfolgte den Wortwechsel mit offenem Mund. Rick tätschelte ihre Wange. »Gehen Sie nach Hause«, flüsterte er. »Ich sage Joanne, daß sie Sie anrufen soll, wenn ich sie gefunden habe.«

Dann stand er auf, so nonchalant er konnte, und folgte Buzz und John zu Charlie Evans.

19

Natalie – 1997

Natalie wußte nicht, was sie tun sollte. Seit Angela angerufen und ihr gesagt hatte, daß Rick in Charlies Büro im Club war, fühlte sie sich hin her gerissen zwischen dem Wunsch, an Charlies Gutmütigkeit zu appellieren, damit er Rick laufen ließ, und der Hoffnung, daß er ihm schon nichts antun würde.

Als sie sich entschlossen hatte, Angela den wahren Grund für Ricks Anwesenheit in der Stadt mitzuteilen, hatte ihre Freundin ihr geraten, Stillschweigen über ihr früheres Leben zu wahren. Wie Natalie hielt auch sie es für das Beste, Charlie die harmlose Fantasie zu lassen, daß sie nur seine Geschöpfe waren und keine eigene Vergangenheit hatten. Schließlich bezahlte Charlie die Rechnungen und ermöglichte ihnen das luxuriöse Leben, das sie führten.

Als sie sich jetzt in der kleinen Wohnung umsah, die sie als ihr Zuhause empfand, hatte Natalie Angst, das alles zu verlieren. Sicher, die ursprüngliche Erregung hatte ein bißchen nachgelassen. Manchmal war sie die allgegenwärtigen Kameras leid, und auch den Zwang, Charlies Freunde ständig unterhalten zu müssen. Es kam ihr so vor, als ließe die sexuelle Hörigkeit nach, als ob ihre masochistischen Fantasien, nachdem sie sie erst einmal ausgelebt hatte, ihre Macht verloren.

Charlie hatte sie noch nie berührt, und mittlerweile wunderte sie sich darüber, daß sie sich danach gesehnt hatte wie ein Hündchen, das sich der Aufmerksamkeit seines Herrn vergewissern will. Die finanzielle Sicherheit jedoch, die Charlie ihr bot, schätzte sie immer noch. Vielleicht hatte sie sich einfach daran gewöhnt, eine ausgehaltene Frau zu sein, dachte sie und rief sich ins Gedächtnis, daß es immer ein fairer Handel gewesen war. Eine Hand wusch die andere.

Und dann war da noch Angela. In den zwei Jahren, seit sie zusammen waren, hatten sie eine zärtliche, liebevolle Beziehung zueinander entwickelt, die ihnen beiden viel bedeutete. Nichts wäre schlimmer als die Aussicht, Angela zu verlieren. Rick konnte ihr ganzes Leben zerstören, und sie hatte zu hart gearbeitet, um das zuzulassen.

Natalie wußte, daß sie nur ein Wort zu Charlie sagen mußte, und er würde ihr Ricks Kopf präsentieren. *War es schon so weit mit ihr gekommen?* Wie konnte sie so etwas nur denken? Sie fuhr herum, als die Tür aufging und Angela eintrat.

»Was ist los?« fragte sie besorgt.

»Komm auf den Balkon«, sagte Angela.

Offensichtlich wollte Angela den Kameras entgehen, und Natalie folgte ihr rasch. Angela wirkte erregt. Neugierig wartete Natalie darauf, daß sie etwas sagen würde. Angela legte ihr den Arm um die Schultern, und einen Moment lang schauten sie schweigend auf die schlafende Stadt hinunter.

»Ich liebe diese Wohnung«, sagte Angela nach einer Weile, ohne zu wissen, daß sie damit Natalies Gedanken wiederholte. »Sie ist ... ein richtiges Zuhause, nicht wahr?«

Natalie nickte nachdenklich und wartete ungeduldig darauf, daß die Freundin fortfuhr.

»Hast du dir jemals gewünscht, es könnte immer so sein – nur wir zwei?« fragte Angela schließlich.

Natalie blickte sie überrascht an. Angela hatte so etwas noch nie gesagt, und sie fragte sich, wie sie gerade jetzt darauf kam.

»Das weißt du doch«, entgegnete sie leise und streichelte über Angelas Wange.

»Würde dir Charlie fehlen, wenn er nicht mehr da wäre?«

»Nicht so sehr, wie ich die Wohnung vermissen würde«, gestand Natalie.

»Wir müßten nicht ausziehen, sie sind auf unsere Namen eingetragen.«

»Ja, aber Charlie würde uns nie freigeben.«

»Doch, wenn er verschwinden müßte.«

Natalie sah sie alarmiert an. »Aber warum sollte das der Fall sein? Nein, dazu ist Charlie viel zu bequem. Wenn wir nicht von Nina ausgesucht worden wären, hätte er uns von sich aus nie gefunden. Außerdem haben die Operationen viel zuviel Geld gekostet und viel zulange gedauert … Weißt du noch, wie ungeduldig er auf das Ergebnis gewartet hat? Er hat überhaupt keine Geduld. Es sei denn, er ist uns leid.«

Angela schüttelte den Kopf. »Er ist uns nicht leid, Natalie – aber ich bin ihn leid. Du nicht auch?«

Natalie nickte.

»Ich habe eine Idee.«

Ihre Erregung war ansteckend, und trotz ihrer Angst mußte Natalie lächeln.

»Charlie muß heute abend nach Glasgow. Ich weiß das, weil ich gehört habe, wie er telefonierte. Vermutlich läßt er Rick entweder gehen, oder er hält ihn irgendwo solange fest, bis er mit ihm abrechnen kann.«

Natalie erschauerte, als ihr klar wurde, was das bedeutete.

»Was schlägst du vor?« fragte sie.

»Einen Weg, um Rick zu retten, ihn zu überreden, nicht zu verraten, wer du bist, *und* um Charlie loszuwerden. Klingt das gut?«

»Es klingt unmöglich.«

Angela lächelte entzückt.

»Das glaube ich nicht, Liebling – jedenfalls nicht, wenn wir zusammenarbeiten und das gleiche Ziel verfolgen. Machst du mit?«

Natalie blickte sie an und empfand soviel Liebe für sie, daß sie wußte, sie würde alles für sie tun.

»Immer«, entgegnete sie aufrichtig.

»Dann hör zu, und ich sage dir, was wir tun müssen ...«

20

Rick – 1997

Rick begann zu schwitzen, als er, flankiert von Charlies Leibwächtern, durch den Club ging. Alle um ihn herum verbrachten einen netten Abend, tranken, tanzten und flirteten, und keiner hatte die leiseste Ahnung, daß er mit Gewalt zu einem Mann gebracht wurde, den er für einen Psychopathen hielt.

Charlie Evans wollte sicher nicht gemütlich mit ihm plaudern. Er hatte erwartet, daß Rick die Warnung ernst nehmen würde, die er ihm erteilt hatte, als er ihm zusammen mit Angela begegnet war. Wahrscheinlich empfand er sein Auftauchen im Club als große Dummheit, und Rick mußte zugeben, daß er das mittlerweile auch so sah.

Charlie saß hinter einem riesigen, glänzenden Mahagonischreibtisch. Makellos, wie immer, in einem grauen Armanianzug. Er blickte Rick eisig an. Ein Stuhl wurde ihm nicht angeboten.

»Haben Sie gehofft, Angela heute abend wiederzusehen, Mr. Daly?« fragte er ohne jede weitere Einleitung.

»Eigentlich nicht, Mr. Evans. Ich habe nur etwas gegessen und getrunken …« Rick brach ab, als ihm klar wurde, daß Charlie seinen vollen Namen kannte. Das konnte nur eines bedeuten: daß er ihn überprüft hatte und wußte, wer er war.

»Ja, Mr. Daly, ich weiß, wer Sie sind«, sagte Charlie mit seidenweicher Stimme. »Vielleicht machen Sie sich die Mühe, mir mitzuteilen, wer Sie beauftragt hat.«

»Das kann ich nicht … aah!« Rick stolperte nach vorn, als er einen Schlag auf den Hinterkopf bekam.

»Für solche Spielchen habe ich keine Zeit«, sagte Charlie kalt. »Ich habe einen Termin.«

Er stand auf und kam um den Schreibtisch herum. Rick schaute ihn an, und mit zunehmendem Erschrekken wurde ihm klar, daß Charlie Evans dachte, er stelle Nachforschungen über ihn an. Das Blut stockte ihm in den Adern, als ihm dämmerte, daß er offensichtlich in allergrößten Schwierigkeiten steckte.

»Ja, Mr. Daly, ich meine es todernst. Ich mag es nicht, wenn Leute in meinen Angelegenheiten herumschnüffeln. Vor allem nicht so freche kleine Pinscher wie Sie, die versuchen, über meine Frauen an mich heranzukommen. Wie Sie sich sicher vorstellen können, ist mein Privatleben sehr wertvoll für mich, also werde ich Ihnen ein unter diesen Umständen äußerst großzügiges Angebot machen. Sie nennen mir einen Namen, Mr. Daly, und alle Details Ihrer Nachforschungen, und ich gebe Ihnen das Doppelte von dem Honorar, das Ihr Klient Ihnen bezahlen will.«

Rick starrte ihn an. Seine Gedanken rasten. Offensichtlich war Charlie Evans ängstlich bemüht, das zu verbergen, was Rick seiner Meinung nach entdeckt hatte.

»Sie haben recht, Mr. Evans, das ist ein großzügiges Angebot. Und wenn ich die Information hätte, die Sie von mir wollen, würde ich sie Ihnen nur zu gerne geben. Aber, wissen Sie, ich stelle gar keine Nachforschungen über Sie an.«

Charlies Blick wurde noch undurchdringlicher, sein Gesichtsausdruck noch unergründlicher, und Rick wurde klar, daß er ihm nicht glaubte. Er wappnete sich gegen einen weiteren Schlag und zuckte heftig zusammen, als das Telefon klingelte.

Charlie drehte ihm den Rücken zu, als er den Hörer abnahm, aber aus seiner Körpersprache ging eindeutig hervor, daß etwas Ernstes seine ganze Aufmerksamkeit in Anspruch nahm. Als das Gespräch beendet war, wandte er sich Rick zu, und Rick sah ihm an, daß er seine Meinung wieder geändert hatte.

»Bringt ihn nach oben!« bellte er.

Rick wurde die Treppe zu der privaten Wohnung im obersten Stockwerk des Gebäudes hochgezerrt. Als Charlie die Tür öffnete, blickte Angela auf, die es sich auf dem Sofa bequem gemacht hatte. Charlie war offensichtlich überrascht, sie zu sehen.

»Ich dachte, du seist nach Hause gegangen, Baby«, sagte er und trat auf sie zu, um sie zu küssen.

Angela lächelte ihn an. »Ich wollte hier auf dich warten, Charlie – dich überraschen.«

»Du weißt, wie sehr ich Überraschungen liebe. Wo ist Natalie?« Er blickte sich erwartungsvoll um.

»Sie ist nicht hier«, entgegnete Angela hastig. Dann lächelte sie Rick an. »Hi, Rick.«

Na toll, dachte er, *mach nur alles noch schlimmer für mich!*

»Du mußt jetzt nach Hause gehen, Angela«, sagte Charlie. »Ich habe mit Mr. Daly noch geschäftlich zu reden, deshalb wird er hier in der Wohnung bleiben, bis ich zurückkomme. Als mein Gast. Ich fahre dich auf dem Weg zum Flughafen zu Hause vorbei.«

Angela zog einen Schmollmund. »Ich würde aber lieber hier auf dich warten.«

»Ich komme doch erst morgen wieder, vielleicht sogar erst übermorgen.«

»Oh … Na ja, ich könnte für dich auf Rick aufpassen … und ihn beschäftigen, bis du zurückkommst.«

Charlie warf Rick einen Blick zu, der ihm einen Schauer über den Rücken jagte. »Natürlich kannst du das – mach es ihm nur nicht zu schön, okay?«

Angela lachte. »Okay.«

Auf ein Nicken von Charlie schleppten Buzz und John Rick quer durch das Zimmer. Angela und Charlie folgten ihnen. Rasch blickte er sich um. Am Fußende des Bettes waren Kameras installiert, und auf dem Nachttisch lagen Handschellen.

»Wie möchtest du ihn, Baby?« fragte Charlie, an Angela gewandt.

»Zieht ihn aus und fesselt ihn ans Bett.«

Rick wehrte sich, aber gegen die beiden Männer hatte er keine Chance. Binnen kurzem lag er splitternackt auf dem Bett, die Arme hinter dem Kopf an die Bettpfosten gekettet. Buzz und John blickten leicht amüsiert auf ihn hinunter.

»Es hat keinen Zweck, Kumpel«, sagte John freundlich. »So schnell kommst du hier nicht wieder raus.«

Charlie streichelte Angelas Brüste durch die dünne Bluse, die sie trug, hielt seine Augen jedoch fest auf Rick gerichtet, der hilflos auf dem Bett lag. Rick begann zu schwitzen, als er den Ausdruck in seinen Augen sah.

»Ich wünschte, ich könnte hierbleiben, um zuzusehen«, sagte Charlie bedauernd.

»Ich stelle die Kameras an«, erwiderte Angela.

»Tu das. Ich komme so schnell wie möglich zurück. Laß mir noch was von ihm übrig.«

Er küßte sie, warf Rick einen letzten Blick zu und verließ das Zimmer. John und Buzz folgten ihm, und Rick war allein mit Angela.

»Gott«, sagte er, nachdem sich die Tür hinter den Männern geschlossen hatte, »bin ich froh, daß du da bist! Hast du die Schlüssel für diese Dinger?«

Angela lächelte. Sie sah reizend aus, wie immer. Sie trug eine weiße Bluse und einen langen, türkisfarbenen Seidenrock. Ihre Füße steckten in hochhackigen weißen Sandaletten, und die Zehennägel waren im gleichen Türkiston wie der Rock lackiert.

»Möglich«, erwiderte sie und fuhr mit den Fingernägeln leicht über Ricks Brust. Er erschauerte.

»Mach keine Witze, Angela – bind mich los … bitte.«

Sie lächelte wieder, und Rick stellte fest, daß ihm ihr Gesichtsausdruck gar nicht gefiel. »Alles zu seiner Zeit, Rick, Liebling.«

Rick wurde es heiß und kalt zugleich. In Angelas Blick lag etwas, dem er nicht ganz vertraute, und das Lächeln, das ihre Lippen umspielte, konnte er nur als bösartig bezeichnen. Zu seinem Entsetzen spielte ihm auch noch sein treuloser Schwanz einen Streich.

»Du meine Güte, Rick – dir gefällt das, was?« spottete Angela gutmütig.

Rick schluckte und schloß die Augen. Krampfhaft versuchte er, sich auf etwas Banales zu konzentrieren, damit die Erektion zurückging. Er fühlte sich gedemütigt und schämte sich, war aber zugleich schrecklich erregt.

»Du kannst jetzt hereinkommen, Liebling!« rief Angela.

Rick riß die Augen auf. Natalie stand an der Tür. Sie trug schwarzes Leder – schenkelhohe Stiefel mit bleistiftdünnen Absätzen, ein Korsett, das ihre schwellenden Brüste und Hüften betonte, und enge schwarze Handschuhe, die ihr bis zum Oberarm reichten. In der Hand hielt sie etwas, das ganz nach einer Reitpeitsche aussah.

»Was zum Teufel ...«

»Findest du nicht auch, daß sie wunderschön aussieht, Rick?« unterbrach ihn Angela.

Er hatte gesehen, wie ihre Augen aufleuchteten, als ihre Freundin ins Zimmer kam, und zum erstenmal bekam er wirklich Angst. Was hatten die beiden Frauen mit ihm vor?

Natalie erriet anscheinend seine Gedanken, denn sie trat ans Bett und blickte mit undurchdringlicher Miene auf ihn hinunter.

»Keine Angst, Rick«, sagte sie in seltsam singendem Tonfall. »Wir werden dir nicht wehtun ... dir nicht wirklich wehtun. Wir bringen dich nur an die Grenze dessen, was du aushalten kannst. Es wird dir gefallen, mein Lieber, nicht wahr?« Sie ergriff seinen steifen Schwanz mit ihrer behandschuhten Hand und streichelte ihn. Unwillkürlich begann er zu stöhnen.

»Siehst du«, sagte sie, »ich wußte, daß es dir gefällt.«

Es war, als ob die beiden Frauen einen geheimen Zugang zu den dunkleren Stellen seiner Fantasie hätten. Irgendwie war ihnen klar, wie er auf diese exquisite Tortur reagieren würde, und er wußte nicht, wie er sie aufhalten konnte.

»Kommt schon, Mädels«, sagte er, »es war ein netter Scherz, aber jetzt ist es genug. Nehmt mir die Handschellen ab, und dann machen wir es uns schön ...«

»Oh, *wir* haben es auf jeden Fall schön, Rick – und du auch, wenn du dich gehen läßt. Vertrau uns.«

Ihnen vertrauen? Sie machten wohl Witze! Und doch konnte Rick den dunklen Schauer sexueller Erregung nicht leugnen, der ihn erfüllte, während sie ein Szenario vorbereiteten, von dem er sich noch nicht einmal zu träumen gestattet hätte. Sich jemandem auszuliefern, sich physisch und mental völlig in die Hand einer anderen Person zu geben ... Sein Schwanz war so hart, als ob ein Eisenstab darin steckte. Seine Eier schmerzten, und jeder Muskel, jede Sehne spannte sich, während er hilflos darauf wartete, daß sie anfingen.

21

»Es gibt etwas, das du über Charlie wissen solltest«, sagte Angela beiläufig, während sie die Kameras am Fußende des Bettes einstellte. »Er sieht gerne zu. Deshalb sind überall Kameras und Schränke voller Videobänder. Wir könnten dir Filme zeigen, bei denen dir die Haare zu Berge stehen, Rick. Selbst betätigt er sich nicht oft – er ist wirklich kein Grapscher, nicht wahr, Natalie?«

»Nein, wirklich nicht«, erwiderte Natalie lächelnd. »Allerdings faßt er gelegentlich ganz gerne junge Männer an.«

Angela beugte sich vor und umschloß Ricks Schwanz mit ihrer Hand. Er stöhnte auf. Eine Schublade wurde aufgezogen, und unwillkürlich stieß er einen Schrei aus, als er sah, was Natalie in der Hand hielt. Einen gummiüberzogenen Dildo-Vibrator, dick, schwarz und von Venen durchzogen, und einen Topf mit Gleitmittel.

»Nein!« keuchte er, als ihn das ganze Entsetzen ihres Vorhabens wie ein Vorschlaghammer traf.

»O doch«, schnurrte Angela und spielte mit ihren Fingern an seinem Schwanz. »Es wird nicht so schlimm sein, du mußt dich nur entspannen, Rick …«

»Nein! Ihr habt eine falsche Vorstellung von mir, bitte, laßt mich doch gehen …« Er wußte, daß er dummes Zeug stammelte, aber er konnte nicht anders. Der Gedanke daran, mit diesem obszönen Objekt vergewaltigt zu werden, ließ ihn erstarren.

»Keine Angst, Liebling«, säuselte Natalie in sein Ohr und ließ ihre Zunge in einer heißen, feuchten Liebkosung darin herumwirbeln. »Du wirst es genießen. Und wenn nicht …«

Sie legte die Peitsche neben seine Wange auf das Kissen. Dann trat sie zu Angela an das Fußende des Bettes und nahm die andere Frau in die Arme. Sie umschlangen sich, küßten sich leidenschaftlich und rieben ihre Körper aneinander. Natalie knetete Angelas Hintern unter dem Seidenrock, und ein sehnsüchtiges Verlangen breitete sich in Ricks Bauch aus.

Trotz seiner Angst hätte er alles darum gegeben, die beiden Frauen berühren und küssen zu können. Die Erinnerung an ihre frühere Begegnung schürte noch sein Verlangen, und er wand sich frustriert auf dem Bett.

»Langsam, Baby«, schnurrte Angela. »Entspann dich und sieh uns zu – wir werden dir schon einheizen.«

Sie hatte nicht gelogen. Ihnen zuzusehen, wie sie sich gegenseitig auszogen, setzte seinen Körper förmlich in Brand. Natalies Brüste sprangen aus dem engen Korsett in Angelas Hände, und Rick mußte hilflos zusehen, wie Angela die Brustwarzen nacheinander in den Mund nahm und hungrig daran saugte.

Natalie warf den Kopf zurück, und die Lust, die sie empfand, machte ihr hübsches Gesicht unsagbar schön. Rick war sich der allgegenwärtigen Kameras bewußt und biß die Zähne zusammen, um Charlie nicht die Befriedigung zu geben, zusehen zu können, wie er sich wand. Aber seine Bemühungen waren vergeblich. Kein Wesen aus Fleisch und Blut konnte bei diesem Anblick lange ungerührt bleiben.

Als Angela genug mit Natalies Brüsten gespielt hatte, hockten sich beide ans Fußende des Bettes, wobei sie ihn beinahe berührten. Er streckte seine Beine aus, so daß seine Füße an ihre weiche, warme Haut stießen. Die Berührung ließ ihn erschauern.

Natalie hatte Angelas Bluse aufgeknöpft und streichelte mit ihren behandschuhten Fingern über ihre nackten Brüste.

Sie waren sich so ähnlich, daß Rick wieder einfiel, wie ungläubig und schockiert er gewesen war, als er sie zum erstenmal gesehen hatte.

»Woher kommt es eigentlich, daß ihr euch so ähnlich seht?« fragte er impulsiv, wobei er mißtrauisch auf die Kameras blickte.

»Mach dir keine Sorgen – sie nehmen nur Bilder auf, keinen Ton. Charlie ist eher der visuelle Typ«, sagte Angela. »Wir können über alles reden, solange wir der Kamera den Rücken zuwenden.«

»Also werdet ihr meine Frage beantworten?« sagte Rick, wobei er den Blick fest auf Angelas Brüste geheftet hielt.

»Plastische Chirurgie«, keuchte sie.

»Was?«

Ricks Augen wanderten von einer zur anderen, während sie beide nackt, von Natalies schwarzen Lederhandschuhen abgesehen, vor ihm knieten. Sie schienen seine Anwesenheit vergessen zu haben, so vertieft waren sie darin, sich zu küssen und zu berühren.

Rick begrüßte es, daß sie abgelenkt waren. So hatte er Zeit, nachzudenken.

Angelas Antwort machte Sinn. Ihre seltsame physische Verwechselbarkeit … Charlies besitzergreifende Haltung ihnen gegenüber …

»Plastische Chirurgie«, murmelte er und schüttelte ungläubig den Kopf. Warum?

Als ob er die Frage laut gestellt hätte, wandte sich Natalie ihm zu und lächelte ihn fröhlich an. »Unsere Entscheidung«, sagte sie. »Wie die Tätowierung. Wir wollten es … mochten es.«

Angela bewegte ihre Finger rhythmisch zwischen Natalies Beinen, die sich mit den Händen auf den Schultern ihrer Freundin abstützte, den Kopf zurückwarf und vor Lust stöhnte.

»Ihr seid genauso verrückt wie er«, flüsterte Rick.

Er war verloren. Obwohl er den Anblick der beiden Frauen, die sich liebten, erregend fand, machte er sich keine Illusionen, daß sie ihre Drohung ausführen würden, den Dildo in ihn hineinzuschieben. Und Natalie war ganz bestimmt dazu fähig, die Peitsche zu gebrauchen.

Fieberhaft dachte er nach und beschloß dann, seine Trumpfkarte auszuspielen, in der Hoffnung, sie dadurch von ihrem Vorhaben abzulenken.

»Mädels ... Ich muß euch etwas sagen ...«

»Schsch!« Natalie warf sich über seinen Körper und erstickte seine Worte mit einem langen Kuß. Während sie ihn küßte, rieb sie sich an ihm, drückte ihre Brüste auf seine Brust und umschloß seinen Schwanz mit ihren Schenkeln. Ihre feuchten Schamlippen legten sich um sein Glied, und er bäumte sich auf in dem vergeblichen Versuch, in sie einzudringen.

Sie lachte leise und stützte sich ab, so daß ihr Oberkörper über ihm schwebte. Ihre Brüste schwangen vor seinem Gesicht, während sie auf und ab glitt und sich an seinem Schwanz rieb.

Angela begann an seinen Zehen zu lutschen, und ihre warme, nasse Zunge bewirkte ein zusätzliches Ziehen in seinen Lenden. Er war kurz davor zu kommen; all seine Sinne waren erfüllt von der warmen, weichen Weiblichkeit um ihn herum.

»Bitte ...«, flüsterte er.

Natalies Mund war nur wenige Zentimeter von seinem entfernt. Er konnte ihren Atem auf seinem Gesicht spüren, konnte ihr Parfüm und den einzigartigen Geruch ihrer Haut und ihres Geschlechts riechen, während sie sich auf ihm bewegte. Ihre Augen glänzten, als sie kam, und einen köstlichen Moment lang sank sie auf ihn, so daß die Spitze seines Schwanzes in ihre zuckende Möse gezogen wurde. Dann glitt sie von ihm herunter, und er lag keuchend da.

»Du bist an der Reihe«, sagte sie zu Angela.

Angela kletterte auf das Bett und setzte sich, mit dem Rücken zu ihm, auf seinem Gesicht nieder. Obwohl er nichts mehr sah, spürte er, wie Natalie sich auf seine Oberschenkel setzte und das andere Mädchen in die Arme nahm.

Er konnte kaum atmen; seine Nase und sein Mund waren ganz bedeckt von ihrem Geschlecht. Sie verschob ihre Position ein wenig, damit er wieder Luft bekam, und mit einem leisen Keuchen der Unterwerfung begann er, sie zu lecken.

Ihre Möse war naß, und sie war so erregt, daß ihm der Saft über das Kinn und in den Mund lief. Hungrig leckte er die Feuchtigkeit auf, knabberte an ihren Schamlippen und stieß seine Zunge in ihre Möse, bis sie vor Lust schrie.

Die Tatsache, daß er ihr Lust bereitete, baute sein angeschlagenes Selbstbewußtsein wieder auf, und er reckte den Hals, um tiefer in sie eindringen zu können. An seiner Nase fühlte er ihre angeschwollene Klitoris, und als er dagegen drückte, spürte er, wie sie pochte und pulsierte.

Mit der Zunge bahnte er sich einen Weg zu dem harten kleinen Knoten, fühlte, wie er sich zusammenzog – und dann kam sie, und der heiße Honigsaft strömte über seine Lippen und seine Zunge in seinen Mund.

Einen Moment lang preßte sie sich so fest auf sein Gesicht, daß Rick dachte, er würde ersticken. Aber es hätte keinen schöneren Tod geben können mit der reifen Frucht von Angelas Geschlecht über sich, seinen Schwanz fest in Natalies lederbehandschuhter Hand.

Als Angela von ihm heruntergeklettert war, beugte Natalie sich vor und leckte ihm den Saft vom Gesicht. Ihre weiche Zunge glitt in seinen Mund und seine Augen, sie leckte und knabberte mit ihren kleinen scharfen

Zähnen an ihm, als ob sie nicht genug von ihm kriegen könnte.

Rick stand vor dem Orgasmus: Sein Schwanz war auf monströse Proportionen angewachsen, und seine Eier schmerzten. Einen glücklichen Augenblick lang dachte er, sie würden ihm erlauben, zu kommen, aber dann kniff Angela mit Daumen und Zeigefinger die Spitze seines Penis zusammen. Rick sah den Ausdruck in ihren Augen, und sein Herz begann schneller zu schlagen.

»Bitte«, flehte er, wußte jedoch, daß er nur seinen Atem vergeudete.

Bevor er merkte, was geschah, hatte Natalie eines seiner Handgelenke aus der Fessel befreit, und er wurde von den beiden Frauen auf den Bauch gerollt. Blitzschnell ketteten sie ihn wieder an, so daß er nun auf dem Bauch lag, immer noch gefesselt und hilflos, jetzt aber auch noch mit einem leisen Gefühl des Entsetzens, das sich in ihm ausbreitete.

»Ihr ... das könnt ihr nicht machen«, stammelte er.

»Wir müssen es aber tun, Liebling«, hauchte ihm Angela – oder war es Natalie? – ins Ohr. »Charlie will sich den Film ansehen.«

»Natalie ... Natalie, du weißt nicht, wer ich bin ... Ich muß mit dir reden. Ich bin nicht wegen Charlie hier, sondern wegen dir.«

»Ich weiß«, antwortete sie und streichelte ihm mit ihrer behandschuhten Hand über die Hinterbacken. »Massier du das Gleitmittel ein, Angela, ja? Ich möchte meine Handschuhe anbehalten.«

»Du *weißt?*« krächzte Rick. »Was weißt du?«

Er kniff die Pobacken zusammen, als Angela begann, das süßlich riechende Gleitmittel einzumassieren. Natalie ergriff die Peitsche und gab ihm einen kurzen Hieb. Überrascht entspannte er die Muskeln.

»Ich weiß, daß du Privatdetektiv bist – du hast es mir

selbst gesagt, weißt du noch? Du hast mir gesagt, daß du nach Joanne Davies suchst.«

»Ja, ja, natürlich.« Er hatte einen Moment lang vergessen, daß er ihr heute morgen mitgeteilt hatte, wer er war und was er in Manchester tat. Ein Gedanke durchzuckte ihn, und ihm wurde ganz kalt. »Hast ... hast du das arrangiert?«

Sie lächelte ihn heiter an. »Ich habe daran gedacht«, gab sie freimütig zu, »aber Angela und ich haben beschlossen, daß es einen besseren Weg gibt, mit dir fertigzuwerden.«

»Au!« schrie er überrascht auf, als Angela ihm auf den Hintern schlug.

»Entspann dich, Rick. Ich möchte dich einölen.«

»Bitte nicht, Angela. Ich will das nicht ...«

»Aber natürlich willst du es, Liebling«, sagte Natalie lächelnd. »Alle Männer wollen das insgeheim. Es ist das letzte Tabu.« Zärtlich fuhr sie ihm mit ihren Fingern übers Gesicht. »Vertrau mir – ich bin eine Expertin auf diesem Gebiet.«

»Du irrst dich. Du irrst dich gewaltig!«

Er hatte jetzt wirklich Angst und fühlte sich hilflos angesichts der Ungerührtheit der beiden Frauen. Um sie von ihrem Vorhaben abzubringen, versuchte er es noch einmal. »Wenn du einfach nur mit mir reden würdest, Joanne ...«

»Mein Name ist Natalie«, unterbrach sie ihn ärgerlich. »Joanne gibt es nicht mehr.«

»Aber deine Schwester ...«

»Ich habe keine Schwester.«

»Aber ...«

Rick keuchte auf, als Angela das dickflüssige Gel zwischen seinen Pobacken verrieb, wobei ihre langen Fingernägel zart über sein Perineum und seine Eier kratzten. Sein Schwanz zuckte verräterisch, und seine Kehle wurde trocken.

»Massier es richtig ein, Liebling«, sagte Natalie.

»Nein! Natalie … Joanne!«

Rick hörte, wie die Peitsche durch die Luft pfiff, und dann spürte er einen stechenden Schmerz auf seinem Hintern.

»O Gott!« Tränen traten ihm in die Augen, als sich der Schmerz ausbreitete.

»Mein Name ist Natalie!« wiederholte sie ruhig.

»Schon gut, schon gut! Tu das nicht wieder, Natalie, wirklich, ich stehe nicht drauf, geschlagen zu werden …«

Angela fuhr mit der Hand zwischen seine Beine und faßte seinen Schwanz an; er war knallhart, und man merkte ihm durchaus nichts von dem Schock und dem Widerwillen an, den Rick empfand. Sie kicherte leise. Zu seinem Entsetzen spürte Rick, wie sich der Schmerz in eine verführerische Qual verwandelte, die seinen ganzen Körper überflutete.

Natalie schaltete den Dildo ein, der leise zu summen begann.

Rick fing an zu schwitzen. Bei dem Gedanken, daß dieses monströse Spielzeug benutzt werden sollte, drehte sich ihm der Magen um … und sein Schwanz begann zu zucken. Er schloß die Augen, um seine Scham darüber zu verbergen, daß Natalie recht gehabt hatte. Er wollte es, mehr als alles andere auf der Welt.

Und doch kämpfte er noch immer dagegen an und suchte nach einem Ausweg. »Michael ist tot, Natalie.«

»Ich weiß«, erwiderte sie und ließ den Vibrator spielerisch über seinen Rücken gleiten.

»Ich soll dich finden, damit du deine Hälfte am Erbe beanspruchen kannst.«

»Ich will sein Geld nicht.«

Rick schluckte, als der Dildo an seinem Hintern entlangglitt. »Melissa braucht das Geld … Du giltst seit zwei Jahren als vermißt.«

»Melissa kann warten. Nach – ich glaube sieben Jahren kann sie mich offiziell für tot erklären lassen, und dann kann sie alles haben. Fünf Jahre sind doch gar nicht mehr so lang.«

Leise summend umkreiste der die Stelle zwischen seinen Pobacken. Angela kroch nach vorne zu ihm und küßte ihn. Ihre Zunge glitt tief in seinen Mund und erregte ihn …

»Jetzt … jetzt, wo ich dich gefunden habe, kann ich doch nicht lügen …«

»Natürlich kannst du das«, flüsterte Angela. »Wir haben einen viel besseren Auftrag für dich.«

Rick spürte, wie die Gummispitze des Dildos eindrang. Er versuchte, ihn wegzustoßen, aber Natalie legte ihre behandschuhte Hand auf seinen Hintern und drückte ihn sanft herunter, damit er stillhielt. Fast erwartete er, daß sie ihn gnadenlos hineintreiben würde und biß in Erwartung der Schmerzen die Zähne zusammen.

Er *verspürte* Schmerzen, aber sie waren köstlich. Natalie schob die Spitze tiefer hinein und drehte den Dildo dann langsam, bis sich seine Muskeln entspannten und ihr weiteren Zutritt gewährten.

Ruhig löste Angela seine Handschellen, und instinktiv stemmte er sich auf alle viere hoch. Angela legte sich unter ihn.

»Das war's, Baby – und jetzt, Natalie, stoß zu.«

Sie öffnete den Mund und umfaßte die Spitze seines zuckenden Schwanzes mit den Lippen. Rick glaubte in Flammen zu stehen. Der Dildo bewirkte Unglaubliches und trieb ihn rasch an den Rand des Orgasmus. Und dieses Mal hielt ihn keiner auf. Natalie drückte den Dildo tiefer, dann kam sie um das Bett herum und sah zu, wie Angela das Sperma schluckte, das in heißen Stößen aus ihm herausgeschossen kam.

»O Gott!« schrie er, und dann gab es keinen Gedanken mehr, und er empfand nur noch reine, überwältigende Lust.

22

Danach lagen Angela und Natalie neben Rick in dem großen Doppelbett und teilten ihm flüsternd ihre Pläne mit.

Für jeden, der sich die Kameraaufzeichnung anschaute, sah es so aus, als ruhten sie sich nach ihrem langen Liebesspiel aus.

»Wir haben genug Beweise gegen Charlie in der Hand, um ihn für lange Zeit ins Gefängnis zu schicken«, flüsterte Angela.

»Das ist das Gute daran – daß wir ihn in dem Glauben gelassen haben, wir seien hirnlose Puppen –, er verbirgt nie etwas vor uns.« Natalie zeichnete mit den Fingernägeln ein Muster auf Ricks Brust.

»Wenn wir dir die Akte geben, kannst du damit zur Zeitung gehen«, fuhr Angela fort. »Ich habe schon mit dem *Herald* Kontakt aufgenommen – sie bezahlen für die Informationen, die wir ihnen durch dich geben können, fünfundzwanzigtausend Pfund.«

Rick runzelte die Stirn. »Ist er so wichtig?«

»Die Zeitungen sind nicht sosehr an Charlie interessiert, sondern vielmehr an den Leuten, mit denen er Geschäfte macht.« Natalie erwähnte mehrere bekannte Namen. »Und das ist nur der Anfang.«

»Okay. Ihr schlagt also vor, daß ihr mir diese Story für die Zeitung gebt, und als Gegenleistung sage ich nicht, daß ich Natalie gefunden habe. Aber wenn ihr Charlie so gerne loswerden wollt, warum macht ihr es dann nicht selbst – nehmt das Geld und geht weg?«

»Weil wir nicht weggehen wollen, Rick«, erklärte Angela geduldig. »Wir mögen die Umgebung hier. Aber wir wissen, daß die Polizei sehr an Charlie interessiert ist. Wenn diese Geschichte in die Zeitung kommt, kann die Polizei Charlie endlich verhaften. Sie sind schon seit Jahren hinter ihm her, aber er war bisher zu schlau für sie. Wenn jedoch erst einmal alle Namen genannt sind, kann die Polizei zuschlagen – die Betroffenen werden sich darum reißen, gegen ihn auszusagen.«

»Und dann wandert Charlie ins Kittchen, und Angela und ich sind frei – und er wird nie erfahren, daß wir unsere Finger im Spiel hatten.«

Rick blickte von einer zur anderen. Er war fasziniert davon, wie raffiniert und mitleidlos sie vorgingen. Aber schließlich schuldete er Charlie Evans nichts, und auch Melissa Davies gegenüber war er zu nichts verpflichtet. Mit fünfundzwanzigtausend Pfund auf der Bank konnte er *Marlowe's* richtig aufbauen und noch etwas zurücklegen, um Gemma und dem Baby ein ordentliches Heim zu bieten.

Gemma. Er bekam auf einmal Sehnsucht nach ihr. Nachdem er Melissa, Natalie und Angela kennengelernt hatte, kam ihm Gemma so rein und aufrichtig vor.

»In Ordnung«, stimmte er zu.

»Du wirst es nicht bedauern«, flüsterte Natalie ihm ins Ohr.

»Aber wir behalten das Videoband von dem Spaß, den wir gehabt haben, zurück, damit du nicht plötzlich deine Meinung änderst«, fügte Angela hinzu.

Rick wurde es heiß und kalt zugleich; plötzlich wollte er nur noch an die frische Luft. Mit diesen komplizierten, betrügerischen Weibsbildern wollte er nichts mehr zu tun haben.

»Wie komme ich hier heraus?«

»Die Kameras werden zwischen drei und acht Uhr morgens ausgeschaltet. Wir lassen die Handschellen um deine Handgelenke, damit es auf der Aufnahme gut aussieht, schließen sie aber nicht ab. Wenn das rote Licht ausgeht, kannst du durch das Fenster und über das

Dach entkommen. Natalie und ich warten unten in einem Taxi auf dich – wir haben dann die Akte bei uns und setzen dich da ab, wo die Journalisten dich treffen wollen.«

»Um drei Uhr morgens?«

Angela zuckte mit den Schultern.

»Es ist eine große Story, Rick. Du wirst schon sehen.«

»In Ordnung, ich mache es.«

Natalie und Angela küßten ihn auf die Wange.

»Wir wußten, daß du es tust«, flüsterte Natalie.

Dann reichten sich die beiden Frauen über seiner Brust die Hand und kuschelten sich zurecht, um noch ein wenig zu schlafen, bevor sie ihren Plan in die Tat umsetzten.

23

Es war gut, wieder zu Hause zu sein. Rick stellte seine Tasche in der Küche ab und ging direkt ins Schlafzimmer, um sich in Kleidern aufs Bett zu werfen. Als er sah, daß Gemma in seinem Bett schlief, blieb er abrupt stehen.

Gerührt betrachtete er seine schlafende Freundin, dann ging er auf Zehenspitzen ins Badezimmer und drehte die Dusche an. Das Treffen mit den Journalisten hatte weniger als eine Stunde gedauert.

Um vier Uhr dreißig morgens hatte ihn der Fahrer eines Lieferwagens in Richtung Süden mitgenommen. Und er hatte einen Scheck über fünfundzwanzigtausend Pfund in der Tasche.

Alles, was die Zeitung brauchte, stand in Angelas Akte; Rick erwartete nicht, jemals wieder damit behelligt zu werden. Jetzt brauchte er sich nur noch zurückzulehnen und darauf zu warten, daß die Story erschien – erst dann würde er wissen, in was er wirklich verwickelt gewesen war. Allerdings hatte er an der Reaktion der Journalisten gemerkt, daß es wohl ziemlich spektakulär sein mußte.

Und dann blieb ihnen natürlich nichts anderes übrig, als zu Melissa zu gehen und ihr zu sagen, daß er leider keine Spur von ihrer Schwester gefunden hatte. Darauf freute er sich ganz bestimmt nicht. Schließlich beruhigte er sein Gewissen damit, daß sie ja immer noch das Haus hatte und in ein paar Jahren das ganze Geld ihres Vaters erben würde und nicht nur die Hälfte.

Natalie hatte recht – fünf Jahre waren nicht so lang.

Als er aus dem Badezimmer kam, war es fast sieben. Die Dusche hatte ihn ein wenig erfrischt, und nachdem er neben Gemma ins Bett geschlüpft war, konnte er nicht einschlafen. Er würde schon noch herausbekommen, warum sie in seiner Wohnung übernachtete. Im Moment wollte er sich nur an ihren warmen Körper kuscheln und ihren Duft einatmen.

Sie murmelte im Schlaf, und er legte die Arme um sie. Ihr weißes Baumwollnachthemd hatte sich um ihre Taille gewickelt, und ihr nackter Hintern reckte sich ihm verführerisch entgegen.

Rick schloß die Augen und ließ sich von ihrem vertrauten Duft einhüllen. Ihm wurde klar, daß er wollte, daß es immer so bliebe. Ihr Körper war weich und rund, beruhigend real nach der Silikon-Vollkommenheit von Natalie und Angela.

Sie bewegte sich, als er liebevoll über die üppigen Rundungen ihres Bauches und ihrer Brüste streichelte. »Rick?«

»Hallo, Schatz. Ich bin wieder zu Hause«, murmelte er in ihre Haare.

Gemma drehte sich um. »Für immer?«

Er lächelte. »Für immer.«

Sie musterte ihn ängstlich und forschte in seinem Gesicht nach der Antwort auf ihre unausgesprochene Frage.

Rick zog sie an sich. »Ich liebe dich, Gemma. Ich möchte mit dir zusammenbleiben und eine Familie mit dir gründen. Ich liebe dich.«

Sie entspannte sich in seinen Armen, und er wußte, daß sie ihm glaubte.

»Ich wußte, daß du früher oder später zurückkommen würdest«, flüsterte sie.

Rick küßte sie zärtlich. »Ich eigentlich auch – tief im Innern wenigstens. Ich wollte es mir gegenüber nur nicht zugeben.«

»Vielleicht würdest du dann besser versuchen, es dir zu beweisen«, sagte sie mit einem mutwilligen Funkeln in den Augen, auf das sein Körper sofort reagierte.

»Ist mit dem Baby alles in Ordnung?«

Gemma lachte. »Natürlich, du Dummer. Laß uns das Beste aus der Zeit machen, im der du noch mit den Armen um mich herumkommst.«

Rick streichelte zärtlich ihren Bauch und sagte sich, daß ihm von nun an andere Frauen gleichgültig sein konnten. Hier hatte er alles, was er brauchte, es lag hier, in seinen Armen. »Keine Geheimnisse mehr«, murmelte er.

»Besser nicht!« erwiderte Gemma. Sie umfaßte seinen Kopf mit den Händen, blickte ihm tief in die Augen und hieß ihn zu Hause willkommen.